Angelika Wesner

SOKO CAMPING ©

Der Tod macht niemals Urlaub

Ein Camperkrimi (nicht nur) für Camper

1

Der Tag begann so wie ein lauer Spätfrühlingstag auf einem Campingplatz beginnen sollte. Michael Lehnert kuschelte sich in seinen Schlafsack, blickte zufrieden lächelnd zur himmelblauen Kuppel seines kleinen Igluzeltes hinauf und lauschte einem vielstimmigen Vogelkonzert. Er liebte diesen Augenblick der vollkommenen Ruhe, bevor die Menschen um ihn herum erwachten und mit ihrer trägen Geschäftigkeit den Campingplatz »Swimming Paradise« erfüllten.

Hätte er allerdings geahnt, welche Turbulenzen dieser Tag mit sich bringen würde – Michael Lehnert hätte sich lieber noch einmal umgedreht. So aber schälte er sich aus seinem Schlafsack, kroch ins Freie und stapfte, nur in Boxershorts und T-Shirt bekleidet, zu seinem Motorrad, um seine Laufschuhe aus dem Koffer zu holen.

Der 32-jährige Michael Lehnert war kein ausgesprochener Morgenmuffel, aber er schätzte es, in diesen ersten Momenten des Tages für sich zu sein. Die einzige willkommene Gesellschaft war seine Harley. Von Frauen hielt er sich lieber fern. Nur die halbnackte Schöne, die ihm ein Freund mit der Airbrushpistole auf den Tank seiner Maschine gesprüht hatte, ließ Michael noch als weibliche Begleitung gelten.

Vor diesem Hintergrund war es kein Wunder, dass ihn die erste Begegnung des Tages einigermaßen entsetzte: Die rundliche Mittfünfzigerin aus dem benachbarten Mobilhome watschelte in einem knallengen, rosa Morgenmantel und mit einer schrill gemusterten Badetasche unter dem Arm genau in jenem Moment an Michael vorbei, als dieser sich gedankenverloren mit der Linken den Allerwertesten kratzte und mit der rechten Hand zärtlich über die schweigsame Schönheit auf dem Motorradtank strich.

»Gell, des isch heit wieder schee«, flötete ihm die Nachbarin zu.

Sie baute sich in ihrem engen Morgenmantel vor seiner Maschine auf und während sie interessiert auf den Tank starrte, wogte ihr übergroßer Busen angsteinflößend auf und ab.

»Bleibet Sie noch länger hier« fragte sie Michael, der sich nun wirklich in höchstem Maße unwohl fühlte.

»Mal schauen«, brummelte er, während er rasch in seine Jogginghose schlüpfte und die Laufschuhe zuband.

Er hatte den Campingplatz erst am Vortag zufällig entdeckt, als er mit seiner Harley über die kurvenreichen Sträßchen der schwäbischen Ostalb gedonnert war. Da sich der Tag langsam dem Ende zuneigte, musste er nicht lange überlegen, als er das blaue Schild mit dem weißen Zelt entdeckte, das ihn geradewegs zum Campingplatz Swimming Paradise« führte.

Dieser Platz lag am Ufer eines weiten Badesees. Wälder und Wiesen umrahmten das Gewässer. Michael wählte sich ganz bewusst ein abgelegenes Plätzchen am Rande, denn er wollte in diesem Urlaub seine Ruhe haben. Nur zwei Wohnwagen und ein alter Campingbus standen hier. Die Parzellen waren von niedrigen Hecken eingefasst und einige Obstbäume spendeten angenehmen Schatten. Der Biker war mit sich und der Welt zufrieden, als er Heringe in den brettharten Boden prügelte und sein Igluzelt aufbaute. Die misstrauischen Blicke seiner Nachbarin im bunt gemusterten Flatterkleid mit den Maßen eines Zweimannzeltes – eben jener, die nun im rosaroten Morgenmantel vor ihm stand – ignorierte er dabei.

Michael hatte wirklich keine Lust, sich weiter mit der geschwätzigen Dame zu beschäftigen. Deshalb setzte er sich in Trab, um möglichst schnell wegzukommen.

»Schönen Tag noch«, warf er lässig über die Schulter zurück, während sie ihren Mund zuklappte und ihm mit verkniffenem Gesicht hinterher sah.

Endlich gehörte der Tag wieder ihm allein! Er atmete die laue Frühlingsluft ein, spürte, wie sich seine Lungen mit Sauerstoff füllten und sein Körper in Schwung kam.

Der Boden war noch nass vom Regen, der in der Nacht über das Land gezogen war. Michael hatte schon befürchtet, dass sein Zelt die Regengüsse nicht überstehen würde. Doch diese Sorge war unnötig gewesen. Wenn er von seiner Joggingrunde zurückkehrte, würde die warme Morgensonne die Zelthaut fast getrocknet haben.

Locker trabte er zum Ausgang des Campingplatzes »Swimming Paradise«. Seine morgendliche Joggingrunde führte ihn zunächst an einem Feld vorbei und ein Stück weit durch einen lichten Buchenwald. Dann öffnete sich vor ihm der Blick auf den See. Michael joggte am schilfbewachsenen Ufer entlang. Er passierte sonnenbeschienene Wiesenabschnitte und kam in einen dichten Wald. Unter einer Trauerweide entdeckte er eine Badestelle. Ein großer, glatter Stein lag dort halb im seichten Wasser.

Für einen Moment hielt er inne und schaute über den See. Er befand sich ziemlich genau auf der gegenüber liegenden Seite des Campingplatzes. Langsam ließ er seine Augen über das stille Wasser schweifen. Von hier aus konnte er sich einen recht guten Überblick über den Campingplatz »Swimming Paradise« verschaffen. Direkt am Ufer hatten sich die Dauercamper in ihren Wohnwagen auf geranienberankten Parzellen heimisch eingerichtet. Dahinter verteilten sich auf leicht ansteigendem Gelände die Caravans und Wohnmobile der Touristen. Vereinzelt entdeckte Michael das eine oder andere Zelt, darunter auch sein himmelblaues Igluzelt, das ganz am

Platzrand nahe dem Seeufer unter einem Baum stand.

Michael Lehnert freute sich, dass er diesen Campingplatz entdeckt hatte. Mit vier Sternen ausgezeichnet, versprach er allerlei Komfort – angefangen bei der Sauna bis hin zur Cocktailbar. Das neue Wellnessgebäude und die Bar waren auf einer großen Plattform gebaut worden, die wie ein Floß im See lag und über einen hölzernen Steg zu erreichen war. Diese Bar erklärte auch den für Michael ziemlich abgehoben klingenden Namen »Swimming Paradise«. Zwar gaben sich die Platzbetreiber viel Mühe, den auf den ersten Blick noch etwas angestaubt wirkenden Platz aufzufrischen. Von einem »schwimmenden Paradies« war er aber noch meilenweit entfernt. Allenfalls die Ruhe war wirklich paradiesisch.

Michael seufzte zufrieden. Er entschied, zurück zu joggen, um im Kiosk des Campingplatzes drei frische Brötchen und eine Zeitung kaufen, an seinem Zelt den Kocher anzuwerfen und kurz darauf einen frisch gebrühten Kaffee aus seiner Blechtasse zu trinken. Michael lächelte glücklich bei diesen Gedanken.

Doch es sollte anders kommen: Am Rande des Sees, mitten im Schilf, unweit des Steins im seichten Wasser, dümpelte bäuchlings eine Leiche.

Michael schrie erschrocken auf. Zuerst dachte er, ein Kleidungsstück oder eine Decke hätte sich im bewachsenen Flachwasser verfangen. Doch bei genauerem Hinsehen erkannte er, dass zu den Stofffetzen auch ein Mensch gehörte.

»Ach du Scheiße«, flüsterte Michael und tastete instinktiv nach seinem Handy, das er stets am Gürtel seiner Lederhose mit sich trug. Dort befand sich das Telefon auch – Michael war ein ordentlicher Mann. Allerdings lag es mitsamt der Hose im Zelt.

Er watete mit Schuhen ins Wasser und stieß den leblosen Körper vorsichtig an.

»He, Sie, aufwachen«, schrie er die Gestalt an, obwohl er wusste, dass dies die denkbar dümmste Bemerkung war, die er machen konnte. Diese Person würde höchstens im Jenseits wieder munter werden. Michael packte den Leichnam am Arm und zog ihn stöhnend an Land. Dort drehte er den Toten auf den Rücken.

»Oh Mann«, traf Michael die tragische Erkenntnis, dass er diesen mit blauen Augen ins Nichts starrenden Kerl durchaus kannte: Rüdiger Molch, 48 Jahre alt, ein gut aussehender, sportlicher Typ, der ein wenig zur Wichtigtuerei neigte. Erst am Abend zuvor hatte Michael Lehnert mit ihm an der Bar des »Swimming Paradise« ein paar Cocktails gezwitschert, Zigaretten geraucht und sich ausgiebig über Motorräder unterhalten.

Michael schaute sich um. Kein Mensch war zu dieser Morgenstunde schon am Badesee. Die einzigen Frühschwimmer, die mit derselben Zähigkeit aus den warmen Betten sprangen wie der durchtrainierte Michael aus seinem Schlafsack, zogen auf der anderen Seite des Sees ihre Bahnen durch das glatte Wasser. Es half nichts, er würde Rüdiger hier liegen lassen müssen, um von seinem Zelt aus die Polizei zu informieren.

***

Eine Stunde später war es mit der idyllischen Ruhe auf dem Campingplatz »Swimming Paradise« vorbei. Drei Polizeiautos und ein Zivilfahrzeug der Kriminalpolizei standen mit blinkendem Blaulicht am Ufer des Badesees. Etwas abseits wartete bereits der Leichenwagen. Vier in weiße Schutzanzüge gekleidete Beamte der Spurensicherung untersuchten den Fundort und den Leichnam von Rüdiger Molch.

Kriminalhauptkommissar Bernd Schätzle, ein gedrungener Mann Anfang fünfzig mit rundem Gesicht und grauen, sehr kurz geschnittenen Haaren, die am Hinterkopf bereits licht wurden, stand mit Michael Lehnert neben einem rotweißen Absperrband. Der Motorradfahrer vermied den Blick auf den Toten, der auf dem Rücken im Gras lag. Rüdiger Molchs Kleidung klebte nass an seinem Körper. Kleine Tafeln mit Zahlen standen um den Leichnam herum. Sie markierten Spuren, die von den Kriminaltechnikern noch fotografiert und gesichert werden mussten.

»Haben Sie den Toten gefunden?«

Die barsche Stimme von Bernd Schätzle ließ Michael zusammen zucken.

»Ja, vor einer Stunde beim Joggen. Ich habe ihn 'rausgezogen, weil ich nicht sicher war, ob er noch lebte.«

Michael fühlte sich nicht wohl in seiner Haut. Er hatte das Gefühl, von diesem Kripomann mit Blicken durchbohrt zu werden.

Dem Motorradfahrer wurde plötzlich bewusst, in welch groteske Situation er da hinein geschlittert war: Die Vögel zwitscherten, ein leiser Wind ließ die Blätter an den Bäumen rascheln, Bienen summten, kleine Wellen plätscherten ans Seeufer. Alles wirkte so friedlich. Bis auf den Toten dort, den er vor einer guten Stunde aus dem Wasser gezerrt hatte.

Der Kriminalbeamte kritzelte einige Stichworte in eine Kladde. Er blickte auf und schaute Michael mürrisch an.

»Und? Lebte er noch?«

»Nein, er war schon tot. Wahrscheinlich ertrunken. Und vorher ziemlich übel zugerichtet, würde ich sagen.«

Bernd Schätzle musterte Michael mit ausdrucksloser Miene.

»Danke, Sie können gehen. Aber halten Sie sich zur Verfügung, falls wir noch Fragen haben.«

Der Beamte streckte dem Biker die Hand zum Gruß hin. Auf seinem runden Gesicht zeichnete sich ein mechanisches Lächeln ab.

Michael fror auf einmal. War er nun verdächtig, nur weil er den Toten entdeckt hatte?

»Verdammt«, murmelte er und ging langsam zum Campingplatz zurück. Dort wussten bereits alle Urlauber Bescheid. Vor den Zelten, Wohnmobilen und Wohnwagen standen sie in kleinen Grüppchen zusammen und sprachen über den Leichenfund. Alle machten bestürzte Gesichter, niemand lachte. Das sonst so fröhliche Getümmel auf dem Campingplatz »Swimming Paradise« war einer bleiernen Atmosphäre gewichen.

»Isch des net furchtbar«, tönte Michael die schrille Stimme einer alten Bekannten entgegen. »Ausgerechnet der Rüdiger. Also, dass so was bei ons bassiera ko. Bei *ons*! Wo mir doch so friedlich mitnander sen, gell Herr Nachbar?«, wandte sie sich an Michael, während ihr Busen wieder heftig im rosa Bademantel wogte. Vertrauensselig trat sie näher an ihn heran. So nah, dass ihr billig-süßliches Eau de Toilette aufdringlich in seine Nase stieg.

»Isch des wahr, dass Sie den gfonda hennt?«, tuschelte sie verschwörerisch. »Ersoffa soll er sei, stimmt des?«

»Keine Ahnung«, erwiderte Michael, »ich gehe duschen«.

Er kroch in sein Zelt, um ein Handtuch und seinen Waschbeutel herauszuholen. Fürs Erste hatte er genug von Gesprächen dieser Art. Er wollte jetzt allein sein. Länger als sonst ließ er unter der Dusche einen kühlen Wasserstrahl über sich rieseln, bis sein ganzer Körper von Gänsehaut überzogen war.

***

Rüdiger Molch lag nackt auf dem Obduziertisch. Der Präparator, ein massiger Mann, der wenn es sein musste fest zupacken konnte, hatte bereits Molchs Schädel aufgesägt und den Brustkorb geöffnet. Auf Stahltisch zu Füßen des Toten schnitt die Rechtsmedizinerin Dr. Renate Pfäfferle mit einem Messer das Gehirn in Scheiben.

Der Leiter der SOKO Camping, Hauptkommissar Bernd Schätzle, schaute der Medizinerin mit ungerührtem Blick über die Schultern. Sein Magen knurrte. Er sah auf die Uhr: Höchste Zeit fürs Mittagessen, fand er. Unweit des Rechtsmedizinischen Institutes kannte er eine Imbissbude, die für die leckersten Currywürste in der Region bekannt war. Bei diesem Gedanken lief Schätzle das Wasser im Mund zusammen.

Dr. Renate Pfäfferle war mit ihrer Arbeit fertig. Sie zog die Gummihandschuhe aus, warf sie in einen Mülleimer und griff zu einem Diktiergerät. Bernd Schätzle bewunderte die Rechtsmedizinerin. Ohne zu stocken und mit fester Stimme sprach sie ihre Untersuchungsergebnisse aufs Band. Sie wandte sich an den Kriminalbeamten.

»In seiner Lunge war Wasser. Eigentlich ein Zeichen, dass er ertrunken ist. Was mich stutzig macht, ist diese kleine Wunde an seinem Hals. Eine Pfeilspitze hat seine Hauptschlagader durchtrennt und ist zwischen dem zweiten und dritten Halswirbel stecken geblieben. Der Mann hat sehr schnell viel Blut verloren.«

Renate Pfäfferle ging zu einem Waschbecken und schrubbte ihre Hände mit Seife. Dann trat sie an ein Regal, in dem verschiedene Gerätschaften standen, die an Utensilien aus einer Folterkammer erinnerten. Sie reichte Schätzle ein verschlossenes Reagenzglas.

»Was ist das?« Schätzle runzelte die Stirn und drehte das Glas in seiner Hand.

»Die Pfeilspitze«, antwortete die Rechtsmedizinerin. »Sollte schnellstens auf DNA untersucht werden.«

Der Hauptkommissar betrachtete das graue Eisenstück. Es war etwa zwei Zentimeter lang und lief nach vorne spitz zu.

»Scharf scheint das Ding ja nicht zu sein.«

»So wie es aussieht, ist das eine Pfeilspitze, die im Bogensport verwendet wird«, entgegnete Dr. Pfäfferle.

»Der Täter muss übrigens ein ziemlich kaltblütiger Typ sein. Schauen Sie sich das mal an!« Die Rechtsmedizinerin deutete auf das hintere Ende der Pfeilspitze im Reagenzglas.

»Ein Gewinde!«

Jetzt war Schätzle doch überrascht. Mit gerunzelter Stirn schaute er Renate Pfäfferle an.

»Sie wollen doch nicht sagen, dass der Täter den Pfeil auf

Rüdiger Molch abgeschossen und danach den Stiel seelenruhig herausgedreht hat?«

Pfäfferle zuckte die Schultern.

»Sieht ganz danach aus. Übrigens heißt das ‚Schaft' im Fachjargon.«

Der Kripobeamte trat an den Tisch heran, auf dem der Leichnam von Rüdiger Molch lag. Der Anblick eines toten Menschen jagte ihm schon lange keinen Schauder mehr über den Rücken. Dafür hatte er schon zu viele Leichenöffnungen miterlebt. Oft sahen die Toten viel schlimmer aus, als dieser hier.

Rüdiger Molch war ein attraktiver Mann gewesen. Sein Körper war sportlich und durchtrainiert, seine Gesichtszüge wirkten auch in der Totenstarre noch markant. Sicherlich hatte er zu Lebzeiten auf Frauen einen starken Reiz ausgeübt.

Bernd Schätzle deutete auf den Brustkorb des Leichnams, den der Präparator wieder verschlossen hatte. Eine lange Naht aus schwarzem Faden verlief quer über die Brust und vom Hals bis unter die Gürtellinie. Die blauen Flecken auf der Brust und den Armen waren ihm offenbar vor seinem Tod zugefügt worden.

»Was hat es mit den Kampfspuren auf sich?«

Dr. Renate Pfäfferle trat neben ihn und deutete mit der Hand auf die Verletzungen.

»Gibt's jede Menge davon: Hämatome und Quetschungen an den Oberarmen, den Handgelenken und im Brustbereich. Eine Schürfwunde unterhalb des rechten Auges. Kratzspuren an den Unterarmen. Und seine Fingerknöchel sind blutig, vermutlich hat er ordentliche Faustschläge ausgeteilt, bevor ihn der Pfeil erwischt hat. Ob er Alkohol im Blut hatte, muss die toxikologische Untersuchung noch zeigen.«

Die Medizinerin ließ das Diktiergerät in die Tasche ihres Labormantels gleiten. Mit einer routinierten Bewegung breitete sie ein grünes Tuch über den Leichnam. Bernd Schätzle schaute sie erwartungsvoll an.

»Wie sieht's aus, gehen wir zusammen Mittagessen?«

Dr. Renate Pfäfferle lachte.

»Ich weiß doch, dass Sie sich den ganzen Vormittag schon

auf die Currywurst freuen. Wie sollte ich Ihnen diesen Wunsch abschlagen?«

Ihre Schritte hallten durch den leeren Gang, als Dr. Renate Pfäfferle und Bernd Schätzle das Rechtsmedizinische Institut verließen. Der Präparator schob bedächtig die sterblichen Überreste des Unternehmensberaters in eine Kühlkammer und begab sich ebenfalls in die Mittagspause. Eine Tür fiel ins Schloss. Um Rüdiger Molch wurde es totenstill.

***

Zurück in der Polizeidirektion rief Bernd Schätzle seine Kollegen zusammen. Sie saßen an einem großen Tisch in einem Besprechungsraum im Erdgeschoss. Durch die große Fensterfront war der Hof zu sehen, auf dem verschiedene Streifenwagen, zwei Transporter und einige Zivilfahrzeuge standen.

Bernd Schätzle trommelte mit den Fingern auf der Tischplatte herum.

»Mir kommt das Ganze höchst widersprüchlich vor«, erklärte er. »Die Kampfspuren am Körper und am Fundort sind ein Indiz dafür, dass das Opfer mit seinem Mörder direkten Kontakt hatte. Getötet wurde Rüdiger Molch jedoch von einem Pfeil. Die Spitze steckte ihm im Hals. Vom Schaft keine Spur. Den hat der Täter vorsorglich aus dem Mann 'rausgedreht und sich mitsamt dem Ding aus dem Staub gemacht. Möglicherweise hat das Opfer in diesen Sekunden sogar noch gelebt.«

Grübelnd stand der Soko-Leiter auf und lief von einer Seite des Raumes zur anderen. Die ersten Befragungen der Menschen auf dem Campingplatz hatten keine interessanten Hinweise ergeben. Bernd Schätzle konnte sich jedoch des Eindrucks nicht erwehren, dass ihm einige Leute dort etwas verschwiegen.

»Die Camper halten zusammen, wie Pech und Schwefel«, grummelte sein Kollege Rainer Sommer vor sich hin. »Wenn die nicht wollen, dass wir was erfahren, dann halten die absolut dicht. Die müsstest du alle in Einzelhaft nehmen.«

Der 44-jährige Kriminaloberkommissar hatte schon einige Morde aufgeklärt. Beruflich war er ein Topmann. Privat schien es eher nicht so gut zu funktionieren: Rainer Sommer hatte gerade erst seine Scheidung hinter sich gebracht.

Schätzle starrte den groß gewachsenen Kollegen an, der entspannt am Tisch saß und mit dem Kugelschreiber kleine Kringel aufs Papier kritzelte.

»Woher kennst du dich so gut mit Campern aus?«

Sommer erwiderte gelangweilt seinen Blick, während er weiter malte.

»Ich musste mit meiner Ex-Frau immer campen. Sie hatte von ihren Eltern so einen alten Wohnwagen mit spätbarockem Ambiente auf einem total ätzenden Campingplatz übernommen.«

Rainer schüttelte sich. Die positiven Erinnerungen an seine erste Ehe hielten sich in Grenzen. Fast jedes Wochenende war er dazu verdonnert gewesen, seine Freizeit im Wohnwagen zu verbringen. Die regelmäßigen Bereitschaftsdienste an Wochenenden hatte er fast als Erholung empfunden, weil er dann zu Hause bleiben konnte, ohne mit seiner Frau über das »Warum« streiten zu müssen.

Rainers Wunsch, wenigstens den Jahresurlaub auf einer schönen Insel in einem gepflegten Hotel zu verbringen, war immer auf taube Ohren gestoßen. Fünf Jahre lang war der verhasste Wohnwagen sein Zweitwohnsitz. Eines Tages schlug er jedoch energisch mit der Faust auf den wackeligen Klapptisch und stellte seine Frau vor die Wahl: Entweder der Wohnwagen oder er!

Wenigstens verlief die Scheidung einvernehmlich.

»Ich habe den Wohnwagen mit allem Drum und Dran so gehasst, kann ich dir sagen.«

Rainer schaute aus dem Fenster hinaus auf den Parkplatz.

Er schauderte unwillkürlich, schüttelte sich und setzte kopfschüttelnd seine Kritzeleien fort.

Bernd Schätzle musterte seinen Kollegen mit zusammengekniffenen Augen.

»Wie wäre es denn«, setzte er mit leiser Stimme an, während sich in seinem Gesicht ein hämisches Grinsen breit machte, »wenn du und die Jenny euch einen Wohnwagen mietet und Undercover ermittelt. Als verheiratetes Ehepaar, das dort seine schönsten Tage im Jahr verbringt! Ihr versteht euch doch gut, oder?«

Schätzle schnippte begeistert mit den Fingern und schlug Rainer kräftig auf die Schulter.

»Genau! Das ist die Idee! Ihr horcht euch unauffällig um und knüpft Freundschaften zu den Campern.«

Sommer starrte entgeistert zu seinem Vorgesetzten hinauf, der nun unmittelbar hinter ihm stand und auf den Kollegen herunter grinste.

»Bist du wahnsinnig, Bernd? Nach der Scheidung habe ich mir geschworen, dass ich nur noch in Fünf-Sterne-Hotels Urlaub mache. Das kannst Du mir nicht antun!«

»Du bist ja schließlich nicht zum Urlaub machen dort, sondern zum Arbeiten«, entgegnete Bernd Schätzle trocken. Entschlossen ging er zur Tür.

»Nein, keine Widerrede. Das machen wir so. Hol Jennifer, wir müssen noch die Details besprechen.«

Im Gegensatz zu Rainer Sommer fand die 28-jährige Jennifer Reitmann die Idee ihres Vorgesetzten durchaus sympathisch. Ein Blick auf die Homepage des Campingplatzes »Swimming Paradise« zeigte ihr, dass der Ort ihrer Ermittlungen allerlei Komfort zu bieten hatte: Ein Badesee mit Sandstrand, eine Sauna, Außenwhirlpool, Bar. Das klang alles ziemlich viel versprechend, fand sie. Warum also nicht das Angenehme mit dem Nützlichen verbinden und sich dort unter den Gästen unauffällig umhören?

»Ihr habt aber nicht allzu viel Zeit«, gab Bernd Schätzle zu bedenken, nachdem Jenny neben Rainer am Besprechungstisch Platz genommen hatte. »Auf so einem Campingplatz geht es wie im Taubenschlag zu. Die Leute kommen und gehen wann sie wollen. Nicht dass unser Täter einfach abreist und uns noch durch die Lappen geht.«

Natürlich hatte die Polizei entsprechende Vorsorge getroffen, die Ausweise sämtlicher Gäste kontrolliert und deren Anschriften gespeichert. Trotzdem würden sich Rainer Sommer und Jennifer Reitmann bei ihren verdeckten Ermittlungen auf ihre kriminalistische Spürnase verlassen müssen, um möglichst rasch die eindeutig unverdächtigen Personen von den möglichen Tätern zu trennen.

»Parallel wird unsere SOKO Camping weiterarbeiten«, erläuterte Bernd Schätzle. Offiziell solle der Fall jedoch als geklärt gelten: Rüdiger Molch war ertrunken, vermutlich weil er dem Alkohol zu stark zugesprochen und bei einem abendlichen Bad im See das Bewusstsein verloren hatte. Die rätselhafte Stichwunde am Hals, die den Unternehmensberater letztlich getötet hatte, wurde bei der Kriminalpolizei als Täterwissen gehandelt und somit streng geheim gehalten.

»Zwei Tage nach der Trauerfeier werden wir von der Soko aus noch einmal auf dem Platz auftauchen und ein bisschen rumbohren. Vielleicht wird da jemand unruhig. Noch Fragen?«

Bernd Schätzle schaute eindringlich zuerst zu der freudig angespannt wirkenden Jennifer, dann zu Rainer, der mit resignierter Miene noch immer auf einem neuen Stück Papier vor sich hin kritzelte und eisern schwieg.

Der Chef der SOKO Camping schnippte mit den Fingern und strahlte das Ermittlerduo an.

»Na dann ab mit euch. Und schönen Urlaub!«

2

»Dieses Riesending soll mein alter Kombi durch die Gegend zerren?«

Rainer stand vor dem sieben Meter langen Wohnwagen, der in den nächsten Tagen – der Kriminalbeamte hoffte, es würden nicht Wochen werden – seines und Jennifers Zuhause sein würde.

»Ach was, das schafft Ihr Auto schon«, beruhigte der Mitarbeiter der Caravanvermietung. »Sie müssen halt an den Bergen ordentlich Gas geben und vorher ein bisschen Schwung holen.«

Rainer Sommer seufzte. Seit 13 Jahren hegte und pflegte er seinen alten Volvo. Zugegeben, er hätte sich gerne mal einen neuen Wagen geleistet. Aber die Scheidung samt Unterhalt für zwei Kinder ließen sein Beamtengehalt jeden Monat auf ein Minimum schrumpfen.

»Kommen Sie, ich weise Sie in die Technik ein«, forderte ihn der Mitarbeiter auf. Er winkte mit dem Wohnwagenschlüssel, an dem noch ein kleinerer Schlüssel hing.

»Der Große ist klar, damit kommen Sie 'rein«, erklärte der junge Mann dem Polizeibeamten. »Mit diesem kleinen Schlüssel können Sie das Fach von der WC-Kassette öffnen.«

Rainer winkte ab. Ihm waren diese Einzelheiten noch allzu gut bekannt. Schaudernd erinnerte er sich an die Chemieklo-Entsorgungsstation auf dem Campingplatz seiner Alpträume. Das Entleeren der WC-Kassette war immer sein Job gewesen, obwohl er das Ding selbst nie benutzte. Ihm wurde schon bei dem Gedanken an den undefinierbar verfärbten Wasserschlauch übel, mit dem alle Camper ihre Klokisten ausspülten. Nun also würde er wieder diesen verhassten Job erledigen müssen.

»Lassen Sie's gut sein, ich kenne mich mit solchen Wohnkisten aus. Bin lange genug damit unterwegs gewesen. Ich hänge ihn mal eben an.«

Entschlossen ging er auf die Wohnwagendeichsel zu. Die angebotene Hilfe des Mitarbeiters lehnte er freundlich ab.

»Okay, rufen Sie mich, wenn Sie noch etwas brauchen«, munterte dieser seinen Kunden auf und trollte sich.

Feindselig betrachtete der Kriminaloberkommissar den Wohnwagen. Wenigstens war das Interieur modern. Mit dem dunklen Holz, den eleganten Leuchten im Schlafraum und im Wohnbereich, einer schicken Küche und dem geräumigen Bad machte das Ganze einen ansprechenden Eindruck. Die beiden Festbetten im Heckbereich wirkten bequem und schienen auch für den 1,85 Meter großen Rainer lang genug zu sein.

Kurz darauf änderte er allerdings seine Meinung.

»Diese verdammte Anhängerkupplung.«

Rainer rieb sich stöhnend den Daumen, den er sich gerade beim Hantieren eingeklemmt hatte. Wütend zerrte er an der Deichsel des Wohnwagens herum. Endlich rastete die Kupplung mit leisem Klicken ein. Rainer atmete auf und entspannte sich.

Jennifer Reitmann saß bereits fröhlich vor sich hin summend auf dem Beifahrersitz seines Kombis und kramte im Handschuhfach nach einer CD für die passende Reisemusik. Kurz darauf ertönte Bob Marley mit »I shot the Sheriff« und Jenny klopfte begeistert den Rhythmus aufs Armaturenbrett.

Sie fand die Idee klasse, sich unter das Campervolk zu mischen und Undercover auf einem Viersterneplatz zu ermitteln. Dass sie dabei mit dem gut aussehenden Rainer Sommer einen Wohnwagen teilen musste, empörte sie nicht im Geringsten. Lediglich seine Reaktion kam ihr etwas schrullig vor. Vielleicht lag es daran, dass er zum zweiten Mal geschieden war und sich mit dem Gedanken nicht anfreunden konnte, vor ihr den glücklichen Ehegatten zu mimen.

Dabei waren sie ein super Team. Zusammen hatten sie schon manchen Ganoven dingfest gemacht. Auf beruflicher Ebene verstand sich die junge Kommissarin mit den dunkelbraunen Locken und den grünen Augen mit Rainer bestens. Private Ausflüge hatten sich bisher hingegen nie ergeben. Jennifer war neugierig auf ihren Kollegen, den sie in den nächsten Tagen – vielleicht sogar Wochen – Tag und Nacht um sich haben würde.

Rainer setzte sich mit grimmiger Miene ans Steuer.

»Auf in den Kampf«, murmelte er, als sich das Gespann langsam in Bewegung setzte.

Zweieinhalb Stunden später stand der Volvo mit stinkender Kupplung nahe der Schranke des Campingplatzes »Swimming Paradise«. Rainers Laune hatte sich im Laufe der Anreise kaum gebessert, drohte doch sein schwach motorisiertes Zugfahrzeug an jedem Hügel den Geist aufzugeben. Lastwagen hatten das Gespann hupend überholt. Die Fahrer hatten Rainer mit eindeutigen Gesten beleidigt, während sie an dem dahin kriechenden Wohnwagen vorbei donnerten.

Rainer lief noch immer der Schweiß übers Gesicht, als er zur Anmeldung stapfte. Ein entspannter Urlauber sollte anders aussehen.

»Das darf doch nicht wahr sein, die haben jetzt Mittagspause!«

Der Kriminalbeamte stand vor der geschlossenen Rezeption und sah auf die Uhr.

»Noch eine Dreiviertelstunde zu«, grummelte er. »Das fängt ja toll an.«

Missmutig tappte er zu seinem Wagen zurück, den er mitsamt dem Caravan in der Parkbucht für anreisende Camper abgestellt hatte. Jenny war bereits ausgestiegen, streckte sich und gähnte herzhaft. Neugierig schaute sie sich um. Zwei Frauen standen mit vier Kindern neben ihren beiden Autos. Sie schienen schon länger vor der verschlossenen Schranke zu warten. Jenny schlenderte langsam zu ihnen hinüber und warf einen Blick in die Fahrzeuge. Sie waren bis unters Dach vollgepackt: Schlafsäcke, ein riesiger, hellgrauer Zeltsack, Handtücher, Taschenlampen, Klappstühle – alles lag in wildem Chaos in den Kofferräumen.

»In der Rezeption ist jemand«, sagte die eine Frau zu ihrer Freundin. »Ich frage mal, ob wir vielleicht schon ein Zelt 'reintragen und aufbauen dürfen. Platz ist ja genug da.«

Jenny spazierte zu Rainer zurück, der resigniert an seinem Volvo lehnte und die Zeit totschlug.

»Geh' doch auch mal zur Rezeption. Da ist jetzt jemand drin«, regte die Kommissarin an.

Beide beobachteten die Frau, die gerade freundlich an einem geöffneten Fenster der Anmeldung ihr Ansinnen vortrug.

»Nein, Sie dürfen Ihr Zelt nicht aufbauen«, tönte die strenge Stimme der Rezeptionistin aus dem Gebäude. »Jetzt ist Mittagspause, da darf hier keiner einchecken. Das gilt auch für Sie!«

Die Camperin wich erschrocken zurück.

»Ich wollte ja nur mal fragen«, murmelte sie und ging zu ihrer Freundin und den Kindern.

»Wann gehen wir endlich rein?«, nervten die Kleinen. »Dürfen wir schon zum See gehen?«

Jenny taten die beiden Mütter Leid. Sie war froh, dass sie sich nicht mit dem Aufbau eines Zeltes beschäftigen musste. Rainer stöhnte leise auf.

»Oh Gott, auf was habe ich mich da eingelassen«, jammerte er. »Warum ist das Schicksal so hart zu mir?«

Er hasste diesen Sondereinsatz, bevor er richtig anfing.

»Willkommen auf unserem Viersterneplatz Swimming Paradise«, säuselte die Rezeptionistin. Vom Charme einer Giftspritze, den sie eine halbe Stunde zuvor noch ausgestrahlt hatte, war keine Spur mehr zu erahnen. »Besuchen Sie unbedingt unsere Wellness-Oase mit Sauna, Dampfbad und Whirlpool. Alles im Preis inklusive, versteht sich.« Der Augenaufschlag der Dame wirkte professionell und mochte manchen männlichen Gast betören. Rainer hingegen ließ ihr

Getue kalt. Mit knappem Gruß nahm er die Chipkarte für die Schranke entgegen und marschierte entschlossen zu seinem Auto, hinter dem der Wohnwagen im Sonnenlicht glänzte.

Es sollte allerdings noch eine gute halbe Stunde dauern, bis er endlich in den Platz hineinfahren konnte. Ein besonders cleverer Camper hatte sein Gespann direkt vor der Schranke abgestellt und wartete nun in der Rezeption in der langen Schlange der Neuankömmlinge. Stöhnend ließ Rainer seine Stirn auf das Lenkrad sinken.

»Gibt es eigentlich nur Idioten auf dieser Welt?«, nuschelte er verzagt vor sich hin. Auch die beiden Frauen waren mit den Kindern in ihre Fahrzeuge gestiegen und warteten mit angespannten Gesichtern, dass der Weg frei gemacht wurde. Die Rezeptionistin hatte schließlich ein Einsehen und ließ den Blockierer mit seinem Gespann durchfahren, obwohl er noch nicht eingecheckt hatte. Endlich konnten die wartenden Urlauber die Schranke passieren.

»Das wird aber auch mal Zeit«, seufze Jennifer erleichtert. »Es gibt offensichtlich doch noch Menschen, die ihr Hirn zum Denken einschalten.«

»Nur noch die paar Meter bis zum Stellplatz, dann hast du's geschafft«, munterte sich Rainer selbst und seinen Volvo auf, während er in den Campingplatz einfuhr. Er war fest entschlossen, nach Abschluss des Falls den Wohnwagen abholen zu lassen. Sein Auto würde sich nie mehr mit diesem Monstrum abmühen müssen! Vorsichtig fuhr er durch die Schranke hindurch auf dem von Hecken gesäumten Hauptweg entlang. Hölzerne Tafeln wiesen zu den Nebenstraßen, die Namen wie »Waldeslust« oder »Campers Glück« trugen. Rainer schüttelte den Kopf.

»Meine Fresse, ist das spießig«, schimpfte er leise vor sich hin.

Er fuhr bis zu einer Seitengasse, die rechts vom Weg abzweigte und zu einer mit Apfelbäumen bewachsenen Stelle am Rande des Platzes führte. Zwei Caravans mit Vorzelten, ein altes Wohnmobil und ein himmelblaues Igluzelt standen dort bereits.

Jenny lachte: »Willkommen in der Oase der Ruhe.«Sie deutete auf ein Straßenschild.

Rainer schnaubte verächtlich, während er angewidert den Straßennamen las. Er schüttelte den Kopf.

»Bin ich jetzt im Freiluftaltenheim gelandet, oder was?«

Nein, er konnte und wollte sich nicht vorstellen, hier länger als ein paar Tage zu bleiben. Er hasste das Camperleben aus tiefstem Herzen, das wurde ihm in diesem Augenblick wieder einmal sonnenklar.

»Und ich dachte, ich würde nie wieder auf einem Campingplatz leben müssen«, stöhnte er und schlug mit der Hand auf das Lenkrad.

Seine Kollegin sah das völlig anders. Sie hatte das Fenster an der Beifahrertür herunter gedreht und sog den Duft von frisch gemähtem Gras ein. Mit leuchtenden Augen betrachtete sie die Umgebung. Direkt am Ufer des Badesees erblickte sie die Siedlung der Dauercamper. Akkurat gestutzte Hainbuchenhecken und kleine Zäune säumten die Wohnwagen. Zu jedem Caravan gehörte ein großes Hauszelt. Vor einigen Mobilheimen standen sogar Veranden, die ein Stück über das Wasser ragten. An den Brüstungen überwucherten üppige rote Geranien die Blumenkästen. In einigen Vorgärten standen Gartenzwerge.

Rainer stoppte das Gespann, stieg aus und inspizierte die Parzelle, auf der er den Caravan abzustellen gedachte.

»Kann ich helfen?«

Die näselnde Stimme des älteren Herrn im Feinripp-Unterhemd und mit ausgebeulten kurzen Hosen riss Rainer aus seinen Gedanken.

»Stell'n se den Wagen mal da rüber, nä«, befahl der ungebetene Gast mit einer Stimme, die trotz aller Freundlichkeit keinen Widerspruch duldete.

»Do drüb'n is das Gelände viel zu schräg, nä.«

Das rollende »R« identifizierte den Mann unverkennbar als Franken.

Rainers Magen krampfte sich zusammen. Die Erinnerungen an sein Schicksal als Camper wider Willen überrollten ihn mit aller Macht. Wenigstens hat Jennifer nicht mal ansatzweise Ähnlichkeiten mit meiner Exfrau, versuchte er sich – allerdings nur mit mäßigem Erfolg – in Selbstmotivation.

»Schon gut, ich komme allein zurecht, vielen Dank«, gab er dem Herrn im Unterhemd zurück.

»Neei, nur keine falsche Bescheidenheit, nä. Ich helf' Ihnen schon.«

Entschlossen löste der Mann den Wohnwagen von der Anhängerkupplung. Dann winkte er einem anderen Mann zu, der sich langsam den Neuankömmlingen näherte.

»Albert, komm mol her, nä. Schieb' mal mit an.«

Albert ließ sich das nicht zweimal sagen. Ehe Rainer sich's versah, schoben schon zwei ältere Männer – beide im Unterhemd, Albert wenigstens mit einer Jeans bekleidet, über deren Gürtel sich sein gewaltiger Bauch wölbte – den Wohnwagen an das andere Ende der Parzelle. Viel zu nah an den Wohnwagen des Nachbarn, wie Rainer fand.

Durch die Kunststofffenster des Vorzeltes erspähte er einen Tisch mit gelber Plastikdecke und weißen Fransen, darauf ein Aschenbecher sowie ein Blumengesteck – ebenfalls aus Kunststoff. Rainer verdrehte die Augen. Wie konnten Menschen nur so ihren Urlaub genießen?

Lächelnd wandte er sich seinen Helfern zu.

»Vielen Dank, das war wirklich nett von Ihnen.«

Jetzt mischte sich auch noch Jennifer ein.

»Kommen Sie doch mal auf ein Glas Bier vorbei«, flötete sie den beiden Männern entgegen. Rainer hätte ihr am liebsten eine schallende Ohrfeige verpasst.

»Mann, hier trinkt man nicht aus Gläsern, nur aus Flaschen«, raunte er seine Kollegin an.

»Okay, okay«, wisperte Jennifer zurück. »Mach dich nur mal nicht so wichtig, ja?«

»Jo nä, da kommen wir gerne vorbei! Bis später dann, nä«, fiel ihnen der Franke ins Wort und zog bis auf weiteres mit seinem Freund davon.

»Puh, die wären wir erst mal los«, atmete Rainer auf. »Ich glaube, ich brauche jetzt wirklich ein Bier.«

***

»Das ist doch herrlich hier!«

Jennifer strahlte. Sie hatte die Markise des Wohnwagens ausgefahren, die Klappstühle aufgestellt und eine grüne Tischdecke mit gelben Blumen auf den Campingtisch gelegt. Nun saß sie zufrieden im Grünen und zündete sich eine Zigarette an.

Rainer rümpfte die Nase.

»Musst du immer qualmen«, blaffte er.

Die Kollegin schaute ihn überrascht an.

»He, du alter Brummbär, sei zu deinem Eheweib mal ein bisschen netter, sonst glaubt uns das hier keiner.«

Rainer grummelte ein paar unverständliche Worte vor sich hin.

»Ich gehe mal zum Klohaus«, erklärte er dann und verschwand in Richtung Dauercampersiedlung, wo er aus der Ferne bereits das Sanitärgebäude ausgemacht hatte. Das Haus hatte offenbar schon bessere Zeiten gesehen. An manchen Stellen bröckelte der Putz und auch die Fenster könnten einen neuen Anstrich vertragen.

»Von einem Viersterneplatz sollte man eigentlich Besseres erwarten«, murmelte er, als er die abgegriffene Türklinke herunterdrückte und im selben Augenblick zurück prallte. Die Tür blieb verschlossen, so sehr Rainer auch daran rüttelte.

»Das ist nur für die Dauercamper reserviert.«

Michael Lehnert schlenderte zu Rainer heran.

»Die haben es hier ganz wichtig mit ihrem exklusiven Scheißhaus«

Rainer runzelte die Stirn. Diese Art von Fäkalsprache war ihm so zuwider, wie der ganze Typ, der da in schicker Lederhose vor ihm stand. Ein durchtrainierter Sixpack-Bauch zeichnete sich unter seinem hautengen, weißen T-Shirt ab. Rainer verspürte einen Hauch von Neid. Gut, er war ein paar Jahre älter als dieser Kerl, der Anfang 30 sein mochte. Die vergangenen Jahre waren an Rainer eben nicht ganz spurlos vorbei gegangen. Unweigerlich schaute er an sich herunter. Seinen leichten Bauchansatz kaschierte er immer geschickt durch sportlich geschnittene Hemden.

»Vielleicht sollte ich doch mal wieder ins Sportstudio gehen«, grübelte er einen Augenblick.

Als frisch geschiedener Neuling auf dem freien Markt der einsamen Herzen war dieser Schnösel für ihn ein Konkurrent, dem er nicht viel entgegenzusetzen hatte.

»Ich bin der Michael«, sagte der Sixpacktyp und streckte Rainer die Rechte entgegen.

»Tag, Michael, in welcher Parzelle wohnen Sie denn?«

Rainer beschloss, sich nicht mehr so kratzbürstig zu verhalten. Schließlich lautete sein Dienstauftrag, mit den Campern Freundschaften zu schließen. Warum also nicht bei diesem da gleich anfangen? Immerhin schien er nicht zu den Dauercampern zu gehören.

Michael deutete zu dem kleinen Igluzelt, das wenige Meter von Rainers Wohnwagen entfernt unter einem Apfelbaum stand.

»Wenn Sie sich hier einen erholsamen Urlaub erhoffen, muss ich Sie warnen«, sagte der Kerl in der Lederhose. »Ich habe hier erst vor vier Tagen eine Leiche aus dem See gefischt.«

Rainer war auf einmal hellwach. Der wichtigste Zeuge war sein Nachbar, das traf sich gut!

»Was, eine Leiche?« mimte er den Unwissenden. »Ein Tier oder was?«

»Nein, eine menschliche Leiche«, antwortete Michael.

»Wahrscheinlich ertrunken. So stand's zumindest in der Zeitung. Wollen Sie den Artikel mal lesen?«

Bevor Rainer etwas erwidern konnte, hatte der Motorradfahrer auch schon einen ausgeschnittenen Zeitungsartikel aus der Gesäßtasche gezogen. Er stammte offenbar aus der

Fürstentaler Tagespost. Michael musste ihn schon oft herum gezeigt haben, denn der Ausschnitt sah bereits ziemlich zerfleddert aus.

Rainer winkte ab. Er wusste genau, was diese Zeitungsschreiberlinge ihren Lesern als Wahrheit verkauften. Schließlich hatte ihnen sein Kollege von der Pressestelle der Polizei ein entsprechendes Ermittlungsergebnis verkündet, das die Zeitungsvertreter ohne weitere Nachfragen veröffentlicht hatten.

»Ich bin im Urlaub. Solche Schauergeschichten will ich jetzt lieber nicht hören«, versicherte er seinem Nachbarn und hob die Hand zum Gruß.

»Jetzt muss ich zurück zu meiner Holden«, zwinkerte er Michael zu. »Sonst beschimpft sie mich wieder als Rumtreiber.«

»Oh, rumtreiben kann man sich hier schon sehr gut«, entgegnete Michael grinsend, während er den Artikel wieder zusammenfaltete und in seine Hosentasche steckte. »Die Bar ist einmalig. Mitten auf dem See auf einer schwimmenden Plattform. Die Cocktails können Sie auch im Whirlpool genießen. Ich sag' Ihnen, das hat was.«

Rainers Mundwinkel zuckten.

»Wenn man auch mit einem Bier im Pool rumliegen kann, soll's mir recht sein«, lachte er und fühlte sich fast ein wenig mit seinem Schicksal versöhnt.

Bevor er zum Wohnwagen zurückkehrte, unternahm er noch eine erste Inspektion des Platzes. Die Anlage versprach vor allem für Familien mit Kindern jede Menge Urlaubsfreuden. Entsprechend viele junge Gäste tummelten sich auf den schmalen Fahrwegen, die nur im Schritttempo befahren werden durften. Die sonderbaren Straßennamen schienen ein Relikt aus längst vergangenen Zeiten zu sein. Ein paar Tafeln waren bereits erneuert worden. Bunte Tierbildchen erleichterten hier auch kleinen Kindern die Orientierung.

Rainer beobachtete die beiden Frauen, die sie beim Einchecken an der Schranke getroffen hatten. Sie standen mit verzweifelten Gesichtern schweißgebadet inmitten von Zeltbahnen, Campingstühlen und Schlafsäcken.

»Das kommt davon, wenn man sich immer auf den Ehemann verlässt und sich nie selbst mit dem Zeltaufbau beschäftigt«, schimpfte die eine. Sie studierte eine Aufbauanleitung.

»Schieben Sie das Gestänge durch die Laschen und befestigen Sie die Enden an den vorgesehenen Haken.«

Zögernd klappte sie die Einzelteile einer Zeltstange zusammen und begann diese durch eine Schlaufe zu ziehen.

»Keine Ahnung, ob das jetzt die richtige Stange ist«, murmelte sie.

»Dürfen wir jetzt an den See-hee?«, quakte ein kleines, blondes Mädchen dazwischen. Die beiden größeren Kinder hockten gelangweilt in den Campingstühlen herum und wirkten genervt. So hatten sie sich das Campen offenbar nicht vorgestellt.

»Nein, wir müssen erst das Zelt aufbauen, dann können wir gehen«, antwortete die andere Mama und Rainer bewunderte die Geduld, mit der die beiden Frauen ihre Sprösslinge vertrösteten. Inzwischen hatten sie alle Gestänge in die Laschen geschoben und das Zelt aufgestellt.

»Soll ich Ihnen vielleicht helfen?«

Der Kriminalbeamte konnte das verzweifelte Gewurstel der beiden Frauen nicht mehr länger tatenlos mit ansehen. Sie lächelten ihn fröhlich an und schüttelten die Köpfe.

»Vielen Dank, das müssen wir heute einfach mal ohne männliche Hilfe schaffen«, erklärte die eine. »Außerdem sind wir jetzt gleich fertig.«

Mit dieser Einschätzung täuschte sie sich allerdings gewaltig. Bis die beiden männerlosen Familien einziehen konnten, sollten noch fast zwei Stunden vergehen. Der Kriminalbeamte beschloss, die Zeltcamperinnen ihrem Schicksal zu überlassen und ging weiter.

Ein Paar Mitte 40 passierte gerade mit seinem Kastenwagen die Schranke und fuhr nun langsam in das Camperareal hinein. Die beiden strahlten hinter der Windschutzscheibe ihres Campingbusses, während sie sich nach einem Stellplatz umsahen.

»Die können wir schon mal als Tatverdächtige ausschließen«, registrierte Rainer Sommer, schlenderte weiter und checkte in Gedanken die einzelnen Parzellen ab: Ein holländisches Ehepaar trank Tee vor seinem winzigen Wohnwagen, der bestimmt schon 20 Jahre auf dem Buckel hatte. Rainer nickte den beiden im Vorbeigehen zu.

Gleich daneben hatte sich ein Paar mit drei heranwachsenden Jungs vor seinem älteren Campingbus niedergelassen. Mit den verblassten Plastikblumen, die zwischen Armaturenbrett und Windschutzscheibe steckten, wirkte der LT wie ein Relikt aus der Flowerpowerzeit. Der wuschelköpfige Mann bastelte einem uralten Transistorradio herum, das plötzlich rauschte und knackte.

»Guck, es läuft wieder«, freute er sich und hob das Radio in die Höhe.

»Haben wir Deutschlandfunk?«

Seine Frau, die auf einem Liegestuhl die Sonne genoss, öffnete kurz die Augen und sah ihn fragend an. Der Wuschelkopf drehte am Sender, bis Schlagermusik ertönte und nickte zufrieden.

»Jetzt können wir unter der italienischen Sonne wieder den deutschen Wetterbericht hören und uns freuen, wenn's zu Hause regnet«, strahlte er.

»Super, dann können wir ja morgen weiterfahren«, entgegnete seine Frau.

Das Paar, das gerade auf dem Platz angekommen war, stoppte seinen Kastenwagen in unmittelbarer Nähe der Familie. Kaum krachte die Schiebetür in ihre Angeln, sprang auch schon ein kleiner, pummeliger Hund aus dem Wohnmobil heraus und raste zu der Frau im Liegestuhl. Das Freudengeschrei, das darauf folgte, ließ Rainer zusammenzucken. Offenbar schienen sich die beiden Familien samt Hund zu kennen.

»Warum müssen Frauen eigentlich immer so herumkreischen, wenn sie sich wiedersehen«, dachte Rainer, der sich trotzdem ein leises Schmunzeln nicht verkneifen konnte.

Kurze Zeit später, er hatte noch einen Abstecher zu dem

für die Touristen geöffneten Waschhaus unternommen, kehrte er zum Wohnwagen zurück.

»Wo warst Du denn so lange?« Jennifer saß im Liegestuhl, eine Kaffeetasse in der einen, eine Zigarette in der anderen Hand.

»Wie ich's vorhin gesagt habe«, murmelte Rainer und seufzte.

Er mochte seine Kollegin eigentlich. Sie war intelligent, witzig und zudem äußerst attraktiv. In ihrem geblümten Flatterrock und dem engen, vanilleweißen T-Shirt sah sie tatsächlich zum Anbeißen aus. Doch dieser typische Gesichtsausdruck einer Frau, die nicht einsehen will, warum sie ihre Zeit ohne männliche Begleitung verbringen soll, schreckte Rainer ab. Der unzufriedene Zug um den Mund, die fragend geweiteten Augen, die gerunzelte Stirn – all dies erinnerte ihn allzu sehr an die Bürde eines Ehemanns, der seiner Frau nichts recht machen konnte.

»Liebling, könnten wir bitte gleich mal eines klarstellen?«

Rainer zog den Klappstuhl nahe an Jennifer heran und rückte ihr so dicht auf die Pelle, dass die Kollegin für einen Moment überrascht zurückwich.

»Ich weiß, wir sind hier offiziell ein Paar und müssen uns auch so verhalten. Aber vergiss nicht«, Rainers Lächeln erstarrte, während er Jennifer mit eisigem Blick in die Augen sah, »dass wir beide dienstlich hier sind. Also, lass' bitte solche dämlichen Fragen, wie gerade eben, okay?«

Er erhob sich. »Ich gehe jetzt ,rüber ins Restaurant. Kommst du mit?«

Jennifer saß noch immer verdattert in ihrem Liegestuhl. Die Zigarette war zu einem Aschestängel verglüht, der nun ins Gras fiel. Dann schlich sich ein verschmitztes Lächeln auf ihr Gesicht.

»Also gut, mein Hase, gehen wir zum Essen. Ich muss mir nur noch kurz ein bisschen Farbe ins Gesicht schmieren.«

***

Das Essen im Restaurant »Seebär« war exzellent. Zufrieden legte Jennifer das Besteck auf den Teller und lehnte sich zurück.

»Das war lecker«, schwärmte sie und ließ ihren Blick über die stille Oberfläche des Sees schweifen. Die Abendsonne tauchte die Wolken am Himmel in ein flammendes Farbenmeer. Weit draußen auf dem See zog ein Schwanenpaar seine Bahnen. Kleine Wellen kräuselten sich hinter den Vögeln und verloren sich in der Weite des Wassers.

»Wie im Kitschroman«, bemerkte Rainer trocken.

»Du bist ein Trampel.«

Jennifer musterte ihren Kollegen mit liebevollem Blick. »Das ist romantisch!«

Sie streckte sich und gähnte.

»Wie wär's noch mit einem Schluck an der Bar?«

»Du meinst so einen klebrigen, süßen Cocktail?«

Rainer machte sich nichts aus diesem Getränkemix. Zu viel Getue um ein bisschen Alkohol, fand er. Aber immer noch besser, als mit Dosenbier vor dem Wohnwagen zu hocken.

Rainer beglich die Rechnung.

»Alles Spesen«, sagte er und zwinkerte Jenny zu. Die beiden verließen das Restaurant »Seebär« und bummelten am Pool vorbei zum Strand. Ein paar größere Kinder buddelten selbstvergessen im feinen Sand. Vier Teenager plantschten im flachen Wasser und spritzten einander kreischend nass. Der breite Strandabschnitt mit Liegewiese und einigen groß gewachsenen Laubbäumen war offensichtlich ein beliebter Treffpunkt für alle Campinggäste.

»Hier werde ich mich morgen in die Sonne hauen«, erklärte Jennifer und sah sich schon im Bikini auf dem Handtuch liegen.

»Denkste; wir werden morgen einen Spaziergang machen und uns unauffällig am Tatort umsehen«, erwiderte Rainer energisch. »Urlaub ist nicht.«

Jennifer zog ihre Sandalen aus und lief barfuß weiter. Der Sand war schon kühl, aber die junge Polizistin liebte dieses Gefühl, ihn durch ihre Zehen rieseln zu lassen.

»Ist gut, Chef, aber jetzt genieße ich meinen Feierabend.«

Die Beamten überquerten eine Landzunge und stiegen über die hölzerne Hängebrücke auf eine Plattform, die wie ein Floß sanft schaukelnd auf dem Wasser lag.

»Wow, das ist stark«, staunte Jennifer. Gleich links von ihr befand sich ein schmuckes Gebäude in orientalischer Architektur. Ein Schild wies den Besucher zur »Wellnessoase Swimming Paradise«.

»Das ist die Sauna. Echt geil, was?«, dröhnte eine vertraute Stimme hinter den beiden. Rainer seufzte. Schon wieder dieser Michael! Er hatte eine aufdringliche Art von Freundlichkeit, die zwar nicht unsympathisch war, aber durchaus lästig werden konnte. Jennifer drehte sich verwundert um. Als sie Michael sah, straffte sie intuitiv ihre Schultern und warf mit aufreizendem Schwung ihre braunen Locken nach hinten.

Der Typ war ein Leckerbissen! Ein weißes T-Shirt spannte sich über seiner muskulösen Brust. Sein braun gebrannter Bizeps verriet, dass dieser Kerl ein gern gesehener Gast im Fitnesscenter war. Breit grinsend schritt er über die Hängebrücke den beiden entgegen.

»Michael«, sagte er und streckte Jennifer die Hand hin. »Deinen Mann habe ich schon kennen gelernt.«

Jennifer fing Rainers finsteren Blick auf. Ihm war die Reaktion der Kollegin auf Michael nicht entgangen. Was finden die Weiber bloß immer an solchen Typen, grübelte er grimmig und dachte dabei an seinen Bauch, der im Laufe der Jahre durch manches Bier und die eine oder andere Currywurst ein klein wenig aus der Form geraten war. Früher, ja, da hatte ich auch noch so ein Sixpack, erinnerte er sich. Trotzdem waren die Frauen nie so auf ihn geflogen, wie es bei Michael der Fall war. Wahrscheinlich, weil er keine Lederhose getragen hatte.

Jennifer und Michael lächelten einander an und schienen für einen Moment die Zeit zu vergessen.

»Also, was ist jetzt mit dem Cocktail?«, mischte sich Rainer ungeduldig zwischen die beiden.

Seine Kollegin riss sich von Michaels Anblick los, lachte Rainer an und hakte sich vertraulich bei ihm unter.

»Komm, mein Hase, ich habe solchen Durst«, neckte sie ihn.

***

Die Bar war ein Südseetraum. Mehrere Reihen unterschiedlichster Spirituosen vor einer verspiegelten Wand wurden von Lichtspots in Szene gesetzt. Vor dem Tresen mit goldfarbener Verblendung standen fünf dick gepolsterte Sitzbänke aus dunkelbraunem Leder. In dem von einem Pavillon überdachten Gastraum entspannten sich ein paar Urlauber unter Palmen auf breiten Korbsofas und nippten an Longdrink- oder Cocktailgläsern. Auf niedrigen Holztischen standen Aschenbecher, die meisten waren unbenutzt. Ein junger Mann schaukelte in einer Hängematte, die zwischen zwei Pfeilern des Pavillons baumelte.

Bei kühleren Temperaturen schützten Glaswände die Gäste, die sich trotzdem so fühlen konnten, als würden sie im Freien mitten auf dem Wasser sitzen. Jetzt, im warmen Spätfrühjahr, stand die Verglasung offen. Ein laues Lüftchen ließ die Palmenblätter rascheln.

Michael hatte sich den beiden Kriminalpolizisten ungefragt angeschlossen. Rainer war das nicht ganz unrecht, schließlich könnten sie hier an der Bar ganz entspannt über den Fall sprechen. Und Jennifer hatte ohnehin nichts gegen die Gesellschaft des attraktiven Mannes einzuwenden.

»Wollt ihr einen Caipi? Steht bei uns auf der Hitliste ganz oben.«

Der Dialekt der etwas zu grell geschminkten Bardame im violett geblümten Dirndl verriet ihre bayerischen Wurzeln.

»Nein Danke, lieber ein Pils«, brummte Rainer.

Michael musterte ihn spöttisch.

»Na, du bist nicht gerade experimentierfreudig, was? Aber deine Liebste scheint nicht abgeneigt«, wandte er sich an Jennifer.

Während die vollbusige Dolly Katzenbieger hinter der Bar die Cocktails mixte, brüstete sich Michael erneut mit seinem grausigen Fund vor vier Tagen.

»Zweimal musste ich aufs Polizeipräsidium, um meine Aussage zu machen«, erzählte er.

»So ein verpennter Haufen, sag' ich euch. Ich persönlich glaube ja nicht, dass der Rüdiger ertrunken ist. Aber das interessiert die Bullen nicht die Bohne.«

Rainer verkniff sich eine Erwiderung und schluckte seinen aufkeimenden Ärger herunter. »Bullen«, wie sehr hasste er diesen Ausdruck! Was bildete sich dieser Typ eigentlich ein?

Die sanfte Stimme seiner Kollegin brachte ihn wieder auf den Boden zurück und er entspannte sich.

»Kanntest du den Toten denn?«

Jennifer wusste genau, was Michael antworten würde. Schließlich hatte sie das Protokoll gelesen. Sie war gespannt, wie seine heutige Version lauten würde. Bestimmt würde er sie mit ein paar Details würzen, die zwar nicht so ganz der Wahrheit entsprachen, aber einer hübschen Frau imponieren sollten.

»Wir haben erst am Abend vor seinem Tod hier zusammen gesessen und einige Gläser getrunken.« Michael zündete sich eine Zigarette an und blies den Rauch zum Wasser hin.

»Hast du für mich auch eine?«

Rainer empfand Jennifers Augenaufschlag unverschämt betörend und spürte wieder leisen Zorn in sich aufsteigen. Als seine Ehefrau sollte sie sich lieber zurückhalten!

Michael hielt ihr die Zigarettenpackung entgegen.

»Seltene Marke«, stellte Jennifer kennerisch fest und steckte sich einen Glimmstängel zwischen die Lippen.

»Die hab' ich vom Polenmarkt«, verriet Michael. »Schmecken auch nicht schlechter als die teuren Dinger aus hiesigen Automaten.«

Er lachte kurz auf.

»Der Rüdiger Molch war ganz scharf auf die Dinger. Hat sich auch ein paar von mir geschnorrt.« Frech feixte er Jenny an.

»Warum glaubst du, dass dieser Rüdiger nicht ertrunken ist? Meinst du, der wurde ermordet?«, mischte sich Rainer in das Geplänkel der beiden.

Jennifer warf ihm eine Sekunde lang einen alarmierten Blick zu. Sie kannte ihn gut genug, um seinen Ärger herauszuhören. Michael schien nichts davon zu bemerken.

»Weißt du, der hatte so eine Verletzung am Hals. Wie eine Stichwunde oder so«, entgegnete er und deutete mit der rechten Hand an seinen Hals.

»Außerdem muss er sich vor seinem Tod geprügelt haben. Der war ganz schön zugerichtet.«

Nachdenklich zog Michael am Strohhalm seines Drinks. Die Eiswürfel in seinem Glas klapperten leise aneinander.

»Und du hast am Abend vorher mit ihm gezecht, was?«

Jennifer schlug ihre langen Beine übereinander und schnippte Asche in den Aschenbecher. Von einem der Tische schallte ausgelassenes Gelächter herüber. Dolly Katzenbieger legte eine CD ein und drehte am Lautsrärkeregler der Hi-Fi-Anlage. Sekunden später erfüllten die wehmütig-sanften Rhythmen des »Buena Vista Social Clubs« den Raum.

Michael zwinkerte Jenny fröhlich zu.

»Ja, das war ein ganz interessanter Typ, dieser Rüdiger Molch. Ziemlich cleverer Unternehmensberater.«

***

Michael hatte der Polizei die Geschichte schon auf dem Präsidium erzählt: Rüdiger Molch hatte an der Bar gesessen und ihn um eine Zigarette gebeten. Sie unterhielten sich zunächst über Motorräder, dann kam Rüdiger auf einen Bogenparcours zu sprechen, den er in unmittelbarer Nähe zum Campingplatz aufbauen wollte.

»Das wird eine ganz große Sache, sage ich dir«, hatte er Michael erklärt.

»Die Leute besinnen sich immer mehr zurück auf das Wesentliche. Dieser ganze Schickimicki-Schnickschnack hier«, Rüdiger deutete mit einer verächtlichen Geste hinüber zur »Wellnessoase Swimming Paradise«, »das ist doch nicht das, was die Menschen wirklich suchen.«

Beim Bogenschießen, dozierte Rüdiger Molch, finde man seine innere Ruhe, den Zen sozusagen.

»Und dabei kannst du sogar als überzeugter Vegetarier auf Tiere schießen«, ergänzte er. »Ich baue hier nämlich einen 3D-Parcours auf. Mit einem Grizzlybären, einem Krokodil und noch mehr solcher Viechereien. Alle aus Gummi.«

Rüdiger Molch hatte das Gelände erst kürzlich der Gemeinde abgekauft.

»Zu einem super Preis, sage ich dir. Das hat den Georg ganz schön geärgert«, fügte der Unternehmensberater hämisch hinzu.

Georg, der Pächter des Campingplatzes »Swimming Paradise«, habe selbst größtes Interesse an dem Grundstück gehabt, weil er dort seinen Campingplatz erweitern wollte.

»Aber dafür fehlt ihm etwas ganz Entscheidendes.«

Rüdiger beugte sich mit verschwörerischem Blick zu Michael und rieb seine Finger gegen den Daumen.

»Der hat doch keine Kohle. Hat deshalb schon mit dem reichen Alten da hinten in seinem fetten Wohnmobil angebandelt.«

Molch deutete mit dem Kinn landeinwärts zum Dauercamperbereich, hinter dem sich die Parzellen für die Touristen befanden.

»Will ihn wohl davon überzeugen, ihn als Geldgeber zu unterstützen. Aber mit dieser Idee ist er auf dem Platz ja nicht allein.«

Rüdiger richtete einen vielsagenden Blick auf Dolly Katzenbieger, die ihn erst wütend anstarrte, sich dann über den Tresen beugte und ganz nah vor seinem Gesicht mit drohender Stimme giftete, was für ein mieser Kerl er sei.

***

Michael senkte die Stimme und tuschelte:

»Ich glaube, der Rüdiger und die Dolly hatten was miteinander.«

Er drückte seine Zigarette im Aschenbecher aus und sah Jennifer und Rainer mit vielsagendem Blick an.

»Aber ich bin nicht dahinter gekommen, weil der Rüdiger sich kurz danach verabschiedet hat. Er wollte noch schwimmen gehen, hat er zu mir gesagt. Irgendwie wirkte er so traurig, als er ging.«

Michael deutete Rainer an, näher zu ihm zu rücken und flüsterte:

»Die Katzenbieger hat mir danach noch gesagt, dass der Rüdiger immer gerne andere Leute schlecht machen würde und dass ich mich bloß nicht von ihm täuschen lassen sollte.«

Dolly Katzenbieger wischte mit einem Lappen energisch zwischen die drei Gäste.

»Darf ich euch noch einen Drink mixen?«

Der eisige Blick der Blondine streifte Michael, der sich davon allerdings nicht beeindrucken ließ und feixte.

»Nein, meine Schöne, ich krieche jetzt lieber in mein Zelt und lausche den Geräuschen der Nacht.«

Dann wandte er sich Jennifer zu.

»Vorausgesetzt, sie werden nicht vom Würfelgeklapper unserer netten Nachbarn übertönt.«

Rainer schwante Böses. Eine vage Erinnerung schälte sich aus seinem Unterbewusstsein und manifestierte sich in einem Bild: Ein runder Plastiktisch, eine blumengemusterte Kunststofftischdecke, vier Plastikstühle, zwei halbvolle Bierflaschen auf dem Tisch, mehrere leere Flaschen auf dem Boden. Rainers Wohnwagennachbarn schüttelten mit sturen Gesichtern einen Lederbecher und würfelten. Pausenlos, Tag und Nacht. Rainer schauderte. Er erinnerte sich an das Gefühl gähnender Langeweile, die einst zäh an seinen Urlaubstagen klebte. Das Geklapper der Nachbarn hatte ihn damals mit zunehmender Wut erfüllt, die er aber seiner Frau zuliebe stets für sich behielt.

»Wir haben würfelnde Nachbarn?« fragte er zaghaft.

»Ganz reizende Leute«, antwortete Michael.

»Sie läuft am liebsten im rosa Morgenmantel 'rum und drückt jedem ein Gespräch 'rein. Wahrscheinlich, weil sie zu Hause nichts reden darf.«

Michael erhob sich von der Bank, winkte den beiden Kommissaren zu und verabschiedete sich in die Nacht.

»Ich hätte gerne noch einen Kaffee«, rief Jennifer über den Tresen. Dolly Katzenbieger stellte eine Tasse vor ihr ab und lächelte mit ihren allzu pink gefärbten Lippen:

»Da habts gleich den Richtigen kennengelernt. Seit der den Rüdiger g'funden hat, macht er sich hier überall wichtig.«

Rainer zwinkerte der Prallbusigen freundschaftlich zu.

»Aber spannend ist das alles schon«, stellte er fest. »Es ertrinkt ja nicht jeden Tag ein Unternehmensberater, der sich gegen die Interessen des Campingplatzpächters durchsetzt und Gelände erwirbt, um dort einen 3D-Bogenparcours aufzubauen. Das klingt ja beinahe wie ein Krimi.«

Dolly, die gerade Gläser abtrocknete, hielt mitten in der Bewegung inne.

»Da kannst Recht haben«, meinte sie nachdenklich. »Vielleicht habens den Rüdiger ja umgebracht? Aber wer könnt sowas tun? Etwa der Georg?«

Sie fuhr fort, ein Glas mit dem Geschirrtuch zu polieren.

»Ein Motiv könnt er ja haben. Immerhin hat der Rüdiger mit der Renate rumpoussiert. Dös is die Frau vom Georg.«

Rainer und Jennifer tauschten einen kurzen Blick. Das war allerdings eine interessante Neuigkeit, die ihre Kollegen bei den Ermittlungen vor Ort nicht erfahren hatten. Jennifer tat uninteressiert, trank ihren Kaffee aus und gähnte.

»Komm, Hase, ich bin müde. Gehen wir schlafen.«

Beim Aufstehen pickte sich Rainer unauffällig mit spitzen Fingern eine von Michaels Zigarettenkippen aus dem Aschenbecher und ließ sie in seiner Jackentasche in ein Papiertaschentuch fallen.

***

Der Kommissar zog die Wohnwagentür hinter sich zu und klappte den Innenriegel vor. Jennifer putzte sich bereits im winzigen Bad die Zähne. Plötzlich fühlte sich Rainer unbehaglich. Es war schon einige Monate her, dass er mit einer Frau ein Schlafzimmer geteilt hatte. Nun würde er die erste gemeinsame Nacht mit Jennifer verbringen. Diese notgedrungene Vertraulichkeit war ihm unangenehm. Dienst hin, Dienst her.

Jennifer trat aus dem Bad. In ihrem kurzen, dunkelblauen Nachthemd mit den dünnen Spaghettiträgern sah sie wieder entzückend aus. Ihre dunkelbraunen Haare hatte sie zu einem Pferdeschwanz zusammen gebunden. Auch ohne

Schminke war Rainers Kollegin ausgesprochen hübsch. Genau genommen noch hübscher als mit Make-up, eine Erfindung, der Rainer ohnehin nicht viel abgewinnen konnte.

Er räusperte sich und drückte sich an seiner Kollegin vorbei ins Bad, um sich selbst bettfertig zu machen. Nachdenklich betrachtete er seinen weinroten Seidenpyjama mit dezenten grauen Streifen.

»Ich hätte mir vielleicht noch etwas Schickeres kaufen sollen. Etwas, das ein bisschen mehr sexy aussieht«, dachte er. Dann zuckte er die Schultern und schlüpfte in die Pyjamahose. Als er aus dem Bad kam, lag Jennifer bereits im Bett, die Decke bis zur Nase hochgezogen.

»Dieser Spur mit der Frau des Campingplatzbesitzers müssen wir morgen unbedingt nachgehen«, nuschelte sie in die Decke hinein.

»Ich hab' jetzt Feierabend«, entgegnete Rainer und krabbelte in sein Bett. »Gute Nacht.«

Gut wurde diese Nacht jedoch nicht wirklich. Im Wohnwagen nebenan klapperten bis Mitternacht die Würfel. Danach lauschte Rainer dem leisen Schnarchen seiner hübschen Kollegin.

Rückblick: Vier Wochen zuvor

Der Digitalwecker piepste schon seit einer Stunde. Renate Proll lag reglos auf dem Rücken in ihrem Bett. Ihr linker Arm baumelte schlaff über den Rand, das blonde, halblange Haar war zerzaust, das Bett zerwühlt. Sie war totenbleich, hatte die Augen geschlossen, der Mund stand halboffen.

»Sag mal, Renate, was treibst Du eigentlich?«, polterte ihr Mann Georg, als er in das eheliche Schlafzimmer stürzte.

Unten vor dem Supermarkt war schon die Hölle los. Seit einer halben Stunde sollte Renate im Laden stehen und frische Brötchen verkaufen. Doch die Kisten mit den Backwaren, die jeden Morgen von der Bäckerei aus dem Fürstental geliefert wurden, standen noch immer unberührt neben dem Hintereingang. Nun drängten sich ungeduldige Camper vor der Tür und murrten.

Georg schnaubte verächtlich, während er die Decke von seiner Frau zerrte und sie grob an der Schulter schüttelte.

»Liegt einfach da und pennt, während unsere Kunden sich da draußen die Füße platt treten«, schimpfte er. Dann hielt er plötzlich in seiner Bewegung inne. »Renate?«

Seine Stimme klang auf einmal besorgt, während er seine Frau erneut schüttelte.

»Renate, was ist los?«

Doch Renate rührte sich nicht. Nur ihr Kopf kippte schlaff von einer Seite zur anderen. Georg erstarrte, als er die leere Tablettenschachtel und das Wasserglas auf dem Nachtschränkchen wahrnahm.

»Oh Gott«, flüsterte er.

Der Notarzt war nach wenigen Minuten zur Stelle. Mit Blaulicht und Martinshorn fuhr er an den gaffenden Campern vorbei, die sich vor dem Supermarkteingang tummelten.

»Jetzt hört auf zu glotzen und kommt rein«, rief ihnen eine ältere Frau in hellblauer Kittelschürze zu. Anneliese und ihr Mann Albert waren Urgesteine im »Swimming Paradise«, das sie noch als unbedeutenden Campingplatz »Seeblick« kannten. Seit mehr als 40 Jahren stand ihr Wohnwagen auf dem gemieteten Dauerstellplatz direkt am Seeufer. Sie kannten jeden Winkel auf dem Gelände und hatten in der Hochsaison schon des Öfteren im Supermarkt ausgeholfen, wenn Not am Mann war. Georg konnte sich auf das Paar verlassen, so auch an diesem Tag. Während er die Rettungssanitäter und den Notarzt in die über dem Supermarkt gelegene Pächterwohnung führte, öffnete Anneliese bereits die Ladentüren und Albert räumte die Backwaren in die Auslage.

Die Touristen stürmten in den Supermarkt. Einige verteilten sich zwischen den Regalreihen, doch die meisten drängelten sich vor dem Verkaufstresen der Bäckerei.

»Nun mal schön der Reihe nach«, bestimmte Anneliese. »Ihr habt doch alle Urlaub, was soll die Hektik?«

***

Georg saß neben dem Bett seiner Frau im Kreiskrankenhaus. Man hatte Renate den Magen ausgepumpt. Nun schlief sie, während Flüssigkeit aus der Infusion in ihre Vene tropfte.

»Sie ist außer Lebensgefahr«, beruhigte ihn der Arzt. »Aber Sie können sich glücklich schätzen, dass Sie Ihre Frau noch rechtzeitig gefunden haben. Sonst hätte es kritisch werden können. So eine Portion Schlaftabletten ist im Allgemeinen schwer verdaulich.«

Georg nickte, während er das blasse Gesicht seiner Frau betrachtete.

Nach 13 Jahren Ehe hatten sich die beiden mehr und mehr auseinander gelebt. Der Campingplatz, den sie vor zehn Jahren von der Gemeinde gepachtet hatten, warf zwar endlich etwas Gewinn ab. Doch die Prolls hatten auch eine Menge Geld investiert, um den verschlafenen, von Dauercampern dominierten »Seeblick« in die attraktive Ferienanlage »Swimming Paradise« zu verwandeln. Wenn Georg an die Summen dachte, die er der Bank schuldete, wurde ihm ganz schwindlig.

Ursprünglich hatten er und Renate den Platz gar nicht so sehr verändern wollen. Sie träumten von einer kleinen, einträglichen Geschichte, die ihnen so viel Geld einbringen sollte, dass sie ein unbeschwertes Leben in bescheidenem Luxus führen konnten.

Doch dann hatte Georg Rüdiger Molch kennengelernt. Der Unternehmensberater sprühte nur so vor Ideen. Wenn er von der Zukunft des »Seeblick« sprach, bekam er immer leuchtende Augen. Seine Begeisterung wirkte ansteckend auf Georg und Renate. Als Rüdiger eines Tages mit den Plänen einer schwimmenden Wellnessoase mit Bar bei ihnen auftauchte, waren sie davon überzeugt, dass dies genau der richtige Weg war, um den »Seeblick« in eine Goldgrube zu verwandeln. Das »Swimming Paradise« entstand und Rüdiger Molch war um einige Euro reicher, denn er ließ sich seine Ideen von Georg und Renate teuer bezahlen. Dieses Geld sei notwendig, um den Bürgermeister davon zu überzeugen, dass der »Seeblick« unbedingt in ein zukunftsgerichtetes Tourismusunternehmen verwandelt werden müsse, hatte Rüdiger versichert.

Der Deal klang für Georg nicht schlecht: Er unterschrieb bei der Gemeinde einen neuen Vertrag, der eine relativ geringe Pacht beinhaltete, die in den nächsten 25 Jahren nicht erhöht werden sollte. Dafür übernahm er die Kosten für die baulichen Erweiterungen.

Georg seufzte tief und versank weiter in seinen Gedanken.

Rüdiger Molch war ihm in den vergangenen elf Monaten zunehmend auf den Geist gegangen. Georg liebäugelte mit dem gemeindeeigenen Nachbargelände, das direkt an das »Swimming Paradise« anschloss. Die leicht hügelige Fläche begann mit einer Wiese, die in ein Wäldchen überging. Etliche Granitfelsen, die bei einem Meteoriteneinschlag vor Jahrmillionen entstanden waren, verzauberten das Gelände in eine Märchenwelt, in der sich durchaus Feen und Elfen tummeln könnten, wenn es sie denn gäbe.

Georg hätte das Gelände gerne dazu gepachtet und behutsam in den Campingplatz integriert. Bei den Verhandlungen mit dem Bürgermeister fühlte er sich schon auf der sicheren Seite – bis eines Tages im Dezember des vergangenen Jahres Rüdiger freudestrahlend mit dem Kaufvertrag in Georgs Büro erschien.

»Wir werden Nachbarn«, hatte er frohlockt und damit Georg und Renate das Weihnachtsfest verdorben.

Rüdiger Molch hatte das Grundstück von der Gemeinde erworben, weil er dort einen Bogenparcours aufbauen wollte. Die Bogenschützen sollten in dem verwunschenen Wäldchen auf lebensgroße Gummitiere schießen. Schon zu Beginn der Saison wollte er zwei Zielscheiben auf der Wiese aufstellen. Gleichzeitig wollte Rüdiger einen Waldpfad für den Parcours anlegen lassen, der im Sommer in Betrieb gehen sollte.

»Mensch, Georg, das bringt dir eine ganz neue Klientel«, versuchte er ihn zu überzeugen.

»Stell dir vor, brave Familienväter, die in ihrem langweiligen Urlaub von der ganzen Blage mal ein bisschen Abstand brauchen. Sie gehen auf den Bogenparcours, während Mama in der Sauna schwitzt und die lieben Kleinen bei der Kinderanimation bespaßt werden. Du spezialisierst dich immer mehr auf die wohlsituierte Familie. Das ist echt einträglich! Verstehst du nicht?«

Rüdiger schien erst jetzt den sauren Gesichtsausdruck seines Gegenübers zu registrieren. Er zog seine Stirn in Falten und bekam einen bittenden Blick. »Ach Georg, du bist mir doch nicht etwa böse, dass ich das Gelände gekauft habe? Du kannst dir doch sowieso keine weiteren Investitionen mehr leisten! Welche Bank würde dir denn noch mehr Geld geben?«

Georg schwieg. Er wusste, dass Rüdiger Recht hatte. Der Campingplatz kam nur langsam in Schwung. Seine Kreditgeber mussten erst einmal Vertrauen zu ihm aufbauen, indem er seine Raten regelmäßig tilgte – und das war in der Vergangenheit nicht immer der Fall gewesen. Vor allem nicht in den ersten Jahren.

»Und was ist mit meinen Plänen, den Platz zu erweitern? Wäre das etwa nicht familienfreundlich gewesen?«, knurrte er.

»Ach was, Georg«, Rüdiger sprach jetzt mit ihm wie eine Mutter, die ihrem kleinen Kind erklären wollte, dass es vor dem Essen kein Eis mehr gibt, »das ist doch alles Käse! Wo ist denn da das Besondere? Mit ein bisschen Natur und Märchen lockst du heute doch keinen mehr hinter dem Ofen vor. Aber von dem Bogenparcours profitierst du eindeutig. Und er kostet dich keinen Cent!«

***

Auf einmal regte sich Renate in ihrem Krankenbett. Ihre Lider zuckten, sie bewegte ihren Kopf. Dann schlug sie die Augen auf und blickte verwirrt zu Georg, der hilflos ihre Hand tätschelte.

»Na, aufgewacht?« versuchte er etwas ungelenk, ein Gespräch zu beginnen. Renates Augen füllten sich mit Tränen, als ihr bewusst wurde, dass sie sich nicht in einem Himmelbett befand, sondern im Krankenhaus.

»Nicht einmal das kriege ich hin«, flüsterte sie.

Einen Tag später kam Georg wieder in die Klinik, um nach seiner Frau zu sehen. Er hatte in der Nacht kaum geschlafen, weil seine Gedanken ständig um diese sonderbare Beziehung zu Rüdiger kreisten. Rüdiger Molch, der sich nicht nur das Nachbargrundstück unter den Nagel gerissen, sondern – das hatte Georg erst vor zwei Monaten erfahren – auch noch Interesse an einer kompletten Übernahme des »Swimming Paradise« gezeigt hatte. Georg hatte sich bis vor acht Wochen eigentlich sicher gefühlt. Er konnte sich nicht vorstellen, dass der langfristig ausgelegte Pachtvertrag ohne triftigen Grund aufgekündigt werden konnte.

Doch dann hatte ihm ein ehemaliger Schulfreund, der im Gemeinderat saß, unter der Hand die schockierende Mitteilung gemacht, dass in einer nichtöffentlichen Gemeinderatssitzung über den Verkauf des Campingplatzes gesprochen worden sei. Der offenkundig zahlungskräftige Kaufinteressent sei kein anderer als Rüdiger Molch. Und dessen Angebot sei so attraktiv, dass die finanzschwache Kommune über einen Verkauf ernsthaft nachdenke. Er, Georg, würde dafür eine ordentliche Abfindung erhalten.

Georg schnaubte wütend.

»Dieser Haifisch«, raunte er und verharrte einen Augenblick vor der Tür des Krankenzimmers, in dem seine Frau lag. Er verstand noch immer nicht, warum sie sich das Leben nehmen wollte. Eigentlich war sie eine Kämpfernatur. Als sie von Rüdigers Plänen gehört hatte, war sie so unbeschreiblich wütend geworden, dass Georg fast ein wenig Angst vor ihr bekommen hatte. Er war überzeugt davon, dass sie gemeinsam mit ihm um den Campingplatz kämpfen würde.

Doch kurz nach diesem Zwischenfall hatte sie sich verändert, saß oft mit verweintem Gesicht im Wohnzimmer. Georg war ganz froh, dass die Saison erst langsam anlief und nur wenige Gäste auf dem Platz waren. Denn Renate hatte keinerlei Antrieb mehr. Es schien ihr jeden Tag schwerer zu fallen, im Supermarkt zu arbeiten. Als vor drei Wochen die Zielscheiben für die Bogenschützen auf dem Nachbargrundstück aufgestellt wurden, stand sie tränenüberströmt am Küchenfenster und starrte ins Nichts.

Ihre Ehe hatte in den vergangenen Jahren unter der Arbeit und dem großen finanziellen Druck, der auf ihnen lastete, schon gelitten, fand Georg, der noch zögerte, das Krankenzimmer zu betreten. Renate war ihm in den vergangenen Monaten häufig sehr abwesend vorgekommen. Sie wich ihm aus, wies seine Berührungen brüsk ab. Tagsüber kam es vor, dass er sie stundenlang nicht zu Gesicht bekam. Er vermutete, dass ihr die Sache mit Rüdiger mehr zu Herzen ging, als sie zugeben wollte. Wundern konnte ihn das nicht. Immerhin ging es um die Zukunft, um den gemeinsamen Lebenstraum, der gerade zu zerbröckeln schien.

Entschlossen drückte Georg die Klinke herunter und betrat das Zimmer. Renate saß in ihrem Bett und blätterte in einer Illustrierten. Als sie Georg sah, lächelte sie ihm schwach entgegen. Er setzte sich auf den Bettrand, streichelte ihre Hand und schaute sie an.

»Geht's dir wieder besser?« Die Frage kam ihm irgendwie albern vor. Was sollte man einen Menschen fragen, der sich das Leben nehmen wollte, und sein Ziel nicht erreicht hatte?

Renate verzog prompt ihren Mund zu einem verächtlichen Grinsen.

»Das ist so typisch für dich, mir so eine blöde Frage zu stellen«, zischte sie ihn an und zog ihre Hand weg.

Georg schaute ihr fest in die Augen.

»Sag mir nur eines, Renate: warum wolltest du sterben?«

Seine Frau wich seinem Blick aus, als Georg nachhakte.

»Oder ist diese Frage jetzt auch blöd?«

Renate schluchzte plötzlich auf und presste ein Taschentuch an ihren Mund.

»Ich bin so enttäuscht von Rüdiger«, platzte es aus ihr heraus.

»Das bin ich auch, Renate. Das ist doch kein Wunder. Aber deshalb bringt man sich doch nicht um!«

»Du verstehst es einfach nicht. Er hat nicht nur dich über den Tisch gezogen, sondern mich auch. Und nicht nur über den Tisch.«

Wieder schlug seine Frau die Augen nieder und vermied es, ihn anzusehen, während sie in ihr Taschentuch weinte. Georg starrte auf seine Hände, die reglos auf seinen Oberschenkeln lagen. Plötzlich zuckte er zusammen und starrte Renate an.

»Was genau meinst du damit?«, stieß er hervor, doch er ahnte schon, was kommen würde. Die Erkenntnis traf ihn wie ein Blitz aus heiterem Himmel.

»Wie lange schon?«, flüsterte er und seine Hände ballten sich zu Fäusten.

»Ein Jahr«, wisperte Renate. Sie wischte sich mit dem Taschentuch über ihre Augen.

Ein Jahr lang hatte ihn sein Frau mit Rüdiger betrogen! Das war zu viel für Georg. Abrupt erhob er sich vom Krankenbett und ging mit steifen Schritten zur Tür. Bevor er den Raum verließ, verharrte er einen Augenblick, schaute seiner Frau feindselig ins Gesicht und zischte:

»Den bringe ich um, darauf kannst du dich verlassen.«

4

Als Jennifer Reitmann erwachte, zeigte der Wecker bereits 7.30 Uhr. Sie schaute zu ihrem Kollegen hinüber, der mit zerzausten Haaren auf dem Rücken lag und mit einem zufriedenen Zug um den Mund fest schlummerte. Leise erhob sie sich aus ihrem Bett, schnappte sich ein Handtuch und machte sich auf den Weg ins Waschhaus. Während sie sich die Zähne putzte, betrat eine junge Frau grußlos den Raum und verschwand mit einem kleinen Eimer in der Toilette. Jenny hörte, wie hinter der Tür der Eimer entleert wurde. Kurz danach rauschte die Klospülung.

Die Kommissarin packte die Zahnbürste in ihren Waschbeutel und beschloss, sich das Sanitärgebäude genauer anzusehen. Der Geschirrspülbereich befand sich in einem sehr sauberen Raum mit großen Fenstern über den Becken. Auf der anderen Seite entdeckte sie Herdplatten, zwei Mikrowellen sowie einen großen Schrank mit einzelnen Kühlfächern.

»Alles vom Feinsten«, staunte die Polizistin. Ein Mann trocknete gerade einige Plastikteller und Tassen ab, als die Frau von eben hereinkam und unter Jennifers entsetztem Blick am Becken links von ihm mit ungerührter Miene ihren Eimer ausspülte, der ihr offenbar als Nachttopf diente.

»Camper!« Rainer schien das Wort förmlich auszuspucken, als ihm Jenny von dem Erlebnis berichtete.

»Manche Leute haben sonderbare Anwandlungen. Deshalb merke dir eines: Spüle dein Geschirr immer in der eigenen Schüssel!« Der erfahrene Ex-Dauercamper verzog abfällig das Gesicht und schwang sich aus dem Bett.

»Gefällt dir das Camperleben immer noch so gut?«

Wenig später saßen die beiden Kollegen in harmonischer Zweisamkeit vor dem Wohnwagen. Die Spätfrühlingssonne wärmte und Jennifer setzte ihre Sonnenbrille auf.

»Ich werde mir heute mal die Ehefrau von diesem Georg näher ansehen«, erklärte sie, während sie in ihrer Kaffeetasse rührte.

»Und ich schaue mal nach dem Herrn in seinem Schickimicki-Wohnmobil«, ergänzte Rainer.

Die beiden sahen sich lächelnd an. Sie waren ein eingespieltes Team. Über die Jahre hatte sich eine freundschaftliche Vertrautheit zwischen ihnen entwickelt.

»Sonst könnten wir jetzt auch nicht so eng in einem Wohnwagen zusammen leben«, fuhr es Jennifer durch den Kopf.

»Wie wäre es, wenn ich erst einmal ein paar Brötchen fürs Frühstück hole? Mit leerem Magen ermittelt es sich nur halb so schön«, schlug sie vor.

Der kleine Supermarkt auf dem Campingplatz bot von der Wäscheleine bis zum Wurstaufschnitt alles, was ein Camperherz begehrt. Eine hübsche Frau, vermutlich Ende 30, bediente gerade einen älteren Herrn am Tresen des Backshops.

»Wie immer, Herr König?«

Der ältere Herr nickte.

»Wie immer, meine liebe Renate. Wenn ich Ihr Lächeln schon am frühen Morgen sehe, wird mein Tag bestimmt wieder wunderschön.«

Die Dame errötete, während sie drei Brötchen in eine Papiertüte steckte.

»Vielen Dank, Herr König«, sagte sie leise. Der Mann, ein vitaler Mittsiebziger mit hellwachen blauen Augen, beugte sich über den Tresen.

»Geht es Ihnen wieder etwas besser, Renate? Ich habe mir Sorgen um Sie gemacht, nach dem, was passiert ist.«

Jennifer näherte sich unauffällig und betrachtete mit größtem Interesse ein Regal, in dem verschiedene Flaschen Haarshampoo, Waschmittel und Toilettenpapier aufgereiht waren.

»Schon gut, Herr König. Es geht schon wieder«, antwortete die Frau.

Jennifer trat entschlossen an den Tresen heran.

»Entschuldigung, haben Sie noch Mohnbrötchen?«

Herr König nahm seine Tüte an sich, nickte Jennifer zu und ging. Renate wischte sich mit dem Ärmel über die Augen und begann mit fahrigen Bewegungen ein Mohnbrötchen nach dem anderen in eine Tüte zu stopfen.

»Ich hätte gerne nur zwei«, versuchte Jennifer die Frau zu stoppen.

»Geht's Ihnen nicht gut?«

Renate starrte mit glasigem Blick ins Leere. Plötzlich verdrehte sie die Augen und stürzte zu Boden. Jennifer war sofort bei ihr, fühlte ihren Puls und griff zu ihrem Handy.

»Rainer, komm schnell in den Supermarkt. Und rufe einen Arzt. Hier ist eine Frau ohnmächtig geworden.«

***

In der Nähe des Krankenwagens standen einige Camper in Grüppchen zusammen und tuschelten miteinander. Ihre Gesichter wirkten betroffen, während sie immer wieder verstohlen zu dem Rettungsfahrzeug hinüber sahen, in dem die Sanitäter Renate versorgten.

»Erscht die Tabledda und jetzt der Nervazammabruch. Die arme Frau!«

Rainer kam der schwäbische Dialekt nur allzu bekannt vor: Die Nachbarin mit der Würfelleidenschaft. Er schlenderte zu der Gruppe.

»Meine Güte, hier geht's ja zu«, raunte der Kommissar.

»Was hat denn die Frau für Probleme?«

»Ombrenga wollt se sich«, brach es aus der Nachbarin heraus.

Sie trug nicht ihren rosa Morgenmantel, doch ihre Tagesbekleidung sah auch nicht besser aus: Über schwarzen Leggins bauschte sich eine zeltähnliche Bluse im Leopardenlook. Ihre fleischigen Füße steckten nackt in rosafarbenen Kunststoffclogs mit Felleinsatz. Die Haare hatte sie zu einem Dutt zusammen gebunden, der ihr Gesicht streng wirken ließ. Sie trat nahe an Rainer heran, der als neuer Gast im »Swimming Paradise« offenbar noch nicht wusste, welche Tragödien sich hier abspielten.

»Die hot doch mit dem Kerl romgmacht, der wo neulich im See abgsoffa isch. Hend Se des net gwisst?«

»Ach papperlapapp, Sie wissen doch gar nichts«, mischte sich ein älterer Mann im Feinrippunterhemd ein, dessen gewaltiger Bauch über den Gürtel seiner speckigen Jeans quoll. Es war Albert, der am Vortag mit dem Franken Karl den Mietwohnwagen von Rainer und Jennifer auf den Stellplatz geschoben hatte.

»Das sind doch alles nur Gerüchte, die unsere gute Renate in ein schlechtes Licht rücken sollen.«

»Aber abgsoffa isch er doch, oder net?« Die Frau im Leopardenlook ließ nicht locker.

»Mag ja sein, dass dieser Windhund ertrunken ist. Aber nur, weil er sich am Abend vorher hat vollllaufen lassen.«

Albert warf einen giftigen Blick zu Michael, der in diesem Augenblick zu der Gruppe kam und Rainer die Hand zum Gruß entgegenstreckte.

»Sie haben doch mit ihm gepichelt, stimmt's?«

Albert trat nahe an Michael heran, um ihm bedrohlich in die Augen zu sehen.

Michael hielt seinem Blick gelassen stand und antwortete ruhig:

»Ich glaube, an dem Abend haben sich hier einige Leute zugesoffen, oder täusche ich mich? Aber ich habe mich wenigstens mit niemandem geprügelt.«

Rainer musterte Albert, der nun vor Michael zurückwich

und wütend seine Lippen zusammen presste. Ein grün-gelber Bluterguss umrahmte sein linkes, geschwollenes Auge. Der Kommissar erinnerte sich an das Ermittlungsprotokoll seiner Kollegen. Sie hatten festgestellt, dass einige der Dauercamper am Tag nach dem rätselhaften Tod von Rüdiger Molch lädiert ausgesehen hatten: Ihre Gesichter und Arme waren mit Kratzspuren, blauen Flecken und Prellungen verziert. Mit betretenen Mienen hatten sie unisono etwas von einer Schlägerei erzählt, in die sie sich am Vorabend nach einigen Gläsern zu viel miteinander verwickelt hätten. Alle hatten einander durchaus glaubwürdige Alibis gegeben.

Auch die befragten Nachbarn bestätigten, dass es an jenem Abend, an dem Rüdiger Molch seinen letzten Atemzug verströmte, in der Dauercampersiedlung ziemlich laut hergegangen war. Vor allem die schwäbische Würfelspielerin konnte sich sehr genau daran erinnern, dass die Damen und Herren Dauercamper mitten in der Nacht in einen heftigen Streit geraten waren, bei dem wohl auch die Fäuste gesprochen hatten.

Rainer hatte vorerst genug gehört und wandte sich zum Gehen. Albert hielt ihn am Ärmel fest.

»Sie müssen ja einen üblen Eindruck von uns haben«, meinte er und klopfte dem Polizeibeamten leutselig auf die Schulter.

»Aber wir sind eigentlich gar nicht solche schlimmen Finger. Vielleicht trinken wir mal ab und zu einen über den Durst, aber wer tut das nicht hin und wieder?«

Rainer lächelte Albert verständnisvoll an. »Ja klar, und dann haut man sich mal ordentlich eins auf die Rübe, nur so zum Spaß. Wer tut das nicht hin und wieder?«, dachte er sarkastisch.

Seine Worte verrieten allerdings nichts von seinem Zynismus, im Gegenteil. Mit schmeichelnder Stimme lud er Albert, dessen Frau und seinen fränkischen Freund nebst Gattin zum abendlichen Grillen ein.

»Meine Frau würde sich sehr freuen«, fügte er hinzu und verkniff sich ein hinterhältiges Feixen. Jennifer würde sicherlich nicht begeistert sein. »Ermittler haben eben keinen Feierabend«, stellte er in Gedanken fest.

***

Ein junger Rettungssanitäter saß neben Renate Proll im Krankenwagen und schrieb etwas.

»Meine Frau macht gerade eine schwere Zeit durch«, hörte sie draußen Georgs Stimme. »Ich danke Ihnen, dass Sie so schnell reagiert und den Krankenwagen gerufen haben.«

»Kein Problem, Herr Proll«, antwortete eine Frau. »Das ist doch selbstverständlich. Sicherlich ist es nicht einfach, so einen Campingplatz zu betreiben. Da können die Nerven manchmal blank liegen.«

Renate setzte sich vorsichtig auf.

»Ich möchte zu meinem Mann«, sagte sie zu dem Rettungssanitäter. Entschlossen schwang sie ihre Beine von der Trage und stand mit weichen Knien auf.

»Renate, willst du nicht doch lieber ins Krankenhaus fahren?«

Georg hakte seine Frau unter.

»Nein, es geht schon wieder«, antwortete sie brüsk. »Ich gehe in den Laden.« Sie nickte Jennifer zu und ging mit unsicheren Schritten in Richtung Supermarkt.

»Das machen schon die Anneliese und der Albert«, rief Georg Proll und hielt seine Frau am Ärmel fest. »Du gehst jetzt hoch in die Wohnung und legst dich aufs Sofa. Ich rufe die Anneliese, damit sie nach dir schaut. Du weißt doch, ich muss jetzt gleich zum Bürgermeister.«

Jennifer witterte ihre Chance.

»Wenn es Ihnen nichts ausmacht, kann ich mich auch um Sie kümmern«, schlug sie vor.

Später lag Renate, eingewickelt in eine warme Decke, auf dem Sofa im Wohnzimmer des Ehepaars Proll, während Jennifer in der Küche einen Tee kochte. Ihr Blick fiel aus dem Küchenfenster auf das Wiesengelände, das weiter hinten in ein Wäldchen überging. Auf der hügeligen Fläche standen zwei Schießscheiben. Zwei Männer betraten in diesem Moment mit ihren Bögen den Platz. Jennifer schüttete kochendes Wasser in die Teekanne und beobachtete die beiden Bogenschützen, die nun ihre Pfeile aus den Köchern zogen und abwechselnd begannen, auf die Scheiben zu schießen.

»Jede Menge Verdächtige«, grübelte Jennifer. Die Kollegen hatten die Bogenschützen auf dem Campingplatz bereits einzeln befragt. Sie hatten jeden Pfeil untersucht und mit der Pfeilspitze verglichen, die die Halsschlagader von Rüdiger Molch durchtrennt hatte. Doch diese Untersuchungen hatten keine heiße Spur ergeben.

Jennifer trug die Teekanne und zwei Tassen zum Couchtisch. Renate nippte an dem dampfenden Getränk.

»Ich habe Sie hier noch gar nicht wahrgenommen«, gab sie zu.

»Kein Wunder, mein Mann und ich sind erst gestern angekommen«, antwortete Jennifer und schenkte sich ebenfalls ein.

»Und nun hocken Sie hier mit einer nervenschwachen Heulsuse, anstatt sich in unserer Sauna zu entspannen.«

Renate knüllte bedrückt ein Taschentuch zusammen.

»Ich würde auch mal gerne Urlaub machen«, setzte sie leise hinzu. »Ganz allein auf einer einsamen Insel. Ganz weit weg von all dem Scheiß hier.«

»Aber der Campingplatz scheint doch ganz gut zu laufen, oder nicht?«

Renate Proll winkte mit einer schlaffen Handbewegung ab.

»Doch, der Laden läuft. Wir haben auch genug Geld investiert. Aber es gibt Menschen, die uns unseren Erfolg nicht gönnen.«

Jennifer blickte fragend auf, doch Renate schien nicht gewillt, noch mehr zu sagen. Mit blassem Gesicht war sie wieder auf das Sofa zurück gesunken und gab Jenny nun zu verstehen, dass sie ein wenig schlafen wolle.

»Anneliese schaut nachher noch herein. Und mein liebster Ehemann«, die Betonung der letzten beiden Worte klang bissig, »kommt sicher auch bald von seinem wichtigen Termin beim Herrn Bürgermeister wieder.«

***

Während sich Jenny um Renate Proll kümmerte, bummelte Rainer über den Campingplatz und blieb kopfschüttelnd vor einem riesigen Luxusmobil stehen.

»Das Ding hat den Wert einer Eigentumswohnung. Aber wenn es irgendwann mal keinen TÜV mehr kriegt, ist es nur noch Schrott. So ein Schwachsinn«, dachte er.

An das Camperumfeld hatte er sich noch immer nicht gewöhnt. Ihm war dieses Leben einfach zu öffentlich. Nicht einmal beim Pinkeln konnte man sicher sein, nicht jemanden zu treffen, der einem unbedingt erzählen wollte, wie schön doch das Wetter heute und wie schrecklich windig es gestern gewesen sei. Und dann diese würfelnden Nachbarn, die einen um den Schlaf brachten. Fürchterlich!

Interessiert betrachtete er den Luxusliner, in dem der offenkundig wohlhabende Senior Cornelius König residierte. Dieser trat just in diesem Moment an die offene Eingangstür und musterte Rainer mit freundlichen, blauen Augen.

»Nun, gefällt Ihnen mein kleines Häuschen auf Rädern?«

»Oh ja, so etwas sieht man nicht alle Tage«, antwortete Rainer lächelnd. »Dürfte ich wohl mal einen Blick hinein werfen?«

»Selbstverständlich«, forderte Cornelius König seinen Gast auf. »Ich bitte nur darum, die Schuhe draußen auszuziehen.«

»Wie früher«, dachte Rainer grimmig. Er hatte regelmäßig wüste Beschimpfungen von seiner Frau kassiert, wenn er den Wohnwagen mit Straßenschuhen betrat. Das war jedoch die einzige Möglichkeit gewesen, gegen die in Rainers Augen allzu sturen Regeln seiner Gattin zu rebellieren.

»Möchten Sie einen Cappuccino?«

Cornelius König hantierte in der glänzenden Küche aus Kirschbaumholz, während er Rainer mit einer flüchtigen Handbewegung aufforderte, auf dem cremeweißen Ledersofa Platz zu nehmen.

Die beiden Männer verstanden sich auf Anhieb. König erzählte Rainer mit herzerfrischender Offenheit von den Menschen, die im »Swimming Paradise« ihre Zeit verbrachten. Er berichtete von den Dauercampern, die am Ufer des Sees ihre winzigen Behausungen gegen sämtliche Änderungswünsche des Platzpächters Georg Proll verteidigten.

»Mit denen dürfen Sie sich nicht anlegen«, riet der Senior seinem Besucher.

»Die rotten sich immer zusammen und beäugen jeden Neuling mit Argusaugen. Und wehe, ein unbedarfter Gast gelangt zufällig in das exklusive Toilettenhaus.« Cornelius König verdrehte die Augen. »Das ist ein absolutes Unding, glauben Sie mir.«

Rainer glaubte ihm jedes Wort. Er erinnerte sich noch bestens an die Menschen, die er Jahr für Jahr wiedersah, wenn er mit seiner damaligen Frau die Wochenenden und jeden Urlaub auf dem verhassten Campingplatz verbrachte. Jeder von ihnen brüstete sich damit, schon seit 25 Jahren dort, und nur dort, Urlaub zu machen.

»Komisch, dass die Leute immer von 25 Jahren sprechen«, bemerkte er. »Ich glaube beinahe, dass alles, was sich noch vor diesen 25 Jahren abgespielt hat, in einem Nebel des Vergessens verschwunden ist. Die Leute können einfach nicht noch weiter zurück zählen. Dabei waren sie schon immer dort und werden dort vermutlich bis an ihr Lebensende sein.«

Der alte Herr kicherte meckernd.

»Und in ihrem nächsten Leben auch noch. Arme Teufel,

die nichts von der Welt sehen.«

Er stand auf, öffnete eine Vitrine und wählte zwei Likörgläser. Staunend registrierte Rainer eine verspiegelte Bar, aus der Cornelius König nun eine bauchige Flasche hervor zauberte. In diesem Luxusliner müsse man tatsächlich auf keinerlei Annehmlichkeiten verzichten, räumte der Kommissar anerkennend ein. König schenkte lächelnd ein und schob das Glas über den Tisch.

»Marillenlikör, versuchen Sie mal. Schmeckt köstlich!«

Rainer zögerte einen Moment. Es war nicht einmal Mittagszeit und genau genommen war er ja im Dienst. »Aber wenn's dem Ermittlungserfolg dient«, dachte er und hob das Glas an die Lippen.

Zwei Stunden später saßen die beiden in fröhlichem Rausch am Tisch.

»Luxus macht Frauen willig«, verriet Cornelius König und prustete ausgelassen.

»Stellen Sie sich vor, diese Bardame, Dolly heißt sie, die wirft sich mir regelrecht an den Hals.«

Rainer betrachtete den vitalen Senior mit Interesse. Cornelius König sah immer noch sehr gut aus, war drahtig und wirkte unglaublich lebendig. Das war mit 75 Jahren keineswegs selbstverständlich, fand der Kommissar. Trotzdem fiel es ihm schwer, einer Frau Mitte 30 die große Liebe zu einem um so viele Jahre älteren Mann abzukaufen.

Doch Dollys Katzenbiegers Leidenschaft schien König nicht zu missfallen. Rainer wollte eigentlich keine intimen Details hören, aber der ältere Herr wurde mit jedem Glas Marillenlikör redseliger und machte aus der Liebschaft mit Dolly kein Geheimnis.

Allerdings sei ihm Rüdiger Molch zunehmend auf die Nerven gegangen, gab König zu.

»Dieser Typ hat immer versucht, mir meine hübsche Freundin madig zu machen. Sie wollte nur an mein Geld herankommen, hat er mir immer wieder ins Ohr geflüstert. Dabei hatte er doch selber ein Auge auf sie geworfen.«

Cornelius zog die Brauen zusammen.

»Selbst wenn sie tatsächlich nur scharf auf mein Geld wäre, ist mir das egal. Hauptsache, sie macht mich noch ein Weilchen scharf. In meinem Alter ist das ja nicht unbedingt alltäglich!«

»Dann kam es Ihnen doch gar nicht ungelegen, dass der arme Rüdiger Molch so plötzlich sein Leben ausgehaucht hat, oder?«

Rainer wusste, dass diese Frage nicht ungefährlich war. Schließlich kam sie fast einer Beschuldigung gleich.

König war jedoch zu betrunken, um darüber nachzudenken.

»Mir ist der Rüdiger Molch doch völlig schnuppe. Ich bleibe hier noch drei Wochen, dann fahre ich wieder nach Hause und mein luxuriöses Lotterleben hat ein Ende.«

Rainer hakte nach und was er nun erfuhr, amüsierte ihn wirklich: Cornelius König war, wie er selbst augenzwinkernd zugab, ein armer Schlucker mit kleiner Rente. Seine Kinder, Enkel und Freunde hatten ihm zum 75. Geburtstag den Mietluxusliner samt Spesen für zwei Monate geschenkt. König spielte die Rolle des wohlsituierten Seniors so glaubwürdig, dass ihm einige Leute auf dem Campingplatz rasch fragwürdige Freundschaften anboten.

Allen voran Dolly, die sich ihm regelrecht ins Bett geworfen hatte, weil sie sich von dieser Vereinigung finanziell gesicherte Jahre erhoffte. Sie hatte ihm sogar schon angeboten, ihn bis ans Lebensende zu pflegen. König, dessen Frau vor zwei Jahren gestorben war, genoss die Zuwendung der attraktiven Bardame. Doch er wusste ganz genau, dass diese »Liebe« schnell verglühen würde, wenn Dolly erst einmal seine bescheidene Zwei-Zimmer-Mietwohnung zu Gesicht bekäme. Und so entschied er sich, diese zwei Monate seines Lebens im Luxusliner als angenehmen Ausnahmezustand zu betrachten, der in absehbarer Zeit enden würde.

»Du glaubst gar nicht« – die beiden Männer waren inzwischen bei der vertraulichen Anrede angekommen – »welche Hoffnungen so ein Riesenwohnmobil bei manchen Leuten weckt«, erzählte König weiter.

Georg Proll habe sich unterwürfig an ihn herangemacht,

ihn jeden Abend zu Cocktails an der Bar eingeladen und ihm in der Wellnessoase sogar eine persönliche Masseurin zur Verfügung gestellt. Kostenlos, versteht sich.

Schon nach kurzer Zeit habe ihm der Campingplatzpächter von seinen Erweiterungsplänen berichtet, für die er einen Investor suchte. Cornelius König erkannte rasch, dass sich zwischen Proll und Rüdiger Molch eine ungute Konkurrenzbeziehung entwickelt hatte. Viel früher als Georg Proll selbst wusste der Senior genau, wie es um die Ehe der Prolls bestellt war und welche Rolle Rüdiger Molch dabei spielte.

»Mir tut die Renate unendlich leid«, räumte er gegenüber Rainer ein. Dann erzählte er von ihrem Selbstmordversuch vor vier Wochen.

»Daran ist nur dieser elende Schuft schuld«, schnaubte König grimmig. »Erst spielt er monatelang Renate die große Liebe vor, dann lässt er sie plötzlich fallen und beginnt ein Techtelmechtel mit Dolly. Das hat die Renate einfach nicht verkraftet.«

Rüdigers Tod habe die Pächterehefrau enorm mitgenommen. Das erkläre auch ihren Nervenzusammenbruch am Vormittag, schloss König und spielte nachdenklich mit seinem nun endgültig geleerten Likörglas.

»Ich glaube, für mich wird es Zeit, den Standort zu wechseln. Das wird mir alles zu kompliziert hier.«

Der Senior erhob sich wankend vom Tisch und schmunzelte Rainer an.

»Jetzt muss ich aber erst mal meinen Rausch ausschlafen.«

***

Die Luft im Wohnwagen war alkoholgeschwängert. Jennifer rümpfte angewidert die Nase und öffnete zwei Fenster in der Sitzecke. Aus dem Schlafraum tönte lautes Schnarchen. Rainer lag mit geöffnetem Mund vollständig bekleidet auf seinem Bett. Der Geruch, der von ihm ausging, ließ keinen Zweifel: Der nette Kollege war sternhagelvoll und schlief seinen Rausch aus. Am helllichten Tag zur besten Kaffeezeit! Jennifer stellte eine Espressokanne auf den Gasherd, goss Wasser in ein Glas und löste eine Kopfschmerztablette darin auf. Das würde seine Lebensgeister zurückbringen.

Die Kriminalbeamtin setzte sich auf den Bettrand ihres Kollegen und schüttelte ihn sanft an der Schulter. Rainer erwachte nur langsam und mit trübem Blick. Jennifer schnalzte mit der Zunge.

»Herr Kommissar, ich muss Sie rügen. Nicht nur, dass Sie ihrem Beamtenschlaf zu ausgiebig frönen. Sie trinken sogar im Dienst! Wenn das keine Abmahnung gibt.«

Rainer richtete sich auf und griff sich stöhnend an die Stirn.

»Da, trink das!« Jennifer reichte ihm das Glas.

Wenig später saßen die beiden am Tisch im Wohnwagen, tranken Espresso und sprachen leise über den aktuellen Stand ihrer Ermittlungen.

»Es gibt so viele Verdächtige«, stöhnte Rainer, der sich einen nassen Waschlappen an die Stirn drückte.

»Haben die Kollegen inzwischen eigentlich den Schaft gefunden, zu dem die Pfeilspitze gehört?«

Jenny stöberte die E-mails auf dem Rechner nach einem entsprechenden Hinweis durch. Ihr Kollege starrte sie mit stierem Blick an. Sein Hirn war offenbar noch zu benebelt, um ihren Gedankengängen folgen zu können. Sie lächelte amüsiert, während sie weiter auf den Bildschirm ihres Notebooks schaute.

»Negativ«, murmelte sie dann. »Vom Schaft keine Spur. Das ist wirklich komisch. Wie kommt die Pfeilspitze in Rüdiger Molchs Hals?«

Sie seufzte und klappte entschlossen den Rechner zu.

»Ich brauche jetzt eine Pause und gehe in die Sauna«, verkündete sie.

Plötzlich war Rainer hellwach. Boshaft griente er seine

Kollegin an.

»Daraus wird nichts, fürchte ich. Wir bekommen nachher Besuch und müssen noch das Abendessen vorbereiten.«

***

Anneliese und Albert standen den ganzen Tag im Supermarkt und verkauften den Touristen all jene Dinge, die Camper im Urlaub benötigen. Zwischendurch schaute Anneliese nach Renate, brachte ihr etwas zu essen, kochte Tee und plauderte über belangloses Zeug.

Jenny bereitete indessen zähneknirschend im Wohnwagen Salat vor und marinierte Grillfleisch für die Gäste. Pünktlich um 19 Uhr machten diese sich am Campingtisch des vermeintlichen Ehepaars breit. Albert versteckte seine gewaltige Wampe unter einem weiten, grünblau karierten Hemd. Anneliese hatte ihren hellblauen Kittelschurz gegen einen beigefarbenen Rock und eine rosengemusterte Bluse eingetauscht. Karl, der bei der Ankunft der beiden Ermittler geholfen hatte, den Wohnwagen an den richtigen Platz zu schieben, kam in Begleitung seiner unscheinbaren Ehefrau Grete. Im Gegensatz zu Anneliese, die an diesem Abend unaufhörlich plapperte, blieb Grete sehr still.

Rainer stellte Bierflaschen auf den Tisch und drehte die Fleischstücke auf dem billigen Kohlegrill, den er kurz vor der Abreise noch rasch in einem Supermarkt gekauft hatte. Er war sich mit Jennifer einig, dass sie keinerlei Fragen stellen würden. Vielmehr wollten sie ihre Gäste mit reichlichem Essen und einem noch reichlicheren Getränkeangebot in Plauderstimmung versetzen.

Der Plan schien aufzugehen, wenngleich Rainer spürte, dass der Alkoholgenuss zur Mittagszeit keine gute Grundlage für sachliche Ermittlungen am Abend war. Allerdings gelang es ihm, den einen oder anderen Schnaps unauffällig ins Gras zu kippen.

»Komm Jenny, trink' einen mit uns, nä?«, prostete Karl mit rollendem »R« der jungen Frau zu.

Jennifer schüttelte den Kopf und lächelte geheimnisvoll.

»Weißt du, in meinem Zustand ist Alkohol nicht gut.«

Sie legte Rainer einen Arm um die Hüfte und strahlte ihn verliebt an. »Nicht wahr, mein Hase?«

Rainer verschluckte sich an seinem Bier, hustete heftig und schnappte nach Luft.

»Ja, Liebling«, presste er heiser hervor, während ihm Jennifer zwischen die Schulterblätter klopfte.

»Der Arme, seit er von der Schwangerschaft erfahren hat, ist er ganz verunsichert.«

Sie verdrehte die Augen und schaute Anneliese mit vielsagendem Blick an.

»Ach, Kindchen, das ist aber nett. Und nun genießt ihr beiden Turteltäubchen euren letzten gemeinsamen Urlaub in trauter Zweisamkeit. Wie romantisch!« Anneliese seufzte.

Rainer löste sich aus der Umarmung der Kollegin und machte sich am Grill zu schaffen.

»Hallo, Herr Nachbar!«

Ein hagerer Typ mit kurz geschnittenen Stoppelhaaren betrat die Parzelle, auf der sich Rainer und Jenny niedergelassen hatten. Der Mann, er mochte Anfang 50 sein, konnte seinen Blick kaum von den Steaks abwenden.

»Das sieht aber lecker aus.«

Er strahlte Rainer an, der unschlüssig mit der Grillgabel hantierte.

Karl räusperte sich. »Jo, da tropft der Zahn, nä?«, bemerkte er und nahm einen kräftigen Schluck aus der Bierflasche.

»Pass auf, Rainer, vor dem musst du dich in Acht nehmen, nä. Der is hier platzbekannt.«

Der Typ ignorierte diese Bemerkung und wandte sich direkt an den Grillmeister.

»Ja, was ich fragen wollte, so ganz unter uns Campern«, er trat näher an Rainer heran und legte ihm eine Hand auf die

Schulter.

»Also, wenn ihr euer Fleisch fertig gegrillt habt, könntet ihr uns doch eure Kohle überlassen, oder? Die braucht ihr dann ja nicht mehr. Wäre doch schade um die schöne Glut!«

Karl und Albert lachten gleichzeitig los und hielten sich ihre Bäuche.

»Hab ich's nicht gesagt, nä«, prustete Karl und wischte sich die Lachtränen aus den Augen.

Als er Rainers verdatterte Miene sah, hieb er sich klatschend auf die Oberschenkel. Sein Gelächter verwandelte sich in ein Wiehern, während Albert nur noch quiekende Geräusche von sich gab. Beide Köpfe hatten eine hochrote Farbe angenommen.

»Darf ich vorstellen«, quetschte Albert zwischen zwei Quieksern hervor, »das ist das Oberhaupt der Familie Schnorrer.«

Die üble Nachrede schien an dem dürren Kerl abzuprallen. Unverbindlich lächelnd wartete er Rainers Antwort ab.

»Naja, wenn Sie unbedingt wollen«, sagte dieser, »dann kommen Sie doch in einer halben Stunde wieder. Bis dahin dürften wir fertig sein.«

Herr Schnorrer, wie ihn Albert und Karl nannten, schien zufrieden.

»Oh, wenn es nichts ausmacht, dann warte ich so lange hier.«

Rainer seufzte ergeben.

»Biete dem bloß kein Bier an, nä! Sonst wirst du den nie wieder los«, feixte Albert und der Kriminalbeamte fand, dass er Recht hatte.

Die nächsten 15 Minuten hüllte sich die kleine Gesellschaft in peinliches Schweigen, während das Fleisch brutzelte und der Schnorrer stoisch daneben stand und über die Glut wachte. Nachdem Jenny die Teller gefüllt hatte, räumte der stoppelhaarige Mann mit einer Schaufel die glühenden Kohlen in einen alten Kochtopf, um endlich seiner Wege zu gehen.

Der Zwischenfall hatte die Runde zusammen geschweißt, Bier und Schnaps flossen und Albert wurde redselig. Er berichtete mit schwerer Zunge von dem Streit in der Dauercampersiedlung, der wegen einer Nichtigkeit begonnen habe.

»Dabei müssen wir doch zusammenhalten«, lallte er und wedelte trüben Blickes mit dem Zeigefinger. »Wir haben sogar schon eine Bürgerinissiative gegründet.«

Jennifer beobachtete, wie ihm Anneliese unter dem Tisch einen heftigen Fußtritt gegen die Waden versetzte. Das Ehepaar tauschte einen kurzen Blick und Albert kniff seinen Mund zusammen. Doch Rainer hakte, plötzlich hellwach geworden, erbarmungslos nach. Und so erfuhren er und seine Kollegin von den Übernahmeabsichten Rüdiger Molchs, der den Campingplatz in ein Feriendorf umwandeln und den Dauercamperbereich an den Rand des Platzes umsiedeln wollte. Außerdem habe er geplant, das exklusiv für die Dauercamper reservierte Waschhaus in ein Kinderbad mit Planschbecken und Spielplatz umzubauen. Die Dauercamper gaben sich allerdings nicht kampflos geschlagen. Sie hatten sich zu dem Verein »Rettet den Campingplatz« zusammen geschlossen, um die Gemeinde Fürstental gemeinsam mit einer Schadensersatzklage in die Knie zu zwingen.

»Der Georg würde sowas nie mit uns machen«, ergänzte Anneliese.

»Aber gegen den Rüdiger Molch hätte er nie eine Chance gehabt. Der hätte unseren Georg und seine Renate einfach 'rausgekauft und uns hätte er auch vergrault. Und das nach 40 Jahren«, empörte sie sich. »Wir waren hier nämlich die ersten, die einen Stellplatz gemietet haben. Damals war das noch unser Seeblick. Da gab's noch keine Sauna und auch keine Bar und solchen Blödsinn.«

Anneliese geriet jetzt richtig in Fahrt, doch den nächsten Satz unterbrach Albert mit einem Tritt vor ihr Schienbein:

»Eigentlich bin ich ganz froh, dass der Rüdiger morgen unter die Erde kommt. Dann bleibt wenigstens alles so, wie es ist.«

5

Die Beerdigung von Rüdiger Molch war eine große Sache. Kriminalhauptkommissar Bernd Schätzle, der Leiter der SOKO Camping, stand diskret am Rande der Trauergesellschaft. Hinter der Friedhofsmauer blitzte für einen Augenblick das Objektiv einer Kamera im Sonnenlicht auf. Schätzle lächelte zufrieden: Das Observationsteam leistete ganze Arbeit.

Unter den Trauergästen erkannte Schätzle auch den Bürgermeister von Fürstental, Heino Herzig. Das Pächterehepaar Proll und die Bardame Dolly Katzenbieger grüßten den Kriminalbeamten kurz im Vorübergehen.

Als die Trauernden einzeln an das offene Grab herantraten, in das die Bestatter bereits den Eichenholzsarg hinabgelassen hatten, spielten sich ergreifende Szenen ab. Renate, die eine rote Rose in das Grab warf, schluchzte heftig auf, um sogleich den Friedhof zu verlassen. Den Arm, den ihr Georg im Fortgehen zur Stütze reichte, stieß sie grob von sich.

Auch Dolly rang um Fassung, als sie, begleitet von dem betroffen dreinblickenden älteren Herrn, den Bernd Schätzle dem Luxuswohnmobil zuordnete, kurz am Grab innehielt. Sie hatte ihr wie immer allzu grell geschminktes Gesicht hinter einem schwarzen Hut mit Schleier versteckt. Nun lupfte sie den Stoff mit einer eleganten Bewegung hoch, um sich, ganz und gar nicht elegant, die Nase zu schnäuzen.

Bernd Schätzle beobachtete eine junge Frau, die Ende 20 sein mochte. Sie hatte eine sportliche Figur, die in ihrem schwarzen Kostüm ansprechend zur Geltung kam. Kurz geschnittenes rotes Haar umrahmte ihr Gesicht. Eine Sonnenbrille betonte ihre dezent geschminkten Lippen – insgesamt eine Erscheinung, die das Interesse eines Mannes weckte. Der Kriminalhauptkommissar ließ die unbekannte Schönheit nicht aus den Augen, als sie an das Grab trat und mit versteinerter Miene eine Handvoll Erde aus der Schale nahm, die neben dem Grab stand. Sie zögerte einen Augenblick, dann warf sie entschlossen die braunen Krümel auf den Sarg, deutete eine Verbeugung an und trat beiseite.

Ein Mann um die Dreißig näherte sich der jungen Frau, schüttelte ihre Hand und flüsterte ihr mit ernstem Gesicht etwas zu. Bernd Schätzle war zu weit weg, um zu verstehen, was er zu ihr sagte. Doch ihm genügte, was er sah: Die Frau erbleichte, nahm ihre Sonnenbrille ab und schaute ihr Gegenüber mit einem Gesicht an, das Angst verriet.

***

»Hast du die Fotos?«

Bernd Schätzle schaute seinem Kollegen am Computer über die Schulter. Auf dem Bildschirm waren Bilder mit verschiedenen Personen zu sehen. Der Polizeibeamte vom Observationsteam hatte saubere Arbeit geleistet und die gesamte Trauergesellschaft abgelichtet.

»Ich suche eine Frau mit kurzen, roten Haaren und Sonnenbrille. Ist dir so eine schon aufgefallen?«

Der Polizist wusste sofort, wen Schätzle meinte.

»Die schwarze Witwe, da hätten wir sie«, witzelte er und rief mit einem Mausklick das Bild der Unbekannten auf.

»Schick' das gleich mal dem Rainer auf den Rechner. Und den da auch«, Schätzle deutete auf das Foto des Mannes, der die Schöne hatte erbleichen lassen.

***

Anneliese und Albert begannen den Tag wie immer. Sie standen stets um 7.30 Uhr auf, ganz egal, wie kurz die Nacht und wie hoch der Alkoholpegel gewesen waren. Während sie den Frühstückstisch auf der Veranda mit zauberhaftem Blick auf den See deckte, radelte er mit seinem klapprigen Drahtesel zuerst zum Sanitärgebäude und anschließend zum Supermarkt, wo er vier Brötchen und eine Zeitung besorgte. Dabei schaute er noch auf dem Platz nach dem Rechten, plauderte lautstark mit anderen Frühaufstehern, ohne sich dabei um die Gäste zu kümmern, die noch zu schlafen versuchten.

Vor allem in den Zelten regte sich meist kurze Zeit später Leben und zerzauste Leute krochen ins Freie. Albert war es gleichgültig, dass er die Betroffenen mit seinem Organ geweckt hatte. In seinen Augen waren die Zeltcamper sowieso ein asoziales Volk, das sich nicht einmal einen Klappstuhl leisten konnte und seine kargen Mahlzeiten auf dem Boden hockend zu sich nahm.

Nach dem Besuch des Supermarktes unternahm Albert jeden Morgen einen Abstecher in die Rezeption, um dort all jene Dinge zu vermelden, die ihm Tags zuvor negativ aufgefallen waren – etwa die Kleinfamilie, die während der Mittagsruhe ihr Baby einfach schreien ließ.

»Was muss überhaupt so ein kleines Ding schon Urlaub machen«, ereiferte er sich gegenüber der Dame an der Rezeption. »Eltern mit so kleinen Kindern sind doch zu Hause viel besser aufgehoben.«

Kinder waren ihm ohnehin ein Dorn im Auge. Die gab es erst, seit der Campingplatz »Seeblick« in die Ferienanlage »Swimming Paradise« umgewandelt worden war. Ausgesprochen lästig, fand Albert, der selbst keine Kinder hatte und darüber auch nicht traurig war. Kinder, so verkündete er regelmäßig, radelten ständig über den Campingplatz, spielten überall Ball, kreischten am Strand herum oder bevölkerten mit ihren überdimensionalen Schwimmtieren ständig den Pool.

»Stell' dir mal vor, wenn dieser Rüdiger unseren Campingplatz übernommen hätte, dann hätte er aus unserem Waschhaus ein Kinderbad gemacht«, entrüstete er sich gegenüber der Rezeptionistin, die mit gelangweiltem Blick ihre lackierten Fingernägel feilte und nun gleichgültig mit den Schultern zuckte.

Nachdem er seinen Dampf abgelassen hatte, kehrte Albert, zufrieden mit sich und der Welt, zu seinem Wohnwagen zurück, wo Anneliese bereits mit Kaffee auf ihn wartete. Als die beiden am Tisch saßen, senkte Albert seine Stimme:

»Dein Geschwätz gestern war total überflüssig. Du bringst uns noch in Teufels Küche damit.«

»Es ist mir so heraus gerutscht.« Anneliese wirkte auf einmal bestürzt. »Ich hab's doch gar nicht so gemeint.«

»Hoffentlich kommt nicht nochmal die Polizei hierher, um die Gäste zu befragen. Wenn der Rainer und die Jennifer das denen erzählen würden!«

Albert stockte, dann machte er eine abwertende Handbewegung.

»Ach was, ich bin einfach zu nervös.«

Nachdenklich schlürfte er seinen Kaffee.

»Glaubst du denn, wir haben dem Rüdiger ein paar Ohrfeigen zu viel gegeben?«, raunte Anneliese ihrem Mann zu. »Vielleicht ist er ja danach am Wasser ohnmächtig geworden und ertrunken?«

Michael stand neben dem Wohnwagen von Albert und Anneliese. Er war wütend, weil ihn dieser Albert mit seinem Geschwätz direkt vor seinem Zelt geweckt hatte. In solchen Momenten konnte es vorkommen, dass er ernsthaft daran dachte, sein Zelt wegzuwerfen und künftig nur noch Hotelurlaub zu machen. Andererseits, räumte er ein, konnten solche

Nervensägen auch vor einer Hoteltür auftauchen. Also beschloss er, dem guten Mann, der sich so aufführte, als gehöre der Campingplatz ihm allein, die Meinung zu sagen. So kam es, dass Michael Zeuge einer Unterhaltung wurde, die keineswegs für fremde Ohren bestimmt war.

Still blieb er hinter der Hecke stehen, die wie eine grüne Mauer den Dauercamperbereich von dem restlichen Platz abtrennte.

»Ach was, Anneliese«, hörte er nun Albert, »die paar Watsch'n von uns haben dem nicht geschadet. Der war doch sternhagelvoll. Hat sich mit dem asozialen Rocker aus dem Zelt da drüben einen Cocktail nach dem anderen 'reingeschüttet. Wahrscheinlich ist er im Suff am Ufer gestolpert und hat sich seine vernebelte Birne angeschlagen, als er ins Wasser gefallen ist. Da können doch wir nix für. Mach' dir nur keine Gedanken, aber pass' künftig auf, was du gegenüber anderen sagst.«

Michael stockte der Atem. Der alte Herr hatte sich also mit Rüdiger geprügelt! Das würde auch sein ramponiertes Gesicht erklären. Der Motorradfahrer schüttelte sich, als er plötzlich den leeren Blick des Toten vor sich sah. Dieses Bild würde er so schnell nicht vergessen, da war er sich sicher. »Ich sollte das der Polizei erzählen«, dachte er.

»Was stehen Sie hier herum und glotzen!«

Michael zuckte zusammen. Vor ihm stand plötzlich Albert. Sein riesiger Wanst war kaum eine Handbreit von Michaels Sixpack-Bauch entfernt. Mit bedrohlicher Miene baute sich der Dauercamper vor dem ungebetenen Besucher auf. Er war fast gleichgroß wie Michael und wirkte mit seiner wuchtigen Gestalt durchaus angsteinflößend. Wenn Rüdiger mit diesem Fettkloß hätte kämpfen müssen, waren seine Chancen ungeschoren davonzukommen gering, schoss es ihm durch den Kopf.

»Guten Morgen, Herr Nachbar.«

Trotz des Schreckens gelang es Michael, unbeschwert und freundlich zu klingen.

»Ich wollte gerade zu Ihnen, weil ich Sie um etwas bitten wollte.«

»So, und was wollen Sie?« Albert klang unwirsch, trat jedoch einen Schritt zurück, was Michael aufatmen ließ.

»Könnten Sie eventuell Ihre morgendlichen Unterhaltungen etwas leiser anstimmen? Sie wecken hier alle Leute auf«, bat Michael in sanftem Ton.

Albert kniff seine Augen zusammen, während er Michael anstarrte.

»Ansonsten müsste ich mal in der Rezeption was sagen. Immerhin zahle ich hier auch mein Geld. Ich möchte mich in meinem Urlaub erholen und dazu gehört, dass ich morgens so lange schlafen kann, wie ich möchte.«

Albert schnappte hörbar nach Luft. So ein Schnösel war ihm in all den 40 Jahren auf dem Campingplatz noch nie begegnet. Dieser Typ war ihm ohnehin ein Dorn im Auge, hatte er doch vor vier Tagen tatsächlich die Dreistigkeit besessen und eine günstige Gelegenheit genutzt, um in das für die Dauercamper reservierte Waschhaus zu gelangen! Dort hatte er ausgiebig geduscht, sich rasiert und war anschließend – nur mit einem Handtuch um die Hüften – ganz gelassen zu seinem Zelt spaziert.

Anneliese war zwar schon 62 Jahre alt, aber diesen Anblick hatte sie offensichtlich genossen. Albert bebte vor Zorn, wenn er daran dachte.

»Du kannst mich mal«, grantelte er Michael an, drehte sich um und ließ die Tür seines Wohnwagens zufallen.

Kopfschüttelnd stapfte Michael zu seinem Zelt zurück. Eigentlich war es höchste Zeit für ihn, den Platz zu verlassen und mit seinem Motorrad weiter zu fahren. Normalerweise wäre er schon längst über alle Berge. Gewöhnlich reiste er spätestens nach drei Nächten weiter. Doch dieser tödliche Unfall von Rüdiger Molch ließ ihm keine Ruhe.

Michael hatte das Gefühl, dass die Polizei in diesem Fall nur schlampig ermittelte. Nur deshalb war er überhaupt noch hier. Er wollte sich lieber noch ein wenig umhören. Vielleicht würde er der Kripo noch einen interessanten Hinweis geben können. Das Gespräch zwischen Albert und Anneliese, das er gerade eben belauscht hatte, fand er schon sehr aufschlussreich.

***

Jennifer saß bereits im Sonnenschein vor dem Wohnwagen und rauchte eine Zigarette, als Rainer mit brummendem Schädel in der Tür erschien.

»Guten Morgen, mein Hase, geht's dir nicht so gut?«, hauchte ihm die Kollegin mit einem strahlenden Lächeln entgegen. Dann schob sie ein Wasserglas über den Tisch, in dem sie vorsorglich eine Kopfschmerztablette aufgelöst hatte.

»Du solltest vielleicht weniger trinken«, meinte sie süffisant.

»Und du solltest nicht mehr rauchen. In deinem Zustand«, konterte Rainer. Jennifers Lächeln erstarrte. Sie zögerte einen Moment, dann drückte sie seufzend die Zigarette aus:

»Verdammt, an diese Konsequenz habe ich nicht gedacht.«

Nach dem Frühstück verriegelten sich die beiden Kommissare im Wohnwagen.

»Dienstbesprechung«, raunte Rainer schmunzelnd, während er das Notebook startete.

»Wir müssen unseren Bericht an die Kollegen schreiben. Heute ist die Beerdigung von Rüdiger Molch. Ich bin gespannt, was unser Bernd Schätzle zu erzählen hat.«

»Aber bis der anruft, wird es Nachmittag. Ich gehe jetzt erst mal schwimmen, Überstunden abfeiern«, gab Jennifer zurück.

Kurze Zeit später zog sie ihre Bahnen im See. Etwas weiter entfernt erkannte sie Michael im Wasser. Fröhlich winkend schwamm sie auf ihn zu. Seine schwarzen Haare klebten in nassen Locken an seinem Kopf. Er strahlte sie aus blauen Augen an. Sein sonnengebräuntes Gesicht war ausgesprochen attraktiv, stellte die Kommissarin fest. Beide schwammen in gleichmäßigen Zügen nebeneinander her. Das gegenüberliegende Ufer kam näher.

Zwischen Jennifer und Michael entspann sich ein Wetteifern. Keiner wollte sich die Blöße geben, jetzt schlapp zu machen, um zum Strand zurück zu schwimmen. Schließlich fühlten sie Grund unter den Füßen und wateten an Land.

Die Morgensonne stand schon hoch und der Tag war warm. Jennifer setzte sich auf einen großen, glatten Stein, der zur Hälfte im seichten Wasser lag. Michael stand tropfnass vor ihr. Es fiel ihr schwer, nicht seinen durchtrainierten Körper zu bewundern. Deshalb lud sie ihn lieber mit einer Handbewegung ein, neben ihr auf dem Stein Platz zu nehmen.

Michael hob einen Kiesel auf und warf ihn ins Wasser.

»Hier habe ich den Mann gefunden«, sagte er leise. »War echt kein schöner Anblick.«

Jennifer wusste, dass sie sich am Tatort befanden. Ganz bewusst hatte sie Michael hierher gelotst. Er hatte den Toten hier gefunden, vielleicht würden ihm noch ein paar Details einfallen, an die er bisher nicht gedacht hatte.

»Heute Morgen hatte ich eine sonderbare Begegnung«, begann Michael, der bedrückt wirkte. Dann erzählte er Jennifer von dem Gespräch zwischen Albert und Anneliese. Die Kommissarin spürte, wie ihr Herz schneller klopfte. Obwohl sie schon seit fünf Jahren in der Mordkommission arbeitete, reagierte sie noch immer emotional, wenn sie auf eine heiße Spur stieß.

»Du meinst, die älteren Herrschaften mit ihren Dauerresidenzen am Seeufer haben den Mann so zugerichtet, dass er ertrunken ist?«

Sie schaute direkt in Michaels blaue Augen und erschrak ein wenig. Der Stein war nicht unbedingt riesig. Er bot zwar durchaus Platz für Zwei, doch man musste schon ein wenig zusammen rücken, um bequem zu sitzen. Michaels Gesicht war dem ihren sehr nahe. Und er schien auf einmal mehr

Interesse an ihr zu haben, als an irgendwelchen prügelnden Dauercampern.

»Mann, das hätte ich heute früh auch nicht gedacht, dass ich mit so einer tollen Frau alleine in der Sonne sitzen würde.« Er klang ein wenig heiser.

Jennifer wollte etwas erwidern, doch in diesem Moment spürte sie seine Lippen auf ihrem Mund. Ihr Herz raste.

»Ich bin doch verheiratet«, schoss es ihr durch den Kopf. Doch dieser Kuss schmeckte zu süß, um ihn zu abzuweisen.

Der Stein lag verborgen unter den tief hängenden Ästen einer Trauerweide. Hier hatte sich bestimmt schon manches Liebespaar versteckt und auch Jenny und Michael waren vom Campingplatz aus nicht zu sehen. Zumindest hoffte die Kommissarin dies inbrünstig. Romantischer hätte der Ort für diesen Kuss nicht sein können, wenn man dabei verdrängte, dass hier noch vor fünf Tagen eine Leiche im Wasser dümpelte.

Jennifer riss sich aus der Umarmung und sprang von dem Stein auf.

»Bist du verrückt, mich so zu überfallen!«, herrschte sie Michael an. »Wenn mein Mann davon erfährt, dann gibt es richtig Ärger.«

Der junge Mann wirkte verwirrt und enttäuscht. Er war von Jennifer schon am ersten Abend äußerst angetan gewesen. Zwischen ihr und ihrem Ehemann schien die Glut schon längst verloschen zu sein. Sie gingen so routiniert miteinander um, wie dies nur Paare tun, die seit Jahren zusammen leben. Außerdem war ihm ihr aufleuchtender Blick bei der ersten Begegnung auf dem Steg zur Bar keineswegs entgangen.

Michael hatte schon lange kein Interesse mehr an einer Frau gehabt, nachdem die letzte Beziehung für ihn sehr schmerzlich geendet hatte. Doch Jennifer wäre durchaus ein Grund, sich wieder zu verlieben. In dem verbotenen Kuss gerade eben hatte er eine Leidenschaft gespürt, die ihm noch immer den Atem raubte. Doch nun stand sie wütend vor ihm und sah dabei in ihrem schwarzen Bikini unglaublich schön aus. Jennifer sprang in den See und schwamm in einem Tempo zum Campingplatz zurück, als wäre der Teufel hinter ihr her.

Rainer blickte erstaunt von der Zeitung auf, als Jennifer tropfnass an ihm vorbei in den Wohnwagen stürmte.

»Meine Güte, was ist denn in dich gefahren«, rief er hinter seiner Kollegin her, doch als Antwort vernahm er nur einen zornigen Schrei. Wenige Minuten später kam Jennifer im Trainingsanzug wieder heraus, setzte sich an den Tisch und zündete sich eine Zigarette an.

»Sag' jetzt bloß nichts«, fuhr sie ihm über den Mund, bevor Rainer ihn geöffnet hatte.

Sie inhalierte tief, hielt einen Moment den Atem an und stieß dann den Rauch hervor.

»Ich bin so eine blöde Kuh«, schimpfte sie und wartete nicht auf eine Antwort. »Ich habe dich soeben betrogen. Mit einem unserer Hauptzeugen.«

Rainer schaute sie fassungslos an, als ihm Jennifer die kleine Affäre beichtete. Er musste sich eingestehen, dass ihn dieser Kuss schmerzte. Bisher hatte er Jenny ausschließlich als Kollegin wahrgenommen und geschätzt. Doch dieses enge Zusammenleben im Wohnwagen, das erkannte er nun, veränderte seinen Blickwinkel. Sie schien ihn jedoch weiterhin nur als Kollegen zu betrachten, auch wenn sie ihn manchmal auf eine Art neckte, die man als flirten bezeichnen konnte. Aber anscheinend hatte er sich geirrt.

»Du musst wissen, was du tust. Ich kann dir nicht vorschreiben, mit wem du herum knutschen darfst und mit wem nicht.«

Rainer wandte sich scheinbar ungerührt seiner Zeitung zu, blickte dann jedoch noch einmal auf.

»Nur hier auf dem Campingplatz solltest du dich vielleicht besser zurückhalten.«

Die freundschaftlich-vertraute Atmosphäre zwischen den beiden Kollegen war schlagartig einer professionellen Distanz gewichen.

***

Der Bogenschießplatz lag gleich gegenüber der Rezeption des Campingplatzes. Immer noch überrascht von seinen eigenen Gefühlen, brauchte Rainer jetzt ein wenig Abstand von seiner Kollegin und schlenderte über den Campingplatz, um das angrenzende Areal zu erkunden.

»Also, Dietmar, ich finde diesen Platz hier viel zu sonnig. Über Mittag wird mir das bestimmt viel zu heiß.«

Eine Frau, sie mochte Anfang 60 sein, lenkte Rainers Aufmerksamkeit auf sich. Sie stand neben einem über sieben Meter langen Wohnwagen und begutachtete mit gerunzelter Stirn eine Parzelle. Dietmar, ein graumelierter Brillenträger, tauchte hinter dem schicken Caravan auf.

»Aber die Sonne kommt doch von Westen und dort stehen Bäume«, entgegnete er und krempelte die Ärmel seines Hemdes bis zu den Ellenbogen hinauf. Seine Ehefrau betrachtete den gegenüberliegenden Platz.

»Da drüben können wir morgens unseren Kaffee nicht in der Sonne trinken. Die Bäume werfen zu viel Schatten.«

Über Rainers Gesicht huschte ein Grinsen. Er blieb unauffällig hinter einer Hecke stehen und spitzte die Ohren. Dieses Gespräch hatte einen gewissen Unterhaltungswert, den sich der Kommissar nicht entgehen lassen wollte.

»Aber Helen, der Platz wäre eigentlich ganz gut. Hier könnten wir gleich unser Zu- und Abwasser anschließen.«

Dietmar ging ein paar Schritte über die geschotterte Fläche, dann schüttelte er den Kopf.

»Nein, da ist ein Gefälle, dieser Platz taugt wohl doch nichts.«

Der graumelierte Herr nickte Rainer freundlich zu. Der

Kommissar lächelte. Angesichts der vielen freien Parzellen auf dem Campingplatz »Swimming Paradise« hatte die Diskussion des Ehepaares um den passenden Standort tatsächlich etwas Erheiterndes.

»Unweit des Seeufers finden Sie noch eine Menge toller Stellflächen«, riet er den beiden.

Dietmar zögerte einen Augenblick.

»Ach wissen Sie, eigentlich ist es hier doch gar nicht so übel, oder was meinst du, Helen?«

Helen zuckte nur mit den Schultern.

»Soll ich helfen?«

Einen Augenblick später stand Rainer hinter dem Wohnwagen, den Dietmar bereits von seinem Auto abkuppelte. Mit vereinten Kräften rangierten die beiden Männer den Caravan an seinen Platz.

»Gut so?«

Rainer wischte sich die Handflächen an seiner Hose ab. Dann musterte er den Wohnwagen.

»Ganz schön schwer, diese Kiste, was?«

Helen schmunzelte.

»Vollgeladen wiegt der 1700 Kilo«, erklärte sie. »Und drinnen ist beinahe Platz genug zum Tanzen.«

»Na, dann wünsche ich Ihnen einen schönen Aufenthalt auf diesem Campingplatz.«

Rainer winkte dem Ehepaar kurz zu, dann machte er sich auf den Weg zum Bogenschießplatz.

Er sah auf die Uhr. Die Beerdigung von Rüdiger Molch müsste längst vorbei sein. Er war gespannt auf Bernd Schätzles Bericht. Die Sonne brannte und er beschloss, in den kühleren Wald zu gehen, um sich dort das Gelände anzusehen, auf dem Rüdiger Molch den 3D-Bogenparcours aufbauen wollte. Dieses Vorhaben war ja nun erst einmal vom Tisch. Georg Proll würde darüber nicht ganz unglücklich sein.

Der Kriminalbeamte hatte schon viele Mörder erlebt. Die meisten wirkten auf den ersten Blick wie normale Menschen, denen man tagtäglich begegnet. Warum sollte also nicht der gutmütig wirkende Georg Proll seinen Konkurrenten getötet haben? Ein Motiv hatte er zweifellos: Nicht nur des Geschäfts wegen. Zudem hatte Molch ihm die Ehefrau ausgespannt. Doch auch seine Frau Renate war verdächtig. Aus verschmähter Liebe hatten schon ganz andere Menschen getötet. Und Dolly? Ihre Rolle war Rainer noch schleierhaft. Er beschloss, sie am späteren Nachmittag in der Bar zu besuchen, wenn noch nicht zu viele Gäste am Tresen hockten.

Rainer setzte sich auf einen Baumstumpf und blickte hinüber zur Wiese. Dort stand nun eine sportlich wirkende Frau mit kurzen roten Haaren. Sie schien gerade einem Mann den Umgang mit Pfeil und Bogen zu erläutern. In ihren kurzen Shorts und dem eng anliegenden Top wirkte sie wie eine moderne Amazone – schön anzusehen, wie Rainer zugeben musste. Sie nahm den Bogen, zielte, zog die Sehne durch und schoss auf die Scheibe. Der bewundernde Blick, mit dem der Mann die Bogenschützin betrachtete, zeigte Rainer, dass sie wohl ins Schwarze getroffen hatte.

Der Ermittler erhob sich und bewegte sich in einem weiten Bogen auf das Paar zu.

»Kann man auf dem Campingplatz Pfeil und Bogen ausleihen?«, fragte er die rothaarige Schönheit, die ihn anlächelte.

»Nicht auf dem Campingplatz, aber bei mir«, sagte sie. »Ich heiße Conny Niedecker und betreue die Bogenschützen hier drei Mal in der Woche mit meinem Servicemobil.«

Conny, so erfuhr Rainer, führte in der nahe gelegenen Gemeinde Fürstental ein Fachgeschäft für Outdoorausrüstung und Bogensport. In ihrem Laden fanden Bogenschützen ein Sortiment verschiedener Sportbögen und samt Zubehör.

»Bei mir gibt‘s alles, was das Herz eines Bogenschützen höher schlagen lässt«, warb die Amazone für ihr Unternehmen.

Rainer schmunzelte.

»Ich kann mir gar nicht vorstellen, was man außer ein paar Pfeilen und einem Bogen noch alles braucht!«

Lachend schüttelte Conny Niedecker den Kopf.

»Ich sehe schon, Sie brauchen ein wenig Nachhilfeunterricht!«

Interessiert betrachtete sie den groß gewachsenen Mittvierziger. Er hatte eine sympathische Ausstrahlung und schien tatsächlich mehr über den Bogensport erfahren zu wollen.

»Schauen Sie, das hier ist zum Beispiel ein Recurvebogen.« Sie deutete auf das Sportgerät in ihrer rechten Hand.

»Das starre Mittelstück aus Holz dient als Griff, an den sich die beiden flexiblen Wurfarme anschließen.«

Conny fuhr mit dem Zeigefinger über den Bogen und deutete auf die Sehne.

»Wenn ich die Bogensehne einhängen möchte, muss ich die Wurfarme krümmen. Dadurch entsteht eine Vorspannung.«

Aufmerksam folgte Rainer den Ausführungen der Amazone. Der Glanz in ihren blauen Augen verriet Enthusiasmus und Leidenschaft für ihren Beruf. Ihr fransig geschnittener Rotschopf verlieh ihrem dezent geschminkten Gesicht eine spitzbübische Ausstrahlung. Der Kommissar musste sich zusammenreißen, um sich von ihrem Anblick nicht zu sehr ablenken zu lassen.

Conny Niedecker schien davon nichts zu bemerken. Sie winkte einen der Bogenschützen zu sich. Er hatte ein High-Tech-Gerät bei sich, das mit den traditionellen Bögen offenbar nicht mehr viel gemein hatte.

»Hier sehen Sie einen Compoundbogen“, erläuterte die junge Frau ihrem Gegenüber.

»An den Bogenenden befinden sich drehbare Räder, die so genannten Camwheels, auf denen die Sehne aufgerollt ist.«

»Und ich dachte bisher immer, zum Bogenschießen braucht man nur einen langen, biegsamen Ast, eine Schnur und ein paar selbst geschnitzte Pfeile!«, räumte Rainer ein.

Conny strahlte ihn fröhlich an.

»Was die Ausstattung betrifft, trennen sich unter den Bogenschützen die Geister. Manche stehen auf modernste Technik, mit der man eigentlich nicht mehr danebenschießen kann. Andere bevorzugen traditionelle Bogen, deren Form und Funktion seit Jahrtausenden gleich ist. Sie verwenden weder Visiere noch andere Hilfsmittel. In meinem Laden findet jeder das Richtige für sich.«

»Die Pfeile bekommt man bei Ihnen auch?«

Rainer deutete auf den Köcher, den Conny Niedecker auf ihrem Rücken trug. Bereitwillig zog sie einen Pfeil heraus und reichte ihn dem Kommissar.

»Wer Geld sparen möchte, bekommt bei mir Rohlinge, die er selbst befiedern und mit der Spitze versehen muss. Die fertigen Pfeile sind etwas teurer.«

Conny, so erfuhr der Ermittler weiter, hatte sich auf die Herstellung dieser Pfeile spezialisiert.

Auf einmal verdüsterte sich ihr Blick.

»Leider wird das hier wohl nichts mehr mit dem 3D-Bogenparcours«, wandte sie sich an den jungen Mann mit dem Compoundbogen. »Ich war erst vorhin auf der Beerdigung des Eigentümers.«

Rainer heuchelte Betroffenheit und Mitgefühl. Ich sollte dringend Bernd anrufen, diese Adresse hier müssen wir uns näher anschauen, dachte er. Dankend nahm er Connys Visitenkärtchen entgegen.

»Ich komme sicher mal vorbei. Wer weiß, vielleicht entdecke ich in Ihrem Geschäft ein ganz neues Hobby und werde Bogenschütze«, verabschiedete er sich im Plauderton, während er innerlich darauf brannte, im Wohnwagen Bernds Nummer zu wählen.

Auf seinem Rückweg fand Rainer den Stellplatz von Dietmar und Helen verwaist vor. Verwundert ging er weiter. Warum war dieses nette Ehepaar so plötzlich wieder abgereist? Möglicherweise hatten sie von dem Toten im See gehört und hatten deshalb das Weite gesucht?

»Hallo, Herr Nachbar!«

Mit schwungvollem Schritt kam ihm Helen entgegen.

»Ich hoffe, Sie sind nicht böse, aber wir haben doch nochmal umgestellt.«

Helen strahlte Rainer an und wies mit dem ausgestreckten Arm hinüber zur Dauercampersiedlung, in deren Nähe sich auch die beiden Kriminalbeamten in ihrem Wohnwagen häuslich niedergelassen hatten. Unweit seiner Parzelle glänzte nun der elegante Caravan von Dietmar und Helen im

Sonnenlicht.

»Hier reicht zwar unser neuer Abwasserschlauch nicht und wir mussten unseren alten Abwasserkübel 'rauskramen. Aber dafür sind das Antennen- und das Stromkabel lang genug. Der Fernseher flimmert und die Kaffeemaschine blubbert auch schon.«

Rainer lachte.

»Na, dann ist euer Urlaub ja gerettet!«

***

Jennifer war nicht da, als Rainer zurückkam. Er schaltete das Notebook an und rief die Emails ab. Das Foto der Amazone von eben stach ihm sofort ins Auge. Bernd meldete sich bereits nach dem ersten Klingeln am Telefon.

»Diese Frau heißt Conny Niedecker und hat ein Outdoor- und Bogensportgeschäft in der Gemeinde«, berichtete Rainer. »Ich werde morgen hinfahren und mich dort umsehen.«

Wer der andere Mann auf dem Foto war, konnte der Kommissar seinem Vorgesetzten allerdings nicht sagen.

»Und wie geht's euch als Ehepaar?«, Bernd Schätzle konnte sich einen süffisanten Unterton nicht verkneifen. »Habt ihr schon eure erste Krise?«

»Wir bekommen ein Baby«, erklärte Rainer knapp. »Wir freuen uns so sehr. Und du bist der erste Kollege, der es erfährt.«

Am anderen Ende der Leitung hörte Rainer keinen Ton. Bernd Schätzle hatte es offenbar die Sprache verschlagen. Dann vernahm er ein sonderbares, heiseres Geräusch, das nach und nach in Gelächter überging.

»Habe ich bei euch was übersehen?«, prustete Schätzle hervor. »Seit wann geht das schon mit euch beiden, hä?«

»Länger als du denkst«, entgegnete Rainer. »Und wir

wissen auch schon, was es wird: ein Junge nämlich. Er wird Bernd heißen.«

In diesem Augenblick betrat Jennifer den Wohnwagen. Ihre Augen weiteten sich, als sie die letzten Sätze ihres Kollegen hörte, der sich grinsend von Bernd verabschiedete und das Handy ausschaltete.

»Bist du übergeschnappt, das den Kollegen zu erzählen?«, giftete sie ihn an.

»Wieso, sei doch froh, dass ich denen nicht von deinem moralischen Fehltritt mit unserem Hauptzeugen berichtet habe«, erwiderte Rainer barsch.

Die beiden Kriminalbeamten starrten sich einen Augenblick lang mit ärgerlichen Gesichtern an.

»Jetzt komm schon, das war doch nur Spaß,« beschwichtige Rainer schließlich in milderem Tonfall. »Wir haben keine Zeit für private Querelen. Dafür habe ich viel zu interessante Neuigkeiten.«

Den Nachmittag verbrachten Jennifer und Rainer in stillem Einvernehmen arbeitend und Berichte schreibend in der Sitzecke. Obwohl draußen die Sonne schien, hatten sie die Tür ihres Wohnwagens geschlossen und die Verdunkelungsrollos herunter gezogen. Wer den Wagen von außen sah, musste annehmen, dass das nette Ehepaar einen Mittagsschlaf hielt oder fortgegangen war.

Später zog Jennifer ihre Sportsachen an und verkündete ihrem Kollegen, dass sie nun ihre Ermittlungen in der Sauna fortsetzen wolle. Rainer machte sich nichts aus dem gemeinsamen Schwitzen mit fremden Menschen.

»Ich werde mich mit Dolly unterhalten. Bin also ganz in deiner Nähe, mein Liebling.«

Die Polizistin war erleichtert, dass Rainer ihr wegen ihres Verhaltens am Vorabend gegenüber Michael nicht mehr böse war. Genau genommen hatte er dazu sowieso kein Recht, fand sie. Schließlich waren sie nicht verheiratet. Allerdings beschloss sie insgeheim, dem schönen Michael lieber aus dem Weg zu gehen – obwohl ihr dies nicht leicht fallen würde, wie sie sich eingestehen musste.

Kaum hatte sie in der Sauna ihr Handtuch auf einer der Holzbänke ausgebreitet und sich mit einem wohligen Seufzer darauf ausgestreckt, spürte sie einen kühlen Hauch auf ihrer Haut, als die Tür aufging. Ein Mann nahm auf der höchsten Ebene der Sauna schräg gegenüber von Jennifer Platz. Die Kommissarin musterte ihn zwischen halbgeschlossenen Augenlidern und spürte, wie ihr Herz heftiger klopfte. Der Typ hatte einen durchtrainierten Körper und lockige, dunkle Haare. Auf seiner Brust prangte eine Tätowierung.

»Das war ja klar«, fuhr es Jennifer durch den Kopf. Sie stellte sich schlafend, doch sie wusste, dass sie Michael nicht allzu lange würde übersehen können.

Dolly Katzenbieger hatte ihr Haar offensichtlich frisch erblonden lassen. Sie grüßte Rainer mit routinierter Freundlichkeit und stellte ihm einen Cappuccino hin.

»Und, g'fallts dir in unserem kleinen Wellnessparadies?«

Rainer spürte, dass sie diese Frage hundertmal in der Woche den Gästen stellte. Er ließ den Blick über den See schweifen. Eigentlich könnte man den Dienst für heute beenden, grübelte er und sah einigen Kindern zu, die ausgelassen im Wasser herumtobten. Dabei wurde ihm schmerzlich bewusst, wie sehr er seine eigenen Kinder vermisste. »Wann haben wir eigentlich zusammen zum letzten Mal Urlaub gemacht?« fragte er sich und ertappte sich bei dem Gedanken, dass dieser Campingplatz seiner sechsjährigen Tochter und dem vierjährigen Sohn bestimmt gefallen würde.

Plötzlich erinnerte er sich an Dollys Frage. Sie hatte bemerkt, dass dieser Gast nicht zum Plaudern aufgelegt war und polierte mit konzentrierter Miene einige Gläser.

»Hier trifft man bestimmt laufend die interessantesten Menschen«, warf er ihr zu.

Die Bardame zwinkerte ihn mit lässiger Freundlichkeit an.

»Das kannst du so oder so sehen«, antwortete sie. »Manchmal geht's hier auch zu wie in einem Irrenhaus.«

Rainer schmunzelte. Das konnte er sich lebhaft vorstellen. Auf einem Campingplatz können sich die Menschen nicht diskret hinter Mauern verstecken. Von der Morgentoilette bis zur Zweisamkeit am Abend, das ganze Leben findet im öffentlichen Raum statt. Jeder bekommt von den anderen so viel mit, dass man, vor allem bei einem längeren Aufenthalt, viel voneinander erfährt, ob man es nun will oder nicht.

»Der Irrsinn der Menschheit wird auf einem Campingplatz deutlich sichtbar.«

Dolly quittierte diese Sichtweise mit schallendem Gelächter.

»Irgendwie scheinst du Camping nicht wirklich zu lieben, oder?«

Sie stellte ein Glas Bier auf den Tresen. Der Kommissar nahm einen herzhaften Schluck und runzelte die Stirn.

»So möchte ich es nicht sagen«, konterte er. »Aber ich gebe zu, dass es die Idee meiner Frau war, einen Wohnwagen zu mieten. Ich persönlich ziehe Urlaub in einem Hotel vor.«

»Ja, ja, die Frauen.« Dollys Unterton klang süffisant. »Wenn wir uns was in den Kopf setzen, dann erreichen wir unser Ziel, auch wenn die Männer eigentlich was anderes wollen.«

»Wenn sie das Herz ihres Mannes erobert haben, dann schaffen sie das durchaus«, gab Rainer zurück. Der Köder dümpelte einen Moment lang unschlüssig im Wasser. Dann biss Dolly an:

»Da hast du vollkommen Recht«, säuselte sie und seufzte auf. »Manchmal ist es leider sehr schwer, ein Herz zu erobern.«

Die Blondine schien tatsächlich Kummer auf dem Herzen zu haben. Rainer schaute sie aufmunternd an. Er war so anders als die üblichen Gäste, die am Tresen mit ihr plauderten, fand die Bardame. Sie spürte, dass sie mit diesem Mann offen sprechen konnte. Er wirkte so verständnisvoll. Manchmal, räumte sie daher mit verschleiertem Blick ein, sei das Leben so ungerecht.

Und dann erzählte sie Rainer von Rüdiger Molch, den sie gleich an ihrem ersten Arbeitstag im »Swimming Paradise« kennengelernt hatte. Äußerst zuvorkommend und charmant sei er gewesen. Ein Mann von Welt, durchaus wohlhabend, doch prahlte er damit nicht herum.

»Ich habe mich sofort in ihn verliebt, und er sich auch in mich«, schwärmte Dolly, während sie die den Tresen zum wiederholten Mal mit einem Lappen abwischte.

Leider habe sich dieser positive Eindruck allerdings rasch verflüchtigt. Nach einer leidenschaftlichen Nacht in Molchs luxuriöser Stadtwohnung stieß Dolly zufällig auf verräterische Unterlagen.

»Stell dir vor, der wollte Georg und Renate über den Tisch ziehen und das Swimming Paradise kaufen.« Dolly flüsterte jetzt, denn sie wollte nicht, dass die Gäste, die sich an den Tischen mit Cocktails zuprosteten und Tapas kosteten, diese Worte hören konnten.

»Ich hab ihm danach sofort den Laufpass gegeben.« Georg und Renate seien so nette Menschen, fügte sie hinzu. Sie hätten es einfach nicht verdient, auf solch hinterhältige Weise ausgebootet zu werden.

»Und du hast dir zwischenzeitlich sowieso den alten Cornelius König geangelt, weil du dir von ihm ein luxuriöseres Leben versprochen hast«, dachte Rainer, doch diesen Gedanken behielt er für sich. Stattdessen heuchelte er Anteilnahme und forderte Dolly damit auf, ihr Geheimnis noch weiter zu lüften.

Mechanisch zapfte sie drei Gläser Pils und mixte Cocktails für ein paar Gäste, die an einem der flachen Holztische am Rande des Wassers Platz genommen hatten. Dann fuhr sie fort: Nachdem sie mit Rüdiger Schluss gemacht habe, sei er ihr ständig auf die Pelle gerückt. Er habe begonnen, sie bei allen Gästen schlecht zu machen, nur um sie im nächsten Moment mit Blumen und kleinen, wertvollen Geschenken wieder versöhnlich zu stimmen.

»Das ist ihm aber nicht gelungen, das kannst du mir glauben.«

Dollys Gesicht verzerrte sich zu einer wüsten Grimasse. Sie tippte sich mit dem Finger an die Stirn. »Kaufen lasse ich mich von niemandem.«

»Aber stimmt denn das Gerücht, dass du mit dem Senior im Luxusliner Freundschaft geschlossen hast?«, wagte sich Rainer vorsichtig voran. Er wusste, dass er sich auf brüchigem Eis befand. Dolly dürfte auf keinen Fall das Gefühl bekommen, von ihm ausgehorcht zu werden. Doch sie schien ihm uneingeschränkt zu vertrauen.

»Das schwatzt man schon auf dem Platz herum?«

Sie wirkte etwas überrascht.

»Es stimmt schon. Cornelius und ich sind uns näher gekommen. Viel näher, als du dir vielleicht vorstellen kannst.«

Sie zwinkerte vertraulich. Das habe Rüdiger erst recht nicht gefallen, weshalb er sie bei dem alten Herrn schlecht gemacht habe.

»Mir ist dieser Typ so sehr auf die Nerven gegangen«, gab Dolly zu, dann beugte sich sie so weit über den Tresen, dass ihr üppiger Busen aus dem knappen Dirndl herauszufallen drohte. »Um den ist es wirklich nicht schad, dass der nicht mehr auf dieser schönen Welt ist.«

Rainer prallte scheinbar erschrocken zurück.

»So was darfst du doch nicht sagen, Dolly«, rief er, während sie ihm mit eindringlichen Gesten zu verstehen gab, doch bitte leiser zu sprechen. Er bedeutete ihr, näher zu kommen und wisperte verschwörerisch in ihr Ohr:

»Oder hast du etwa ein bisschen nachgeholfen?«

Im selben Moment wusste er, dass er zu weit gegangen war. Dolly starrte ihn empört an, wich von ihm zurück und begann, die Cocktailgläser aufzuräumen.

»Du bist ja narrisch«, murmelte sie. »Ich bringe doch niemanden um.«

Sie rubbelte mit düsterer Miene an einem Fleck auf dem Tresen herum, hielt auf einmal in ihrer Bewegung inne und blickte lächelnd auf.

»Außerdem habe ich ein Alibi für den Abend. Da kannst du die Polizei fragen.«

Rainer fand, dass er für heute genug gehört hatte. Über die aufschlussreiche Plauderei mit Dolly war es Abend geworden und er verspürte Hunger. Er verließ die Bar und ging über den Campingplatz zum Wohnwagen. Doch Jennifer war nicht da, hing wohl noch immer in der Sauna herum. Der Polizeibeamte ging ins Restaurant, ließ sich Paella schmecken und trank zwei Gläser spanischen Rotwein dazu.

Zufrieden und mit vollem Bauch wandelte er anschließend noch über den Campingplatz. Ganz in der Nähe des Seeufers hatten drei Familien aus einem Kastenwagen, einem Alkoven-Wohnmobil und einem Caravan eine Wagenburg gebaut. Ein blaues Banner mit der gelben Aufschrift »Camp Trophy City« flatterte über einem Pavillon – offenbar der Treffpunkt im Herzen dieser mobilen Kleinstadt. Ihre unterschiedlichen Dialekte ließen vermuten, dass die Bewohnerinnen und Bewohner aus verschiedenen Ecken Deutschlands kamen. Sowohl die sechs Erwachsenen, als auch die vier Kinder trugen blaue Schirmmützen mit einem gelben Schriftzug. »Camp Trophy Tour« entzifferte Rainer. Er freute sich, dass er dafür noch keine Brille benötigte.

Neben dem Pavillon brutzelten Fleischstücke und Würstchen auf drei verschiedenen Grillgeräten, die von drei Männern mit Kennermienen begutachtet wurden. Alle hielten Bierflaschen in den Händen. Einer von ihnen, ein schlanker Mittvierziger mit graumelierten Schläfen, wendete das Grillgut.

»Oh Ostalb, herbes, schönes Land, als schwäbisch-Sibirien auch bekannt!«

Der folgende Trinkspruch, den der Schwabe in diesem Trio nun verkündete, schien nicht der erste zu sein, den die Familienväter an diesem Abend zu diversen regionalen Hopfenspezialitäten schon gehört hatten.

»Das sieht ja aus wie ein ultimativer Grilltest!« Rainer konnte sich den Kommentar nicht verkneifen. Wie gerne würde er jetzt selbst hier mit diesen sympathischen Leuten zusammen stehen.

»Flump« tönte es gleich mehrfach, als die Drei die Bügelverschlüsse ihrer Bierflaschen aufspringen ließen.

»Das sieht nicht nur so aus, das ist auch so«, lachte der mit der Grillgabel. Wie auf Kommando hoben sie ihre Flaschen.

»Es lebe Camp Trophy City!«, riefen sie wie aus einem Munde und der Kommissar nahm an, dass dieser Leitspruch die Familien schon lange begleitete.

»Und wohin geht bei dieser Trophy Tour die Reise?« Rainer konnte sich neugierige Fragen einfach nicht verkneifen. Die drei Männer nahmen es ihm nicht jedoch nicht übel.

»Wir treffen uns mindestens einmal im Jahr irgendwo in Deutschland«, erklärte ihm der offensichtlich jüngste Mann des Trios. »Wo wir uns sonst noch herum treiben, können Sie im Internet nachlesen.«

Er zog eine zerknitterte Postkarte aus der Hosentasche und reichte sie dem Kommissar.

»Klicken Sie doch einfach mal rein! Da können Sie auch was gewinnen!«

Rainer konnte sich ein Schmunzeln nicht verkneifen, als er ein paar Minuten später an Michaels Zelt vorbei kam. Offensichtlich war der Schönling nicht allein. Es raschelte verdächtig hinter der Zelthaut.

»Wie ich's vorhin gesagt habe«, erinnerte sich Rainer an seine Ausführungen an Dollys Bar über das Camperleben. Nicht einmal die intime Zweisamkeit blieb vor den Nachbarn verborgen.

Sein Grinsen erstarrte allerdings, als aus dem Zelt ein leises Lachen ertönte, das er zu genau kannte. »Jennifer!«, entfuhr es ihm einen Tick zu laut.

Im Zelt war es plötzlich ganz still. Rainer spürte, wie sich Zorn in seinem Inneren breit machte. Unvernunft und Dummheit waren ihm ein Gräuel. Dass sich seine Kollegin während ihrer verdeckten Ermittlungen auf ein Techtelmechtel mit einem Hauptzeugen einließ, konnte er wirklich nicht verstehen. Wütend stapfte er davon. Am Strand machte er Halt, ließ sich im kühlen Sand nieder und starrte auf das Wasser hinaus. Der Mond war fast voll und tauchte den See in silbernes Licht. Irgendwo hörte Rainer den Ruf einer Eule. »Hier könnte ich jetzt auch mit Jennifer sitzen und den Feierabend genießen. Aber die blöde Gans liegt bei diesem Deppen im Zelt. Ich fasse es einfach nicht,« grübelte er insgeheim.

Rainer war nicht nur ärgerlich, dass seine Kollegin die Tarnung gefährdete und ihn in die peinliche Rolle des gehörnten Ehemannes drängte. Die Erkenntnis, dass sie mit Michael im Bett – oder vielmehr im Schlafsack auf der Isomatte – gelandet war, gab ihm einen Stich ins Herz.

***

Ohne mit Jennifer noch ein Wort zu sprechen, verließ Rainer am nächsten Morgen kurz nach dem Aufstehen den Campingplatz. Seine Kollegin war mitten in der Nacht leise in den Wohnwagen gekrochen und hatte mit einer gewissen Erleichterung festgestellt, dass ihr Kollege bereits schlief. Natürlich irrte sie sich, doch Rainer hatte beschlossen, die Rolle des betrogenen Ehemannes glaubhaft zu spielen und Jennifer mit Verachtung und Schweigen zu strafen.

Das Outdoorgeschäft von Conny Niedecker lag in der autofreien Fußgängerpassage, die von mittelalterlichen Gebäuden umrahmt wurde. Rainer schaute sich in dem geschmackvoll eingerichteten Laden um. Hier fanden nicht nur Wanderer und Camper ein breites Sortiment an Kleidung und Ausrüstung. Der Bogensportbereich befand sich in einem eigenen Bereich. Ein lebensgroßer Dachs lugte unter Zweigen hervor. Moos, Rindenmulch, einige dickere Äste und ein paar Steine verwandelten das Arrangement in eine natürlich wirkende Waldszene. Rainer betrachtete den Dachs einen Moment lang, als schien er darauf zu warten, dass sich das Wildtier aus seinem Versteck wagen würde.

»Keine Sorge, der rührt sich nicht. Der ist aus Gummi«, tönte hinter ihm die Stimme eines jungen Mannes. Rainer lächelte ein wenig schief.

»Das Vieh sieht wirklich echt aus«, meinte er. »Hübsche Dekoration.«

»Ich sehe schon, Sie sind kein Bogenschütze, nicht wahr?«

Der junge Mann mit Dreitagebart schob einige Rindenstücke, die sich im Verkaufsraum verteilt hatten, mit dem Fuß an ihren Platz zurück.

»Nein, da haben Sie Recht. Aber ich wohne auf dem Campingplatz Swimming Paradise und habe dort gestern von der netten Besitzerin dieses Geschäfts gehört, dass man hier Pfeile und Bogen ausleihen kann?«

»Oh, Sie haben Conny schon kennengelernt. Heute ist sie leider nicht hier, hat irgendeinen wichtigen Termin. Deshalb vertrete ich sie im Laden.«

Der sportlich wirkende Typ ging zu einem Behälter, in dem sich gelb und rot befiederte Pfeile befanden, zog fünf Stück heraus und griff sich einen der Holzbögen, die an der Wand aufgehängt waren.

»Damit können Sie ihr Glück versuchen«, sagte er und reichte Rainer den Bogen. Dann langte er in eine der vielen Taschen seiner Outdoorweste und holte einen kleinen Faltprospekt hervor.

»Kommen Sie doch mal auf meinen 3D-Bogenparcours. Der liegt nur fünf Kilometer vom Campingplatz entfernt.«

»Das wird ja immer interessanter«, dachte Rainer, während er sich die professionell aufgemachte Hochglanzbroschüre ansah: Auf den Farbfotos waren unterschiedliche Tiere abgebildet, die in einem Waldgelände arrangiert worden waren. Die Anlage schien aufwändig gestaltet zu sein und bot den Bogenschützen jede Menge abenteuerlicher und anspruchsvoller Jagdszenerien. Mit bewunderndem Blick deutete Rainer auf das Bild eines Hirsches, der majestätisch auf einem Felsen stand.

»Kann ich als Anfänger so ein Ziel überhaupt treffen?«

Der junge Mann, der sich auf der Rückseite des Prospektes mit einem Foto als Eigentümer des Bogenparcours vorstellte und Thomas Gerstner hieß, lachte kurz auf.

»Mit ein bisschen Übung schon. Aber vorher können Sie sich an einfacheren Zielen versuchen.«

Er deutete auf einen Tiger, der mit aufgerissenem Maul im Dickicht lauerte und auf einen Biber, der gerade an das Ufer eines Teiches im Wald kletterte. »Wenn Sie danebenschießen, ist das kein Problem. Das Wasser ist flach und ich habe überall Trittsteine ’reingelegt, damit man seine Pfeile wieder herausholen kann.«

Rainer war fest entschlossen, diesen Bogenparcours zu besuchen und begutachtete interessiert einen Pfeil.

»Conny erzählte mir gestern, dass viele Bogenschützen ihre Pfeile selbst befiedern. Wie funktioniert das denn?«

Thomas wollte gerade seine Erklärungen beginnen, als Conny in den Laden stürzte. Schwarze Linien von zerlaufenem Augen-Make-up verschmierten ihr tränenüberströmtes Gesicht. Als sie Rainer sah, versuchte sie vergeblich, mit einem Taschentuch die Spuren fort zu wischen.

»Entschuldigen Sie mich bitte einen Augenblick«, brachte sie mit gepresster Stimme hervor. Mit einem Wink bedeutete sie Thomas, ihr zu folgen und die beiden verschwanden hinter einem Vorhang. Offenbar befand sich dahinter ein Raum, der für Kunden nicht zugänglich war.

Rainer nahm sich eine Bogensportzeitung und blieb mit gespitzten Ohren neben dem Vorhang stehen. Zwischen heftigen Schluchzern schnappte er ein paar schwer verständliche Wortfetzen auf. Conny sprach irgendetwas von ihrem Vater und einer Erbschaft. Dann rief sie im Brustton tiefster Traurigkeit: »Warum hat er mir das nie gesagt?«

Irgendwie fühlte sich Rainer auf einmal fehl am Platze. Seine Erziehung gebot ihm, möglichst diskret den Laden zu verlassen und die verzweifelte junge Frau und ihren Begleiter allein zu lassen. Doch der Kriminalpolizist in ihm war stärker als sein gutes Benehmen. Geduldig blätterte er in der Zeitschrift und wartete, dass einer der beiden wieder im Laden erscheinen würde. Thomas Gerstner kam denn auch nach wenigen Minuten aus der Tür. Er war blass und wirkte durcheinander, als er Rainer bat, doch ein anderes Mal wieder zu kommen.

»Meine Bekannte hat gerade vom Tod ihres Vaters erfahren«, warb er um Verständnis. »Sie wird das Geschäft für heute schließen.«

6

Das Geräusch eines Rasenmähers riss Jennifer unsanft aus dem Schlaf. Sie blinzelte verwirrt und blieb noch einen Augenblick still in ihrem Bett liegen. Nach und nach kamen die Erinnerungen an den Vortag zurück. Sie erfüllten die junge Frau mit gemischten Gefühlen: Endlose Minuten hatte sie noch mit geschlossenen Augen in der Sauna gelegen, wohl wissend, dass Michael seinerseits keinen Blick von ihr abwandte. Irgendwann, als die Hitze unerträglich zu werden begann, schlug sie die Augen auf.

Michael atmete laut auf.

»Dem Himmel sei Dank, sie lebt noch! Ich dachte schon, du wärst ins Jenseits hinüber gedämmert.«

»Na, vielen Dank«, entgegnete Jennifer sarkastisch, während sie sich aufsetzte. »Und warum hast du nichts unternommen, um mich außer Lebensgefahr zu bringen?«

Sie hatte den Satz kaum ausgesprochen, als ihr bewusst wurde, dass diese Art von Gespräch unweigerlich in einen Flirt ausarten würde. Seine Antwort kam prompt und war wenig überraschend. Trotzdem spürte Jennifer ein freudiges Kribbeln im Bauch.

»Was hätte ich denn tun sollen? Mund zu Mund-Beatmung vielleicht?«

Sein Grinsen war entwaffnend. Jennifer vernahm die Alarmglocken, die die Polizistin bisher immer verlässlich gewarnt hatten, sei es im Dienst oder auch im Privatleben. Das war auch der Grund, warum sie sich in der Vergangenheit noch nie auf eine dauerhafte Beziehung eingelassen hatte. Als sie nun mit diesem unverschämt attraktiven Kerl in der Sauna schwitzte, wurde ihr bewusst, dass der letzte engere Kontakt zu einem Mann schon 14 Monate zurück lag. Die Geschichte mit einem Kollegen aus dem Schichtdienst hatte allerdings nur ein paar Wochen gedauert. Die Polizistin musste sich eingestehen, dass keine wesentlichen Erinnerungen zurückgeblieben waren.

Zwischenzeitlich lief der Schweiß in kleinen Strömen an Jennifers Schultern und Beinen herab. Sie brauchte dringend eine Abkühlung. Außerdem hatte sie keine Lust, den Flirt vor den neugierigen Ohren des Gastes fortzusetzen, der sich vor wenigen Sekunden in der Sauna lang gelegt hatte.

Nach drei Saunagängen, die sie jedes Mal mit einem erfrischenden Bad im See abschlossen, fanden sich Michael und Jennifer schließlich im Whirlpool wieder. Irgendwann verließen sie die Sauna und verabredeten sich zu einem heimlichen Treffen in einer Pizzeria, die zwei Kilometer vom Campingplatz entfernt lag. Bei Einbruch der Dunkelheit kamen sie zurück – natürlich einzeln und in unauffälligem Abstand. Unbemerkt schlich sich Jennifer zu Michael ins Zelt, wo die beiden zunächst noch kichernd Wein aus Michaels Blechbecher tranken, um schließlich in leidenschaftlichen Umarmungen zu versinken.

Rainers Ausruf beendete abrupt diese heimliche Zusammenkunft. Danach wollte zwischen Jennifer und Michael keine rechte Stimmung mehr aufkommen und nachdem es im Wohnwagen still und dunkel geworden war, hatte sich die Polizistin in ihr Bett geschlichen.

Das Wasser im Kocher brodelte. Jennifer stellte das Gerät ab und brühte sich einen Kaffee. Ihr Kollege schien früh aufgestanden und fortgegangen zu sein. Bestimmt war er stinksauer, nahm die Polizistin an und sie musste zugeben, dass er Recht hatte. Sie war dumm und töricht gewesen, sich mit Michael einzulassen. Wie sollte sie den beiden Männern heute gegenübertreten? Der eine war ihr Ehemann auf Zeit, der andere ihr Liebhaber. Eine verzwickte Situation!

»Würde ich hier einfach meinen Urlaub verbringen, wäre es traumhaft«, grübelte sie.

So aber würde sie Michael deutlich zu verstehen geben müssen, dass sich die vergangene Nacht nicht wiederholen werde und sie auch sonst keine Begegnungen mehr wünsche.

Der Rasenmäher brummte jetzt ganz nah am Wohnwagen vorbei. Renate Proll saß mit nachdenklichem Gesicht auf dem Fahrzeug. Sie trug Gummistiefel, eine kurze Hose und ein dunkelblaues T-Shirt. Jennifer winkte ihr mit einer Kaffeetasse zu. Renate lächelte und stellte den Motor ab.

»Eigentlich habe ich ja gar keine Zeit für eine Pause. Aber eine Tasse Kaffee sollte erlaubt sein.«

Die Chefin des Campingplatzes setzte sich an den Tisch.

»Mein Mann ist sowieso wieder nicht da. Dann kann er schon nicht rummosern, dass ich nichts arbeite.«

»Ist er wieder beim Bürgermeister?«, setzte Jennifer an.

»Nein, heute ist ein Besuch im Großmarkt angesagt«, entgegnete Renate und nahm dankend eine Zigarette an. Jennifer atmete den Rauch tief ein. Sie blinzelte ihre Bekannte an.

»War denn der Termin mit dem Herrn Bürgermeister wenigstens erfolgreich?«

Renate nippte an ihrem Kaffee.

»Wie man's nimmt. Einerseits ja, weil wir jetzt eine Sorge weniger haben. Andererseits gibt es immer noch zu viele Unsicherheiten, die uns Kopfzerbrechen bereiten.«

Die beiden Frauen rauchten schweigend. Renate schien keine weiteren Details berichten zu wollen und Jennifer ärgerte sich insgeheim, weil es ihr nicht gelang, mehr aus ihr herauszubekommen. Mit einem Seitenblick nahm sie Michael wahr, der frisch geduscht mit einem Handtuch um die Hüften in seinem Zelt verschwand. Dass er sie keines Blickes gewürdigt hatte, versetzte ihr einen kleinen Stich. Dabei hatten sie sich gestern doch darauf geeinigt, dass sie bei Begegnungen auf dem Campingplatz einander nur mit oberflächlicher Höflichkeit grüßen würden.

»Das ist ein Schnittchen!«

Jennifer sah überrascht zu Renate, die mit verträumtem

Blick zu Michaels Zelt hinüber starrte. »Wem sagst du das«, murmelte die Kriminalbeamtin. Die beiden Frauen tauschten einvernehmliche Blicke.

Renate seufzte.

»Seit ich verheiratet bin, begegne ich ständig solchen Kerlen. Geht dir das auch so?«

»Tja, wir hätten wohl besser nicht heiraten sollen, nicht wahr?«

Jennifer kratzte sich am Kopf. Das Thema war ihr unangenehm, doch sie spürte, dass sie darüber auch Renates Vertrauen erlangen könnte.

»Vor allem, wenn ich gewusst hätte, wie sich diese Ehe entwickeln würde.«

Die Campingplatzpächterin wirkte auf einmal düster. Sie nahm sich noch eine Zigarette und während sie rauchte, erzählte sie von ihrer Ehe mit Georg, den Finanzsorgen wegen des Campingplatzes und von Rüdiger.

»Ich glaube, ich habe ihn am Anfang wirklich geliebt«, schloss sie. »Aber als er das Grundstück neben dem Campingplatz gekauft hat, war mein Vertrauen zu ihm getrübt. Und als er mit dieser Dolly angebandelt hat«, Renate sprach den Namen der Bardame voller Verachtung aus, »da habe ich erkennen müssen, dass ich einem ganz skrupellosen Idioten aufgesessen bin.«

Jennifer spürte, dass ihre Gesprächspartnerin noch immer zornig und enttäuscht war.

»Ich kann mich gar nicht verstehen, dass ich mich wegen dem Windhund umbringen wollte. Besser wäre es gewesen, ich hätte ihn umgebracht.«

Renate zögerte, rauchte und nahm einen Schluck aus der Kaffeetasse.

»Aber das hat er ja glücklicherweise selbst sehr elegant erledigt.«

»Aber warum hatte dieser Rüdiger solche guten Chancen beim Bürgermeister?«, hakte Jennifer nach.

***

Heino Herzig, der Bürgermeister der hübschen, 6000 Einwohner zählenden Gemeinde Fürstental, war ein leutseliger Mann, der sich wortwörtlich als »Meister der Bürger« verstand. Erst im vergangenen Jahr hatte er die Wahl zur dritten Amtszeit ohne Gegenkandidaten für sich entschieden. Die Menschen schätzten seine Bürgernähe und seine pragmatische Arbeitsweise, mit der er den gemütlichen, von mittelalterlichen Häusern geprägten Ort in den vergangenen 17 Jahren vorangebracht hatte.

Rüdiger Molch war ein Kumpel des Bürgermeisters. Der Unternehmensberater hatte dem Verwaltungsmann manchen Tipp unter der Hand gegeben, wenn es um die Ansiedlung neuer Gewerbeunternehmen ging, die dem Haushalt der Gemeinde durch stattliche Gewerbesteuereinnahmen viele Jahre schwarze Zahlen einbrachten. Molch wusste genau, welche Firma auf dem aufsteigenden Ast saß und deshalb umworben werden musste. Mit frappierender Sicherheit konnte er dem Bürgermeister ebenso genau sagen, wer in absehbarer Zeit vor die Hunde gehen würde und an wen die Gemeinde lieber keinen Platz im Gewerbegebiet verkaufen sollte.

Für den Verwaltungschef war Rüdiger Molch Gold wert. Deshalb zögerte er nicht allzu lange, als dieser das Grundstück neben dem Campingplatz »Swimming Paradise« erwerben wollte. Molchs Vorschlag, den ganzen Campingplatz zu kaufen und zu einer Deluxe-Ferienanlage umzuwandeln, stieß bei Heino Herzig ebenfalls auf offene Ohren. Ihm traute er solche Pläne durchaus zu. Außerdem hatte sich die Wirtschaftslage dramatisch verschlechtert. Zahlreiche Firmen, die noch vor wenigen Jahren auf soliden Beinen gestanden hatten, kämpften heute ums Überleben. Die Gewerbesteuerzahlungen sanken in den Keller und die Gemeinde ächzte unter den hohen Kosten, die den Haushalt schmälerten und empfindliche Kürzungen in so sensiblen Bereichen wie dem Kindergarten und dem Hallenbad erforderlich machten.

Mitten in der Haushaltsdebatte war daher das Angebot von Rüdiger Molch gerade richtig gekommen, um die Kassen aufzufüllen. Das Pachtverhältnis auf dem Campingplatz »Swimming Paradise« brachte der Gemeinde keine nennenswerten Einnahmen. Außerdem war die Einrichtung in die Jahre gekommen. Die Sanitärbereiche und die gesamte Elektrik auf dem Gelände müssten dringend saniert werden. Durch Molchs Pläne, die Anlage in eine schicke Feriensiedlung umzuwandeln, versprach sich der Bürgermeister einen attraktiven Publikumsmagneten, der zahlungskräftige Touristen anlocken und die Gemeinde aufwerten würde. Auch die hohen Investitionskosten für die Sanierung würden den städtischen Etat nicht mehr belasten. Kein Wunder also, dass sich sogar im Gemeinderat bereits breite Zustimmung abzeichnete.

Der plötzliche Tod von Rüdiger Molch hatte jedoch sämtliche Hoffnungen zerstört.

Georg Prolls Hoffnung hingegen wuchs. Obwohl sein Kontrahent noch nicht einmal unter der Erde lag, hatte er schon um einen Termin beim Bürgermeister gebeten.

»Die Sache ist erst mal vom Tisch, mein lieber Proll.«

Der Rathauschef saß hinter seinem riesigen, dunkelbraunen Schreibtisch und faltete selbstgefällig die Hände vor seinem Bauch.

»Der Campingplatz wird vorerst nicht verkauft.« Georg atmete erleichtert auf.

»Allerdings«, Heino Herzig hob seine Hände zu einer unschuldigen Geste, »kann ich Ihnen nichts versprechen. Sollte nochmal so ein zahlungskräftiger Investor wie der Rüdiger bei mir auftauchen, könnte ich nicht ablehnen.«

Dem Verwaltungsmann war der langfristige Pachtvertrag mit Georg Proll ohnehin ein Dorn im Auge. Proll war viel zu schwerfällig und behäbig, um den Campingplatz konsequent umzubauen. Er fürchtete zu sehr den Groll der Dauercamper

– eine Angst, die der Bürgermeister nicht von der Hand weisen konnte. Die Herrschaften waren tatsächlich sehr dominant.

Vor allem dieser Albert mit seiner Frau Anneliese. Das Ehepaar schaffte es immer wieder, die anderen aufzustacheln, um ihre Interessen durchzusetzen. Ja, sie hatten zwischenzeitlich sogar den Verein »Rettet den Campingplatz« gegründet, um sich gemeinsam auf eine gewaltige Schadensersatzklage vorzubereiten, für den Fall, dass die Gemeinde die Anlage tatsächlich verkaufen und Rüdiger Molch die Dauercamper vertreiben würde.

Doch Molch wäre schlau genug gewesen, ihnen die notwendigen Veränderungen als Ideallösung zu verkaufen, dessen war sich der Bürgermeister sicher. Georg Proll hingegen war zu solcherlei Schachzügen einfach nicht fähig.

Der Pächter des »Swimming Paradise« fühlte sich gegenüber dem Bürgermeister vollkommen verunsichert. Nervös nestelte er an seiner Krawatte herum. Renate hatte den Knoten viel zu fest gezurrt und Georg hatte das Gefühl, die Schlinge um seinen Hals zöge sich immer enger zusammen. Trotzdem fasste er sich ein Herz, um mit seiner Idee herauszurücken.

»Wenn ich einen Investor fände, der mit mir zusammen die Pläne von Rüdiger realisiert, würden Sie dann immer noch an einen Verkauf denken?«

Der Bürgermeister beäugte Georg skeptisch. Dann holte er tief Luft und schnaufte laut.

»Mein lieber Proll, sagen Sie bloß, Sie haben einen Geldgeber gefunden, der eine schlappe Million investieren würde! Das hätte ich Ihnen gar nicht zugetraut«, Herzig besann sich und räusperte, »wenn ich so ehrlich sein darf.«

»Ich habe einen sehr interessierten Gast kennengelernt. Für den dürfte diese Summe eine Kleinigkeit sein.«

Georg dachte an Cornelius König. Dieser hatte zwar bis jetzt noch keine konkreten Äußerungen in die Richtung gemacht, doch Georg war überzeugt, dass er ihn herumbekommen würde. Vielleicht sogar mit Dollys Hilfe. Immerhin hatte die sich schon erfolgreich bei dem alten Herrn eingeschmeichelt. Offensichtlich hegte das Paar sogar Heiratspläne. Wenn man auch Dolly aktiv am Geschäft beteiligen würde…

»Wissen Sie, Herr Bürgermeister, man muss kein Rüdiger Molch sein, um gute Ideen zu verwirklichen«, versuchte sich Georg in selbstgefälligem Tonfall.

Der Schultes nickte anerkennend.

»Was passiert jetzt eigentlich mit dem Nachbargrundstück, auf dem der Molch seinen 3D-Bogenparcours aufbauen wollte?« Georg brannte diese Frage schon von Anfang an auf der Zunge.

Heino Herzig gab sich gelassen.

»Wir haben im Vertrag eine Klausel, nachdem das Grundstück im Todesfall wieder an die Gemeinde zurückgeht. Sofern kein Erbe auftaucht.«

»Da brauchen wir uns wohl kaum Sorgen machen.« Georg klang erleichtert.

»Der alte Windhund war nie verheiratet und hat keine Kinder. Seine Eltern leben nicht mehr und Geschwister hat er auch keine, wenn ich es richtig weiß.«

»Warten wir's mal ab«, antwortete der Bürgermeister. »Er wäre nicht der erste reiche Onkel, der in Übersee einen ahnungslosen Erben hat.«

***

Renate Proll spielte mit dem Feuerzeug und hatte wieder diesen nachdenklichen Gesichtsausdruck. Die Geschichte war ihr einfach so herausgesprudelt und Jennifer hatte mitfühlend zugehört. Wieder tauschten die beiden Frauen Blicke des gegenseitigen Einverständnisses.

»So viel Pech könnt ihr doch gar nicht haben«, versuchte Jennifer die blonde Frau zu überzeugen.

»Aber wenn das Grundstück an die Gemeinde zurückgeht, was passiert dann damit?«

»Der Bürgermeister hat Georg signalisiert, dass die Gemeinde die Fläche an ihn verpachten würde. Allerdings nur, wenn er tatsächlich den Campingplatz nach Rüdigers Plänen umstrukturiert. Die Kostenschätzungen dafür liegen ungefähr bei einer Million.«

Renate zündete sich erneut eine Zigarette an – es musste die fünfte sein, rechnete Jennifer, deren Schachtel sich zusehends leerte. Sie hatte sich mit dem Rauchen zurück gehalten. Schließlich galt sie offiziell als schwanger.

Renate blies den Qualm aus.

»Allerdings habe ich wirklich keine Ahnung, wo wir eine Million Euro herbekommen sollten«, gab sie zu. Nachdenklich spielte sie mit ihrer leeren Kaffeetasse. »Aber vielleicht ändert sich ja doch alles, nachdem Rüdiger nicht mehr lebt.«

Sie sah auf ihre Uhr und stellte die Tasse auf den Tisch.

»Jetzt muss ich aber wirklich weitermachen«, lächelte sie Jennifer an. »Danke, dass du mir so lange zugehört hast.«

***

Rainer schlenderte durch die Fußgängerzone von Fürstental. Er blieb vor einem stattlichen Gebäude stehen, dessen Fachwerk rot gestrichen war. Das Rathaus war ein Juwel aus dem 15. Jahrhundert. Links neben dem Eingangstor stand ein Schaukasten, über dem in schwarzen Lettern »Amtliche Mitteilungen« stand. Ein Bild des Bürgermeisters lächelte dem Betrachter aus dem Glaskasten entgegen. Aus reiner Routine überflog Rainer das Protokoll der letzten Gemeinderatssitzung und wurde plötzlich auf einen kleinen Hinweis aufmerksam: Für morgen Abend war eine Bürgerversammlung angesetzt, in der über den aktuellen Stand der Verkaufsverhandlungen »Campingplatz Swimming Paradise« informiert werden sollte.

Staunend nahm der Kommissar zur Kenntnis, dass nicht nur der Unternehmensberater Rüdiger Molch, sondern auch Vertreter des Vereins »Rettet den Campingplatz« und Abgeordnete der Bürgerinitiative »Mehr Lebensraum für Fürstental« an diesem Abend eine Stellungnahme abgeben sollten.

»Warum wissen wir davon nichts?«, wunderte sich der Ermittler und konnte nur schwer gegen seinen aufkeimenden Ärger ankämpfen. »Was schaffen die Kollegen eigentlich, während ich mich auf diesem verdammten Campingplatz herumdrücken muss, heidenei aber auch?«.

Für die Ermittler der SOKO Camping hätte es ein Leichtes sein müssen, von der Bürgerinitiative zu erfahren. Solche Konflikte waren schließlich für die lokale Presse ein gefundenes Fressen, das wochenlang die Schlagzeilen bestimmte! Warum aber stand davon rein gar nichts in Bernds letztem Bericht?

Der Kommissar hielt schon sein Handy ans Ohr, als ein rundlicher Mann in schickem Anzug und akkurat gescheiteltem, grauen Haar aus dem Rathaus trat. Bürgermeister Heino Herzig murmelte Rainer im Vorbeigehen einen Gruß zu und eilte über den Rathausplatz.

»Herr Bürgermeister?«

Rainer rannte dem gewichtigen Mann hinterher und holte ihn am Marktbrunnen ein.

»Bitte entschuldigen Sie, aber können Sie mir sagen, ob die Bürgerversammlung morgen Abend tatsächlich stattfindet? Nach allem, was passiert ist?«

Der Schultes hielt einen Augenblick inne und blickte Rainer freundlich an. Dafür liebten ihn die Bürger: selbst im größten Stress hatte er stets ein offenes Ohr und ein gutes Wort für sie.

»Ja, natürlich findet die Versammlung statt«, rief er mit jovialer Stimme aus. »Gerade jetzt haben unsere Bürger doch ein Recht auf Information!«

Er winkte Rainer zu und riet ihm im Weggehen, einfach um 19 Uhr in die Gemeindehalle zu kommen. »Aber seien Sie pünktlich, wenn Sie einen Sitzplatz bekommen wollen!«

***

Unterdessen brach in der sonst so beschaulichen Dauercampersiedlung eine ungewohnte Betriebsamkeit aus: Der Verein »Rettet den Campingplatz« hielt offenbar eine Versammlung ab. Auf der direkt an den See grenzenden Wiese hatten etwa 30 Männer und Frauen ihre Klappstühle in drei Reihen halbkreisförmig aufgebaut. Albert stand vor ihnen und gestikulierte wild.

»Wir müssen morgen Abend geschlossen auftreten«, ermahnte er seine Zuhörer. »Und wir werden diesem Bürgermeister und seinem feinen Gemeinderat mal ordentlich die Leviten lesen.«

Albert fühlte sich nun ganz in seinem Element. »Seit 40 Jahren leben wir auf diesem Platz. Das ist unsere Heimat und die lassen wir uns nicht einfach nehmen!«

Michael beobachtete die Gesellschaft aus sicherem Abstand. Er hatte unter einem Baum nahe der Dauercampersiedlung gesessen und ein Buch gelesen, als plötzlich ein Klappstuhl nach dem anderen auf der Wiese aufgestellt wurde. Nun verfolgte er mit zunehmendem Interesse das Geschehen. Der Anführer mit dem dicken Bauch erhob seine Stimme zu einem respekteinflößenden Donnern:

»Wird diese Anlage verkauft, werden wir die Gemeinde mit Schadensersatzforderungen bombardieren. Wir alle haben über die Jahre viel Geld investiert, um unsere Wohnwagen zu kaufen und die Veranden zu bauen.«

Die Zuhörer brummten zustimmend.

»Nicht zu vergessen, die viele ehrenamtliche Eigenleistung, die wir erbracht haben, um die Anlage in Schuss zu halten!«

Wiederum bestätigte das Auditorium den Redner.

»Dass sich die Gemeinde nun damit herausreden will, die Anlage sei nicht mehr rentabel und würde mehr kosten als einbringen, kann ich einfach nicht glauben.«

Albert schwang eine Faust in die Lüfte und fuchtelte wild herum.

»Wir wissen sehr wohl, dass unsere Sanitäranlagen längst nicht mehr dem Stand der Zeit entsprechen. Und wir wissen auch, dass unser guter Georg eine Sanierung nicht einfach schultern kann.« Der Dauercamper schnippte mit den Fingern.

»Aber ihm deshalb einfach einen Investor vor die Nase zu setzen, der über kurz oder lang die Mietverträge kündigen und uns vertreiben würde – das ist einfach unverschämt.«

Michael hatte sein Buch zur Seite längst gelegt und lauschte nun den wortgewaltigen Reden. Wie lustig wäre es, jetzt hier mit Jennifer zu sitzen und diese Szene zu verfolgen. Er seufzte. Sie hatte ihn bis jetzt keines Blickes gewürdigt, obwohl sie ihn gesehen haben musste, als sie mit der Campingplatzpächterin getratscht hatte. Wahrscheinlich hing in dem schicken Wohnwagen der Haussegen gerade gründlich schief – wen sollte das wundern, nach dem, was gestern Nacht zwischen ihm und Jennifer geschehen war.

Die Versammlung begann sich langsam aufzulösen und Michael sah zu, dass er aus dem Blickfeld der Dauercamper kam. Sonst würden sie ihn womöglich noch als Schnüffler betrachten und ihm ebenfalls eine Abreibung verpassen, wie sie dies offensichtlich schon bei Rüdiger Molch getan hatten. Michael verspürte keinerlei Bedürfnis danach, ähnlich zu enden wie der Unternehmensberater.

Er schaute noch einmal zu den älteren Herrschaften hinüber, die gerade ihre Stühle zusammen klappten und sich auf den Weg zu ihren Behausungen machten. Eigentlich wirkten sie überhaupt nicht gewalttätig oder aggressiv. Im Gegenteil: Die Dauercampersiedlung und deren Bewohner strahlten eine betuliche Freundlichkeit aus. Diese Menschen wollten ihr Rentnerleben in aller Ruhe genießen. Sie hatten es sich in ihren kleinen Residenzen gemütlich eingerichtet und wären vermutlich nie auf die Idee gekommen, ihr Sanitärhäuschen zu sanieren. Ihnen genügte die Anlage so, wie sie war.

Michael konnte durchaus verstehen, dass sie für ihr kleines Idyll am Badesee kämpfen wollten und er verspürte einigen Respekt vor ihrem Engagement.

»Psst« – das Geräusch hinter der Hecke schreckte ihn aus seinen Gedanken. Jennifers hübsches Gesicht tauchte hinter dem Blattwerk auf.

»Komm mal mit!«

Sie winkte ihm zu, drehte sich um und lief über den Schotterweg hinüber zu ihrem Wohnwagen. Michael zögerte einen Augenblick. Was würde ihr Mann sagen, wenn er so unverfroren mit Jennifer plaudern würde? Sie schien dieses Risiko jedoch nicht zu scheuen und bedeutete Michael, Platz zu nehmen.

»Hast du das gerade auch gehört?«, raunte sie ihm zu. »Die Dauercamper scheinen ein Komplott zu planen. Das ist doch echt spannend, oder?«

Michael betrachtete die junge Frau. Ihre Neugierde und ihr Eifer machten sie noch liebenswerter und Michael nahm mit einer gewissen Resignation wahr, dass er sie längst in sein Herz geschlossen hatte. Er schluckte und fühlte plötzlich den Drang, sofort aufzuspringen und diesen Campingplatz auf der Stelle zu verlassen, bevor er sich noch tiefer in dieser Gefühlsgeschichte verstricken würde.

Für eine Flucht war es allerdings zu spät, denn in diesem Augenblick betrat Rainer die Szene. Mit eisigem Blick trat er an den Tisch, sein Mund war zu einem schmalen Spalt verkniffen.

»Ihr zwei habt Nerven«, zischte er zwischen den Zähnen hervor, »erst vergnügt ihr euch im Zelt gleich nebenan und dann hockt ihr hier wie ein altes Ehepaar. Soll ich vielleicht gehen?«

Michael machte sich in seinem Stuhl ganz klein. Er hatte geahnt, dass er genau in diese Situation hinein stolpern würde. Auch Jennifer wirkte betreten. Von ihrer sonstigen

Schlagfertigkeit war nichts mehr übrig.

»Es ist wohl besser, wenn ich jetzt gehe«, flüsterte Michael und machte sich daran, die Parzelle zu verlassen. Rainer ließ ihn gewähren, obwohl ihm mehr danach gewesen wäre, ihm ordentlich eine zu verpassen.

»Gehen wir hinein«, bedeutete er Jennifer und öffnete die Wohnwagentür.

Er hatte seine Kollegin selten so bedrückt erlebt und er selbst hatte noch nie so einen Zorn gegen einen anderen Mann in sich verspürt. Höchste Zeit, die Emotionen wieder in den Griff zu bekommen, fand er.

»Schon gut, Jennifer, ich habe kein Recht darauf, mich in dein Privatleben einzumischen. Obwohl du zugeben musst, dass du es mir nicht leicht machst.«

Jennifer starrte auf die Tischplatte. Rainer hob ihr Gesicht sanft am Kinn an und schaute ihr in die Augen.

»Meinetwegen spiele ich jetzt eben ein bisschen den gehörnten Ehemann. Eine saublöde Rolle ist das, aber ich komme schon klar damit.«

Seine Kollegin reagierte mit einem überraschten Blick. Sie wusste, dass er Recht hatte und trotzdem fühlte sie sich miserabel. Sie wurde einfach das Gefühl nicht los, ihren Kollegen hintergangen zu haben. Dass er mit solch einem Großmut reagieren würde, hätte sie nicht gedacht.

»Der Fall wird immer spannender. Wir haben morgen Abend einen Termin.«

Rainer gelang es, die Atmosphäre zwischen ihnen zu entspannen, indem er sich auf die Ermittlungen konzentrierte und seine Kollegin mit professioneller Gelassenheit auf den Stand der Dinge brachte.

***

Anderntags stand Jennifer Reitmann früh auf. Sie wollte eine Runde joggen und anschließend im See schwimmen und weil momentan die Zeit für derlei Freizeitaktivitäten zu knapp war, sprang sie lieber zeitiger aus dem Bett. Kaum hatte sie sich auf dem Schotterweg in Bewegung gesetzt, stolperte sie über einen kleinen Handbesen, den irgendjemand liegen gelassen hatte. Sie kickte den Besen mit einem Fußtritt zur Seite und rannte beschwingt in den Frühlingsmorgen hinein.

Später, Rainer und Jenny hatten fast ihr Frühstück in der Sitzecke des Wohnwagens beendet, hörten sie die schweizerischen Nachbarn, die in einem Großzelt auf der anderen Seite der Hecke einige Urlaubstage verbracht hatten.

»Ja, wo isch denn das Bäseli?«, fragte der entnervte Familienvater.

Jennifer lächelte Rainer über den Rand ihrer Kaffeetasse an.

»Ist ja rührend, wie sehr sich der Mann um das Kuscheltier seiner Kinder sorgt«, sagte sie leise.

Rainer schob den Vorhang ein wenig zur Seite und schaute aus dem Fenster. Der Familienvater kramte sichtlich verstimmt in einer Plastikkiste herum, während die beiden Kinder quengelten. Seine Frau wühlte unterdessen in einer Reisetasche und erklärte zum wiederholten Mal, dass sie nicht wisse, »wo denn das Bäseli abgeblieben isch.«

»Ja, das cha doch nid sii, dass das Baseli nüme da isch, oder?«

Der Mann, der das »ch« in typischem »Schwyzerdütsch« mit einem kehligen Laut aussprach, wurde zunehmend gereizter.

»Geschtern isch das Bäseli no do gsii, wo isch das denn hüt?«

Jennifer wunderte sich nun wirklich, dass ein vermisstes Kuscheltier solch einen Ärger heraufbeschwören konnte. Außerdem erstaunte es sie, wie wenig sich die Kinder dafür interessierten.

»Ich gehe mal eben das Geschirr abwaschen«, unterbrach Rainer ihre Gedanken. Er räumte Teller und Tassen in eine Spülschüssel und verließ den Wohnwagen. Draußen diskutierten die Schweizer noch immer über das verschwundene »Bäseli«. Jenny stellte ein Marmeladenglas in den Schrank und wischte den Tisch ab. Plötzlich erstarrte sie.

»Oh Mann«, raunte sie vor sich hin, als ihr auf einmal bewusst wurde, dass sie wohl als einzige Person auf dem Campingplatz genau wusste, wo das »Bäseli« steckte. Siedend heiß fiel ihr der Handbesen ein, den sie frühmorgens aus dem Weg gekickt hatte.

Sie sprang aus dem Wohnwagen heraus und stürzte zu der Hecke, die ihre Parzelle von den Schweizer Nachbarn trennte.

»Suchen Sie vielleicht einen Handbesen?«

Ihre Stimme klang zaghaft. Der Mann starrte sie mit säuerlichem Blick an.

»Einen Handbesen, ja, so etwas suchen wir«, antwortete er und bemühte sich dabei, seinen Schweizer Dialekt zu unterdrücken. Jennifer konnte sich nur schwer ein Grinsen verkneifen, als sie das »Bäseli« aus dem Gebüsch zerrte und dem Familienvater reichte.

»Es tut mir leid, aber ich habe eine Weile gebraucht, um zu verstehen, was mit dem Bäseli gemeint war«, gab sie zu.

Ein sonniges Strahlen überflutete das Gesicht des Mannes, der sich mehrmals bedankte und dann mit zufriedener Miene sein Auto weiter packte.

»Sein Tag ist jedenfalls gerettet«, schmunzelte Jenny still in sich hinein.

Rainer kam mit dem Geschirr zurück.

»Mich wundert immer noch, dass die Kollegen nichts von

der Bürgerinitiative erfahren haben.« Nachdenklich drehte er einen Teller in den Händen herum. »Bernd wird sicherlich toben, wenn er das spitz kriegt.«

»Ach ja, Bernd«, warf Jennifer ein. »Der hat gerade eine SMS geschickt. Heute will er nochmal auf den Platz kommen und ein paar Fragen stellen.«

Rainer drückte auf dem Schließknopf des Geschirrschranks herum.

»Verdammt«, zischte er, und schlug mit der Faust gegen die Klapptür. Langsam ging ihm die Enge des Campingwagens gehörig auf den Wecker.

»Diese Scheißplastikknöpfe«, fluchte er und presste seinen Zeigefinger auf den Schließknopf, der sich keinen Millimeter regte.

»Warte«, unterbrach ihn seine Kollegin sanft und schob ihn beiseite.

»Das geht nur mit Gefühl!«

Mühelos öffnete sie den Schrank und stellte das Geschirr hinein. Rainer knurrte unwillig.

Plötzlich klopfte es an der Tür. Renate stand mit kreidebleichem Gesicht vor dem Wohnwagen.

»Jenny, stell' dir mal vor, die Kriminalpolizei ist wieder da!«

Die Pächterfrau wirkte vollkommen aufgelöst. Ihr blondes Haar hing in wirren Strähnen ins Gesicht, unter ihren Augen zeichneten sich dunkle Ringe ab. Jennifer stellte draußen drei Klappstühle an den Tisch, legte die Zigarettenschachtel darauf und setzte sich. Ohne zu fragen griff Renate hastig nach einem Glimmstängel. Wortlos gab ihr Rainer Feuer und setzte sich zu den beiden Frauen.

Im Augenwinkel bemerkte er Bernd Schätzle, der gerade über den Schotterweg in Richtung Dauercampersiedlung schlenderte. Die Blicke der beiden Männer trafen sich, blieben jedoch ausdruckslos.

»Und, was wollte der Polizist von dir?«, fragte Jenny. Sie registrierte, dass Renates Hände zitterten. Sie schien hochgradig nervös zu sein.

»Er hat mich gefragt, ob mein Mann und ich heute Abend

zu der Bürgerversammlung gehen werden. Natürlich gehen wir dort hin. Ist das denn verboten?«

Rainer tätschelte beruhigend Renates Hand und murmelte etwas von »sicherlich nur reine Routine«. Ihm war klar, dass jeder halbwegs mitdenkende Mensch ahnen musste, dass die Polizei bei einem abgeschlossenen Fall keinen Kollegen mehr zum Tatort schicken würde. Renate starrte ihn aus glasigen Augen an. Erst jetzt nahm Rainer die Alkoholfahne wahr, die sie ausdünstete.

»Du willst mir doch nicht weismachen, dass die Bullen einfach so aus Jux und Dollerei hier Fragen zu einem Toten stellen, der längst unter der Erde liegt?«

Renate Proll schüttelte heftig ihren Kopf.

»Nein«, stieß sie hervor. »Der Rüdiger ist nicht nur einfach besoffen in den See gefallen. Den hat jemand gekillt.«

Ihre Augen füllten sich mit Tränen. Sie schniefte und wischte sich mit dem Handrücken über die Nase. Rainer reichte ihr ein Papiertaschentuch, das er aus reiner Gewohnheit stets griffbereit mit sich trug. Dankbar nahm Renate das Tuch und schnäuzte sich.

»Siehst du«, entgegnete Jenny mit munterer Stimme. »Wenn sogar schon du glaubst, dass Rüdiger Molch nicht durch einen Unfall gestorben ist, dann ist es doch kein Wunder, wenn die Kripo ermittelt.«

Rainer warf seiner Kollegin einen warnenden Blick zu. Er schaute Renate tief in die Augen:

»Wer, meinst du, könnte den Molch denn umgebracht haben?«

Renate nagte nervös an ihren Fingernägeln.

»Keine Ahnung, wirklich nicht«, nuschelte sie. »Ich glaube, der Rüdiger hatte viele Feinde.«

»Dein Mann war ja auch nicht so gut auf ihn zu sprechen, oder?«

Jennifer war bewusst, dass sie sich auf ein gefährliches Pflaster begab. Doch immerhin waren sie und Renate zwischenzeitlich fast schon so etwas wie Freundinnen. Warum also nicht gemeinsam eine Verschwörungstheorie ersinnen? Renate reagierte gelassen.

»Weißt du, ich habe darüber auch schon nachgedacht«, räumte sie ein. »Aber mein Georg wäre nicht in der Lage, jemanden umzubringen. Der ist doch viel zu gutmütig.«

Sie schnaufte verächtlich.

»Wenn du's genau wissen willst, ist er ein totaler Schlappschwanz.«

Wie sehr hätte sie sich in der Vergangenheit gewünscht, dass er mal so richtig auf den Tisch gehauen hätte, anstatt sie kampflos Rüdiger Molch zu überlassen.

»Ein echter Mann kämpft doch um seine Frau!«

Renate schlug mit Wucht ihre Faust auf den Campingtisch.

»Aber der Georg, der tut lieber so, als wäre alles in Butter. Nur keinen Streit. Immer schön harmonisch!«

Sie lehnte sich in ihrem Stuhl zurück und versuchte, ihren Zorn zu besänftigen. Rainer studierte interessiert ihr Gesicht. Diese Frau wirkte unberechenbar, ja cholerisch. Möglicherweise hatte sie ja doch ihre Finger im Spiel gehabt?

Als Bernd Schätzle über den Campingplatz stapfte, musste er ein hämisches Lachen unterdrücken.

»Sieh an, da drüben hockt unser liebes Ehepaar! Ganz in den Urlaub vertieft und sogar ein bisschen schwanger«, dachte er und bemühte sich, Rainer einen ausdruckslosen Blick zuzuwerfen und ihm keinesfalls zuzuzwinkern. Sein Kollege schien sich akklimatisiert zu haben. Er trug knielange Jeans und ein schwarzes T-Shirt, unter dem ein kleiner Bauchansatz zu sehen war. Auf den Wangen zeichnete sich ein Zweitagebart ab. Das Camperleben schien ihm durchaus zu bekommen.

Auch seine Scheinehefrau machte einen entspannten Eindruck. Bernd Schätzle stellte mit einem Anflug von Neid fest, dass Rainer mit einer wirklich hübschen Kollegin zusammenarbeitete. Und das obendrein noch auf engstem Raum. Der Hauptkommissar seufzte leise.

»Weißt du eigentlich, wie gut du es hast?«, warf er seinem Kollegen in Gedanken zu.

Die beiden schienen ihre Undercover-Ermittlungen ernst zu nehmen. Schätzle erkannte Renate Proll, die – ziemlich aufgelöst – mit den beiden sprach und rauchte.

Vor ein paar Minuten hatte er noch mit ihr in der Wohnung geredet. Obwohl der Vormittag noch nicht weit fortgeschritten war, hatte er ihre Alkoholfahne gerochen. Allem Anschein nach war die Frau mit den Nerven fertig. Ihre Hände zitterten, als sie ihm von ihrer heimlichen Liaison mit Rüdiger Molch berichtete. Sie musste ihn sehr geliebt haben, dachte Bernd Schätzle, während er den Kiesweg entlang ging. Hatte sie ihn umgebracht, weil er ihre Liebe verschmäht und sie verletzt hatte? Der Kommissar runzelte die Stirn.

Ein Mädchen radelte singend an ihm vorbei und riss ihn aus seinen Gedanken. Die Kleine hielt an einem Spielplatz, warf ihr Fahrrad ins Gras und hangelte sich über eine Strickleiter auf ein Piratenschiff, das bereits von einer ganzen Kinderschar bevölkert wurde.

»Was für ein Paradies für Kids.«

Schätzle dachte an seinen Nachwuchs, ein achtjähriger Junge und eine pubertierende Dreizehnjährige, die sich seit einiger Zeit ständig in Zickenalarmbereitschaft befand. Er lächelte. Auf diesem Spielplatz, davon war er überzeugt, würde sogar sie ausgelassen toben. Vielleicht würde er irgendwann einmal übers Wochenende mit seiner Familie zum Zelten hierher kommen.

In der Zwischenzeit war er bei der Dauercampersiedlung angekommen. Ungewohnt still war es hier, wenn man an den Umtrieb auf dem restlichen Campingplatz dachte. Eine schmächtige, unscheinbare Frau fegte ihre Veranda, ein älterer Mann mit mächtigem Bauch und schütterem Haar schnitt eine Hecke. Vor seinem Wohnwagen lag eine rundliche Dame in einem Liegestuhl. Sie hatte ihren Leib in einen schwarzen Bikini gepresst und ließ sich von der Sonne bescheinen.

Bernd Schätzle räusperte sich, während er näher trat. Der Mann drehte sich rasch um und die Schnelligkeit dieser Bewegung überraschte den Kommissar. Bei dieser Leibesfülle hätte er eine trägere Reaktion erwartet.

»Kann ich Ihnen weiter helfen?«, fuhr Albert Bernd wenig freundlich an.

»Ich bin Kriminalpolizist und habe noch ein paar Fragen

zum Tod von Rüdiger Molch.«

Bernd Schätzle streckte seinem Gegenüber den Dienstausweis entgegen, den Albert genau unter die Lupe nahm. Seine Frau hatte sich von ihrem Liegestuhl erhoben, einen gelben Morgenmantel übergeworfen und trat nun zu den beiden Männern.

»Was ist denn los, Albert? Was wollen Sie von uns?«

Sie musterte den Ermittler mit einem Blick, der Bernd innerlich schaudern ließ. Diese Schrappnelle hatte jede Menge Haare auf den Zähnen! Mit der war nicht zu spaßen.

»Lasst doch die Toten ruhen«, entgegnete Albert mürrisch. »Schlimm genug, dass der Rüdiger so unrühmlich im See ersoffen ist.«

»Weniger unrühmlich, mehr mysteriös, würde ich sagen«, hakte Bernd Schätzle nach.

»Sie hatten doch am Vorabend noch eine Begegnung mit dem Opfer, stimmt's?«

Albert erbleichte bei dieser Frage. Plötzlich schien es mit seiner selbstbewussten Haltung vorbei zu sein. Hilflos schaute er zu seiner Frau.

»Sag jetzt bloß nix Falsches!«, warnten deren Augen. Doch dann schwenkte ihre Stimmung schlagartig um.

»Ja natürlich, Herr Kommissar, wir haben am Abend vor Rüdigers Tod noch mit ihm gesprochen. Hier, auf unserer Veranda. Kommen Sie und schauen sie sich um in unserem bescheidenen Heim.«

Ihre Stimme schnurrte auf einmal sanft. Diesem Fremden musste man mit ausnehmender Freundlichkeit gegenüber treten, beschloss sie. Nicht, dass sie und ihr Mann noch in den Verdacht geraten, sie hätten irgendetwas mit Rüdigers Tod zu tun.

Sie führte Bernd Schätzle zur Veranda, bedeutete ihm höflich, Platz zu nehmen und trug kurze Zeit später drei Becher mit Kaffee und einen Teller mit selbstgebackenen Krapfen aus dem Wohnwagen.

»Kekse und Kuchen kann Ihnen leider nicht anbieten. Ich habe doch keinen Backofen im Wohnwagen«, entschuldigte sie sich. Bernd Schätzle lehnte das Gebäck dankend ab. In seinem Alter quittierte der Magen den Genuss von derart Fettgebackenem mit Sodbrennen oder gar Schlimmerem.

Anneliese wirkte zunächst beleidigt, griff dann aber doch lieber zu, anstatt sich die Laune verderben zu lassen.

»Über was haben Sie an jenem Abend gesprochen?« Bernd ließ nicht locker, auch wenn das Ehepaar immer wieder Ablenkungsversuche unternahm. Albert beugte sich leicht über den Tisch und kniff die Augen zusammen.

»Ich will das ja gar nicht verheimlichen, Herr Kommissar, dass wir ein wenig schlecht gelaunt waren gegenüber dem Herrn Molch«, begann er. »Wir haben diskutiert über seine Pläne. Vertreiben wollte der uns aus unserem Paradies, stellen Sie sich das mal vor!«

»Aber die Pläne waren doch noch gar nicht spruchreif«, entgegnete Schätzle. »Das war doch alles noch in der Schwebe.«

»Trotzdem haben wir uns gewehrt und dem Herrn Molch klargemacht, dass er so nicht mit uns umspringen kann.«

Albert kam jetzt in Fahrt. Wenn er mal das Wort ergriff, dann hörte er so schnell nicht mehr auf. Das erkannte auch Bernd Schätzle. Geduldig hörte er sich das Klagelied des Dauercampers an, der sich angesichts der drohenden Verlagerung vom Uferbereich in den hintersten Winkel des Campingplatzes und des anstehenden Umbaus des Sanitärbereichs in einer Wellnessanlage für Kinder immer mehr in Rage redete.

»Wellness für Kinder, haben Sie so was schon mal gehört?«, echauffierte er sich.

»Die Blagen wissen das doch sowieso nicht zu schätzen und machen alles kaputt. Und waschen tun die sich in den Ferien ohnehin nie.«

»Deswegen haben Sie sich mit dem Herrn Molch geprügelt?«

Bernd Schätzle stach gnadenlos ins Wespennest und registrierte genau das Farbenspiel von Rot zu Weiß in den erschrockenen Gesichtern des Ehepaars.

»Ach, Herr Kommissar, nehmen Sie sich doch noch einen Krapfen«, nötigte Anneliese ihm ein Stück auf. Für Bernd Schätzle lag es klar auf der Hand, dass sie damit versuchte, von einem unangenehmen Thema abzulenken. Ihr Plan schien tatsächlich einen Moment lang aufzugehen: Der Krapfen duftete verlockend nach Zimt und Bernd Schätzle konnte nicht mehr widerstehen. Genießerisch kaute er an der süßen Köstlichkeit und lobte die Hausfrau, die sich sofort veranlasst sah, ihm einen weiteren Krapfen auf den Teller zu legen.

Mit vollem Mund bohrte Bernd Schätzle unvermittelt weiter:

»Am Tag, als der Leichnam von Rüdiger Molch entdeckt wurde, hatten einige Herrschaften auf dem Campingplatz ziemlich starke Blessuren. Sie haben sich gestritten und ein bisschen geprügelt, haben Sie zu Protokoll gegeben. War Herr Molch an dieser Schlägerei beteiligt?«

Albert zuckte ratlos mit den Schultern und schwieg. Seine Frau war plötzlich eifrig damit beschäftigt, die Kaffeetassen in den Wohnwagen zu tragen, um sie erneut zu füllen.

»Oje, die Kaffeemaschine ist übergelaufen«, meldete sie mit theatralischer Stimme aus dem Wageninneren, was Albert veranlasste, rasch aufzuspringen und zu seiner Frau zu eilen. Bernd Schätzle hörte das Klirren von zerbrechendem Glas und gleich darauf einen fürchterlichen Schrei. Er spurtete in den Wohnwagen und stieß zunächst auf eine Mauer der Dunkelheit. Die Rollos waren herunter gezogen und im Caravan herrschte Düsternis, während draußen die Sonne vom Himmel strahlte.

Bernds Augen gewöhnten sich nur langsam an das Dämmerlicht.

»Da haben Sie die Bescherung«, schrie Anneliese vorwurfsvoll. Ihr Mann saß auf dem Boden und presste ein blutverschmiertes Taschentuch auf seine rechte Hand.

»Die verdammte Kaffeekanne ist ’runtergefallen. Ich habe mich an den Scherben geschnitten«, stöhnte er.

Anneliese betrachtete die blutende Hand ihres Gatten. Dann sah sie Bernd Schätzle auffordernd an. »Ja, was warten Sie noch, rufen Sie einen Arzt. Mein Mann verblutet sonst noch.«

In diesem Augenblick verdrehte Albert die Augen und sackte ohnmächtig zur Seite.

Bernd Schätzle blieb ruhig. Dieser Dickbauch war nicht der erste Tatverdächtige, der Bewusstlosigkeit vortäuschte, wenn die Situation brenzlig wurde. Er beugte sich über den blassen Mann und kontrollierte dessen Atmung.

»Bringen Sie mir eine Decke«, forderte er Anneliese auf, die erschrocken auf Albert hinunter starrte. Froh darüber, eine klare Anweisung zu bekommen, verschwand sie in der Dunkelheit ihres Wohnwagens und tauchte Sekunden später mit einer dunkelbraunen Wolldecke auf.

In der Zwischenzeit hatte Bernd Schätzle den schwergewichtigen Mann mit routiniertem Griff in die Seitenlage gebettet und betrachtete die blutende Hand.

»Nun machen Sie doch mal endlich Licht hier«, herrschte er Anneliese an. »Ich sehe überhaupt nichts.«

Anneliese schob ihren Körper vorsichtig über Albert, beugte sich über die Kochstelle und ließ ein Rollo herauf schnellen. Wenig später drang Tageslicht durch die Rüschenvorhänge des Wohnwagens.

Der Kriminalbeamte hatte sich Gummihandschuhe aus dem Erste-Hilfe-Kasten übergezogen, den Anneliese aus dem Schrank geholt hatte. Er wickelte einen Verband um die Hand des Ohnmächtigen. Die Wunde war nicht tief und Bernd sah keine Veranlassung, deshalb einen Arzt zu rufen. Das Verbandszeug würde es auch tun.

Albert stöhnte leise und öffnete die Augen. Aus seinem verwirrten Blick schloss Bernd Schätzle, dass der Mann tatsächlich für ein paar Minuten weggetreten war und nicht simuliert hatte.

»Na, geht's wieder?«, fragte ihn der Kommissar freundlich. Albert setzte sich vorsichtig auf und betrachtete seine verbundene Hand.

»Ich kann einfach kein Blut sehen«, versuchte er eine Erklärung. »Und schon gar nicht mein eigenes.«

»Schon gut, jetzt setzen Sie sich erst einmal an den Tisch und trinken ein Glas Wasser. Dann wird das wieder.«

Bernd Schätzle strahlte Ruhe aus und vermittelte seinem Gegenüber das Gefühl von Sicherheit. Mit dieser Art hatte der Kriminalhauptkommissar in seiner Ermittlerlaufbahn schon manchen Täter zum Geständnis gebracht. Albert und Anneliese ließen sich in der Sitzecke ihres Wohnwagens nieder und schauten betreten auf die Tischplatte.

»Entschuldigen Sie, dass ich Sie trotz dieses Zwischenfalls weiter belästigen muss.«

Der Kommissar merkte, dass das Ehepaar jetzt lieber in Ruhe gelassen werden wollte. Doch er war fest entschlossen, nicht ohne irgendeinen Hinweis den Wohnwagen zu verlassen. In seiner Magengegend verspürte er ein verdächtiges Grummeln, das er ignorierte.

»Sie können also kein Blut sehen«, wandte er sich an Albert. »Herr Molch hat allerdings Blut verloren, möglicherweise durch Verletzungen, die ihm bei einer Schlägerei zugefügt worden sein könnten.«

Anneliese bekam einen feindseligen Gesichtsausdruck.

»Wir haben uns nicht geprügelt, Herr Kommissar. Was denken Sie von uns!«, ereiferte sie sich.

»Aber gegenüber meinen Kollegen haben Sie zu Protokoll gegeben, dass Sie mit einigen Campern an jenem Abend gestritten haben.«

Ein unkontrollierter Rülpser entfuhr dem Ermittler, der mit entschuldigendem Blick ein Taschentuch auf seinen Mund presste. Ungerührt fuhr er fort:

»Dabei soll es auch zu Handgreiflichkeiten gekommen sein. War Rüdiger Molch nun daran beteiligt, oder nicht?«

Albert atmete tief aus und trank einen Schluck Wasser.

»Also gut, Herr Kommissar, wir haben nicht die ganze Wahrheit gesagt. Ja, der Rüdiger hat von uns tatsächlich ein paar Ohrfeigen bekommen. Aber das haben wir verschwiegen, weil wir nicht in Verdacht geraten wollten. Wir bringen doch niemanden um!«

Der Ermittler war zufrieden. Endlich hatte er die beiden am Wickel! Jetzt nur nicht locker lassen!

Annelieses Krapfen machten Bernd Schätzle jedoch einen Strich durch die Rechnung. Das Grummeln in der Magengegend breitete sich im gesamten Bauchraum aus. Ein dumpfer Schmerz ließ den Kommissar unvermittelt aufstöhnen. Auf einmal fühlte er sich schwach und verspürte den Drang, sich rasch auf ein stilles Örtchen zurückzuziehen.

»Sagen Sie, wo ist hier die nächste Toilette?«

Seine Stimme klang gepresst. Albert, eben noch zerknirscht, konnte sich den triumphierenden Gesichtsausdruck kaum verkneifen.

»Kommen Sie, lieber Herr Kommissar, ich bringe Sie hin. Anneliese, gib' mir mal den Schlüssel fürs Waschhaus.«

Als sich Bernd Schätzle erhob, hatte er weiche Knie. Kurze Zeit später hatte er im Waschhaus der Dauercamper den einzigen Platz gefunden, an dem er sich in seiner gegenwärtigen Verfassung einigermaßen wohl fühlte.

»Schließen Sie wieder ab, wenn Sie fertig sind.«

Bernd Schätzle nahm Alberts Hinweis hinter seiner verschlossenen Tür kaum wahr. Im Augenblick war er zu sehr mit sich selbst beschäftigt.

***

»Sag mal, was macht unser Bernd eigentlich? Der braucht doch sonst keinen Begleiter für den Toilettengang.«

Jenny starrte zum Dauercamperwaschhaus hinüber. Gerade war ihr Chef mit Albert darin verschwunden. Bernd Schätzle schleppte sich in einer nach vorn gekrümmten Körperhaltung daher. Kurz danach war der Camper allein wieder heraus gekommen. Auch Rainer war beunruhigt. Irgendetwas stimmte nicht.

»Ich sehe mal nach.«

Er holte noch rasch eine Rolle Klopapier aus dem kleinen Bad im Wohnwagen und winkte damit seiner Kollegin im Vorbeigehen zu.

»Alles Tarnung«, flüsterte er.

Das Toilettengebäude war nicht verschlossen. Rainer trat

ein und lauschte. Rechts war eine Tür, die zu den Duschen führte. Links befand sich der Raum, in dem sich mehrere Türen aneinander reihten. Die Geräusche, die hinter einer dieser Türen hervordrangen, ließen keinen Zweifel daran, dass sich dort ein Mensch in bemitleidenswerter Situation befand. Rainer rümpfte die Nase. Er kniete sich mit einem Bein auf den Fußboden und beugte sich hinunter. Jetzt konnte er unter den Stellwänden hindurch die einzelnen Zellen sehen. Fast direkt vor sich sah er ein Paar Turnschuhe. Die anderen Toiletten schienen unbesetzt zu sein.

»Hallo, gibt es ein Problem?«, rief Rainer unter der Tür hindurch.

»Nein, danke, ich bin okay.«

Bernds Stimme klang geschwächt.

Rainer hörte, wie die Tür zum Waschhaus geöffnet wurde. Schnell betrat er die Zelle neben seinem Kollegen und schloss ab. Schritte schlurften über den Gang, eine Tür neben Rainer wurde geöffnet und wieder verschlossen, die anschließenden Geräusche waren typisch menschlicher Art. Widerlich, fand Rainer, der sich in solchen Augenblicken nach seinem eigenen Badezimmer sehnte. Nach einer Weile ertönte die Klospülung, die Schritte entfernten sich und der Mann verließ offenkundig das Gebäude – nicht ohne gewissenhaft die Tür abzusperren. Es herrschte wieder Stille.

»Bernd, ich bin's. Brauchst du Hilfe?«

Er vernahm einen erleichterten Seufzer.

»Hallo Rainer, alles wieder in Ordnung. Ich vertrage die Camperkost einfach nicht.«

Bernd Schätzle hatte wieder zu seinem Humor zurück gefunden. Flüsternd informierte er seinen Kollegen über das Geständnis von Albert und Anneliese.

»Wir behalten sie im Auge«, versicherte Rainer.

»Was ist mit dieser Renate Proll? Habt ihr schon Freundschaft mit ihr geschlossen?«

Bernd fühlte, dass er wieder zu Kräften kam, nachdem er sich der schwer verdaulichen Krapfen entledigt hatte.

»Ein Motiv hätte sie schon, was denkst du?«

Rainer war sich nicht sicher. Es gab auf diesem Campingplatz zu viele Personen, die ein Motiv hätten. Er umriss kurz die neuesten Erkenntnisse über die anstehende Bürgerversammlung. Dann wurde wieder die Tür geöffnet.

»Herr Kommissar, brauchen Sie noch etwas?«

Es war Albert.

»Nein, vielen Dank, ich komme gleich zu Ihnen.«

Bernd hatte eigentlich keine Lust, noch einmal zu dem Wohnwagen zurück zu kehren, in dem vermutlich immer noch die fettigen Krapfen auf dem Tisch standen. Allein die Erinnerung daran verursachten ihm Magenschmerzen. Der Kriminalhauptkommissar drückte zum wiederholten Mal die Spülung.

»Ich warte auf Sie!«, antwortete Albert.

Rainer verdrehte die Augen. Er ahnte, welches Schicksal ihn ereilen würde. Tatsächlich verließ Bernd kurz darauf mit Albert das Gebäude. Ein Schlüssel drehte sich im Türschloss. Die Stille im Gebäude wurde lediglich durch Kindergeschrei unterbrochen, das leise vom Spielplatz herüber schallte.

»Verdammt«, schimpfte der Kommissar, als er vergeblich an der Türklinke rüttelte.

Bernd Schätzle konnte sich genau vorstellen, wie sein Kollege auf die Gefangenschaft reagieren würde. Doch jetzt konnte er ihm nicht helfen, denn Albert klebte förmlich an seiner Seite. Rainer würde sich schon zu befreien wissen. Notfalls könnte er durch ein Fenster in die Freiheit klettern.

Auf dem Weg zu Alberts Wohnwagen trafen die beiden Männer auf Jenny, die offensichtlich ihren Partner suchte. Albert zwinkerte ihr zu.

»Na, alles klar?«

»Eigentlich nicht.«

Jenny blieb stehen.

»Ich suche meinen Mann.«

»Kurze Jeans, Dreitagebart?«

Bernd wagte den Schritt auf gefährliches Terrain. Jenny nickte.

»Der ist, glaube ich, gerade im Waschhaus.«

Albert schaute verdutzt. Dann verdunkelte sich sein Gesicht.

»Wie kommt der da rein?«

Erst in diesem Augenblick wurde Bernd der warnende Blick bewusst, den Jennifer ihm zuwarf. Sie ließ ihren weiblichen Charme spielen und grinste Albert an.

»Er hat mit mir vorhin gewettet, dass er es schaffen würde, unbemerkt in euer exklusives Klo zu gelangen.«

Albert fand das jedoch gar nicht witzig. Da verbringt man einmal einen Abend mit diesen Touristen und schon glauben die, sie hätten dieselben Privilegien wie man selbst!

»Und jetzt kommt er nicht mehr raus, hä«, blaffte er Jenny an, der das Lächeln gefror. Resolut packte er Bernd Schätzle am Arm und zog ihn weiter. Bernd tat die Kollegin fast ein bisschen leid, als sie mit hängenden Schultern zurück blieb.

»Soll der sich doch selber helfen«, schimpfte Albert vor sich hin.

Das Fenster im Waschraum war groß genug, um hindurch zu klettern. Es ließ sich problemlos öffnen und Rainer war gerade im Begriff, sein Gefängnis zu verlassen, als ihn eine Hand am Hosengürtel packte und in den Raum zurückzog.

»Jo, wen haben wir denn do, nä«, Karl grinste den Verdatterten an. Rainer rechnete schon mit einem Faustschlag, doch Karl schien ein gutmütiger Mensch zu sein.

»Du brauchst doch nicht durchs Fenster zu klettern, nä. Geh doch einfach durch die Tür!«

Der Kommissar nickte ihm dankbar zu und ging hinaus.

»Lass dich nächstes Mal nicht wieder erwischen, nä«, schickte ihm Karl noch hinterher und lachte dabei wiehernd.

7

Die Gemeindehalle platzte aus allen Nähten. Sämtliche Stühle waren besetzt und in den hinteren Reihen drängten sich stehend weitere Zuhörer, die keinen Sitzplatz mehr gefunden hatten. Es herrschte ein unglaublicher Lärm, ein Wirrwarr an Stimmen von Menschen, die aufgeregt miteinander diskutierten. Vorne hatten sich der Bürgermeister, sein Hauptamtsleiter, die Leiter des Planungsamtes sowie der Kämmerer an einer langen Tischreihe niedergelassen. Ein nervöser Hausmeister fummelte noch an den Mikrofonen herum, die auf dem Rednertisch und im Saal aufgestellt waren.

In den Zuhörerreihen auf der linken Seite machten sich die Dauercamper breit. Albert blätterte aufgeregt eng beschriebene Papierseiten durch. Offenbar bereitete er sich als Vorsitzender des Vereins »Rettet den Campingplatz« auf seine Rede vor.

Im rechten Zuhörerblock saßen Männer und Frauen mit angespannten Gesichtern. Zwei hielten ein Transparent über ihren Köpfen, auf dem stand: »Lebensräume statt Urlaubsträume«.

Ganz vorne blieben die Stuhlreihen leer. Sie waren für die Gemeinderäte reserviert, die sich nun nach und nach durch die Menschenmenge drängten.

»Meine sehr verehrten Damen und Herren, liebe Bürgerinnen und Bürger«, hob Bürgermeister Heino Herzig an. »Wir haben Sie alle heute eingeladen, weil uns die Transparenz in unserem Gemeindeleben am Herzen liegt.«

Jennifer und Rainer, die irgendwo in der Mitte des Saales Platz genommen hatten, wechselten einen vielsagenden Blick.

»Politikergeschwätz«, murmelte die Kommissarin verächtlich.

Bürgermeister Herzig fasste die Situation zusammen: Die Gemeinde leide unter Geldnöten, die auch unpopuläre Entscheidungen erforderlich machten. Deshalb habe man den Übernahmeplänen von Rüdiger Molch, dessen plötzliches Ableben er ausdrücklich bedauere, offen gegenüber gestanden. Eine moderne Ferienanlage in Fürstental könne der Gemeinde nur gut tun. Schließlich brächten zahlungskräftige Touristen die Wirtschaft und den Einzelhandel in Schwung und auch die Bürger selbst würden profitieren. Immerhin habe Rüdiger Molch, er möge in Frieden ruhen, auch für das marode Hallenbad schon interessante Pläne gehabt. Diese Bemerkung weckte ein missbilligendes Raunen im Saal.

»Aber jetzt ist der Molch tot!«, blökte ein Mann aus den rechten Zuhörerreihen.

»Jetzt hat der feine Investor ins Gras gebissen. Wie schade um seine tollen Pläne!«

Bürgermeister Herzig lief knallrot an.

»Ich muss doch sehr bitten!«, rief er empört gegen den anschwellenden Lärm in der Gemeindehalle an. Die Bürgerversammlung schien, kaum dass sie begonnen hatte, gehörig aus dem Ruder zu laufen. Das war der Herr Bürgermeister von seinen Gemeinderatssitzungen nicht gewöhnt!

»Ruhe« brüllte er in den Saal, während der nervöse Hausmeister erneut hilflos an einem Mikrofon herumfummelte. Zwei junge Männer der Bürgerinitiative »Mehr Lebensraum für Fürstental« stürmten nach vorne, bauten sich hinter dem Bürgermeister auf und entfalteten, für alle bestens sichtbar, ihr Transparent mit der Aufschrift »Lebensräume statt Urlaubsträume«.

Herzig wusste, dass er diese Veranstaltung nicht mehr würde retten können. Wutentbrannt raffte er seine Unterlagen zusammen und gebot seinen Mitarbeitern, mit ihm sofort den Saal zu verlassen.

»Buh!«, schrien ihm die Bürger entgegen, als er durch die Reihen zum Ausgang eilte. Der Volkszorn war entbrannt und Bürgermeister Herzig hell entsetzt. So viele Jahre hatte er für seine Gemeinde gelebt, für seine Bürgerinnen und Bürger gearbeitet. Und nun versetzten sie ihm diese Dolchstöße! Das war einfach nicht zu fassen!

»Kommen Sie zurück, Herr Bürgermeister!«, hallte plötzlich eine Stimme über das Getümmel. Albert hatte die Chance ergriffen, war an ein Saalmikrofon getreten und schrie nun so laut in das Gerät, dass die Lautsprecher pfiffen.

»Wir sind hierhergekommen, weil wir einen Anspruch auf Informationen haben. Sie können jetzt nicht einfach verschwinden.«

Bürgermeister Herzig, der mittlerweile fast den Ausgang erreicht hatte, blieb abrupt stehen und drehte sich langsam um. Im Saal war es auf einmal totenstill. Nur vereinzelt war ein verklemmtes Hüsteln zu hören. Das Volk wartete. Heino Herzig holte tief Luft, die er einen Moment lang anhielt. Dann atmete er laut aus und ging langsam durch den Saal zurück zum Podium.

Seine Mitarbeiter folgten ihm mit verdatterten Mienen. Sie fühlten sich in höchstem Maße unwohl, das war nicht zu übersehen.

»Gut, ich werde die Veranstaltung nicht beenden«, rief Herzig mit fester Stimme, während er wieder am Tisch Platz nahm. »Es ist mir ein Bedürfnis, Sie über alle Gedanken und Ideen der Verwaltung und des Gemeinderates umfassend zu informieren.«

Dann hielt er einen ausführlichen Vortrag über die desaströse Finanzsituation der Gemeinde Fürstental, über die drohende Gefahr, das in die Jahre gekommene Hallenbad ganz schließen zu müssen, weil es nur Defizite einbringe und eine Sanierung Millionen kosten würde. Und er sprach über die Einnahmen in Millionenhöhe, die durch den Verkauf des Campingplatzes an einen Investor in die Haushaltskassen gespült würden.

»Die Camper hätten davon keine Nachteile. Im Gegenteil«, versuchte Herzig die Zuhörer auf der linken Seite zu beschwichtigen. Jeder wisse doch, dass die Sanitäranlagen dringend saniert werden müssten und dass der ganze Platz eine grundlegende Erneuerung benötige. Das beginne schon bei der Stromversorgung, die nicht mehr dem Stand der Technik entspreche und über kurz oder lang vom TÜV so nicht mehr akzeptiert werden könne.

»Ihre Sicherheit liegt uns am Herzen«, betonte der Bürgermeister. »Es wäre nicht auszudenken, wenn irgendjemand auf dem Campingplatz zu Schaden käme, weil die Elektrik nicht mehr sicher ist.«

Diese erforderlichen Investitionen könnten nicht dem Pächter auferlegt werden. Im Pachtvertrag sei festgelegt, dass laufende Instandhaltungsmaßnahmen nur bis zu einem gewissen Grad vom Pächter zu tragen seien. Alles, was über dieses Maß hinausgehe, müsse die Gemeinde als Eigentümer schultern.

»Und dafür haben wir einfach kein Geld«, schloss Herzig.

Der Vorschlag der Bürgerinitiative »Mehr Lebensraum in Fürstental«, den Campingplatz aufzulösen und das Gelände als Wohngebiet zu erschließen, um über den Grundstücksverkauf Geld zu erwirtschaften, sei zwar sehr löblich und durchaus nicht von der Hand zu weisen, räumte der Verwaltungschef ein. Doch der Regionalverband stimme diesem weiteren Baugebiet nicht zu.

»Der Flächennutzungsplan sieht hier keine Wohnbebauung vor. Auch nicht in der Zukunft«, führte Herzig aus. »Wir müssten dann zwei andere Wohngebiete, für die wir schon alle notwendigen Planungsverfahren in der Schublade liegen haben, wieder zurückgeben. Damit wäre nichts gewonnen.«

Der Verwaltungsmann griff in die Innentasche seines Jacketts und zog ein Taschentuch hervor, mit dem er sich die Schweißperlen von seiner Stirn tupfte.

»Aber die ganzen Pläne sind doch hinfällig, nachdem Herr Molch nicht mehr am Leben ist. Oder haben wir etwas übersehen?«, tönte der Zwischenruf eines Bürgers über die Lautsprecher durch den Saal.

Bürgermeister Herzig tupfte sich erneut die Stirn. Sein Gesicht war rot und er atmete schwer. Langsam machten sich Alter und sein hohes Körpergewicht bemerkbar und für eine Sekunde schoss ihm der Gedanke durch den Kopf, dass er diesen Job wohl keine weiteren sieben Jahre mehr würde bewältigen können.

»Meine Damen und Herren, ich muss Ihnen sagen, dass ich heute den Anruf eines Anwalts erhalten habe, der auch für mich sehr überraschend war.«

Für einen Augenblick schien die Zeit still zu stehen. Gebannt starrten die Zuhörer auf den Redner. Heino Herzig fuhr fort:

»Herr Molch hat einen Erben. Über den Anwalt habe ich erfahren, dass dieser Erbe darüber nachdenken will, was er mit den Plänen machen soll. Vielleicht steigt er ja ein, vielleicht aber auch nicht.«

Jetzt war die Katze aus dem Sack! Rainer und Jennifer waren höchst angespannt. Ohne einander anzusehen wussten sie, was der andere dachte: Sie waren bei ihren Ermittlungen keinen Schritt weiter gekommen. Im Gegenteil: Die Gruppe der Verdächtigen erweiterte sich um weitere 40 Personen. Die Mitglieder der Bürgerinitiative »Lebensraum für Fürstental« hätten durchaus ein Mordmotiv: Rüdiger Molchs Ableben erhöhte ihre Chancen, dass die Gemeinde doch noch einer Umwandlung des Campingplatzes in ein Wohnbaugebiet zustimmen würde.

Doch auch die Dauercamper profitierten vom Tod des Unternehmensberaters. Immerhin lag es nahe, dass sie ihren Platz nicht verlieren würden, wenn es keinen Investor mehr gäbe. Und nun war auch noch ein dubioser Erbe aufgetaucht, der sich quasi über Nacht ungeahnten Reichtums erfreuen konnte.

Bei all dem durfte das Pächterehepaar Georg und Renate Proll nicht vergessen werden. Rainer seufzte. Der »Urlaub« auf dem Campingplatz würde noch einige Zeit dauern, so viel stand fest. Er stieß seine Kollegin sanft mit dem Ellenbogen an.

»Wir sollten die Leute von der Bürgerinitiative mal näher

beleuchten«, raunte er Jennifer ins Ohr. Sie nickte unmerklich, während sie einige Notizen in ihren Schreibblock kritzelte.

»Aber den Bürgermeister würde ich mir auch gerne mal vornehmen«, gab sie leise zurück. »Ich kann mir vorstellen, dass der schon einen Plan B in petto hat.«

***

Im Besprechungsraum der Polizeidirektion war die Stimmung zum Zerreißen gespannt. Bernd Schätzle hatte alle Ermittler der SOKO Camping herbeizitiert. Auch Rainer und Jenny hatten sich eingefunden. Sie waren schon früh am Morgen vom Campingplatz »Swimming Paradise« aufgebrochen. Dem neugierigen Karl hatten sie von einem Wanderausflug berichtet, den sie an diesem Tag zu unternehmen gedachten. Jetzt saßen sie zwischen ihren Kollegen und fühlten sich in ihrem sportlichen Outdooroutfit zwischen den Beamten ein wenig deplatziert.

»Also, Leute, was mir hier geboten wird, ist unter aller Kanone!«

Wenn der sonst so gutmütige Bernd Schätzle in so einer Laune eine Lagebesprechung eröffnete, wussten die Kollegen, dass einige Dinge total schief gelaufen sein mussten.

»Hier ist ja wohl einiges richtig in die Hose gegangen«, schnauzte Schätzle in die Runde. »Oder kann mir einer erklären, warum wir erstens nichts von dieser Bürgerinitiative gewusst haben? Und warum hat keiner von euch heraus bekommen, dass die Dauercamper eine Revolution geplant haben? Rainer und Jenny haben das nur zufällig mitgekriegt!«

Der Hauptkommissar schaute wütend in die Runde. Die Kollegen taten allesamt so, als ginge sie das Ganze nichts an. Mit leeren Blicken starrten einige aus dem Fenster, andere musterten ihre Schuhspitzen und Rainer kritzelte mal wieder Kringel auf ein Blatt Papier. Im Raum war es so still, dass man hören konnte, wie die Spitze seines Kugelschreibers über das Papier fuhr.

»Ich will noch heute wissen, wer dieser dubiose Erbe ist«, tönte Schätzle. »Außerdem erwarte ich einen genauen Bericht über die Pläne dieses Bürgermeisters in Sachen Campingplatzverkauf.«

Jetzt richtete er seinen Fokus auf Rainer und Jenny.

»Ihr zwei habt bis jetzt gute Arbeit geleistet.«

Jenny atmete auf und Rainer unterbrach für einen Augenblick seine Kritzeleien, um seinen Chef anzusehen.

»Hört euch weiter um und nehmt vor allem die Dauercamper und das Ehepaar Proll in die Mangel«, gab ihnen Bernd Schätzle auf den Weg.

Eine Stunde später befanden sich Rainer und Jenny wieder auf der Autobahn. Ihre Stimmung war gedämpft, denn Jenny war zuvor mit Bernd Schätzle aneinander geraten. Sie hatte von Thomas Gerstners Bogenparcours berichtet und vorgeschlagen, auch in diese Richtung zu recherchieren.

»Ihr konzentriert euch auf den Campingplatz«, hatte der Hauptkommissar befohlen. Alles weitere sei Sache der anderen Ermittler der SOKO Camping. Schätzle hatte Jennys Widersprich brüsk abgewiesen und kurz danach die Besprechung beendet.

»Kein Wunder, dass wir in dem Fall nicht weiter kommen.«

Rainer setzte den Blinker, um ein Wohnwagengespann zu überholen.

»Sogar unser Chef hat Tomaten auf den Augen.«

Aus den Augenwinkeln sah er zu Jenny, die verträumt auf dem Beifahrersitz saß. Sie schien mit ihren Gedanken weit weg zu sein, und Rainer ahnte schon, wer sie dabei begleitete.

»Sag‘ mal, dich hat’s ganz schön erwischt mit dem Motorradfahrer, was?«

Seine Kollegin zuckte zusammen und warf ihm einen betretenen Blick zu.

»Es tut mir leid, dass ich dich in so eine blöde Situation gebracht habe«, sagte sie leise. »Aber du hast Recht, ich glaube, ich habe mich in diesen Typen verknallt.«

Rainer seufzte.

»Verdammt schlechter Zeitpunkt, wenn du mich fragst.«

»Ich weiß«, Jenny schaute auf die vorbeiziehende Landschaft. »Ich wäre froh, wenn der Fall bald abgeschlossen wäre. Dann könnte ich tun, was ich will.«

»Und was machen wir jetzt?«, fragte der Oberkommissar. Doch bevor Jenny eine Antwort geben konnte, fluchte er laut. Durch das Gespräch mit seiner Kollegin war er so abgelenkt worden, dass er nun hinter einem verbeulten Campingbus herschlich, während auf der Überholspur die Lastwagen vorbei donnerten.

»Ich denke, er wird in den nächsten Tagen abreisen«, versuchte Jenny zu beschwichtigen. »Bis dahin werden wir keinen Kontakt zueinander haben. Das habe ich ihm gesagt.«

»Okay, das wirst du hinbekommen. Aber was machen wir beide jetzt?«

Rainer hatte es endlich geschafft, sich zwischen die Lastwagen zu drängen und zog nun an dem VW-Bus vorbei. Ein Althippie ließ seine Rastazöpfe aus dem geöffneten Fahrerfenster im Wind flattern und grinste fröhlich Jenny herüber. Er zog an einer selbstgedrehten Zigarette, die bei jedem Drogenfahnder sofort Alarm ausgelöst hätte. Doch Rainer und Jenny waren zu sehr mit ihren eigenen Gedanken beschäftigt, um darauf zu reagieren. Rainer lenkte den Volvo wieder auf die rechte Spur.

»Ich meine, wir können doch nicht schon wieder auf den Campingplatz zurück fahren. Das fällt doch auf!«

Jenny grinste.

»Was hältst du von einer kleinen Jagd auf Gummitiere? Vielleicht reicht's ja für ein Mittagessen!«

Endlich hatten die beiden Kollegen wieder zu ihrem vertrauten Tonfall zurück gefunden.

Dreißig Minuten später hielt Rainers Volvo auf einem Waldparkplatz. Nach der Fahrt über die Autobahn war die Ruhe eine Wohltat für die Ohren. Vögel zwitscherten, der

Wind rauschte sanft in den Buchenblättern. Jenny atmete die würzige Waldluft ein und genoss für einen Augenblick den Duft nach Erde und vermoderndem Laub.

»Auf, auf zum fröhlichen Jagen«, rief Rainer und stapfte unternehmungslustig zu einer Informationstafel, die den Weg zum Bogenparcours wies. Hundert Meter vom Parkplatz entfernt entdeckten die beiden Ermittler ein kleines Holzhäuschen mit Kassenautomat. Eine Drehtür verriegelte den Zutritt in das umzäunte Gelände.

»Zwölf Euro pro Kopf, das ist eine Menge Holz«, meinte Rainer, während er sein Portemonnaie aus der Tasche zog.

»Wollen Sie wirklich unbewaffnet da 'reingehen?«

Unvermittelt war Thomas Gerstner aus dem Häuschen heraus getreten. Der Betreiber des Bogenparcours, der auch bei Rüdiger Molchs Beerdigung dabei gewesen war, trug einen »blauen Anton« und hielt einen Akkuschrauber in der Hand. Jetzt legte er das Werkzeug auf den Boden, wischte seine Hände an den Hosenbeinen ab und streckte Rainer die Rechte entgegen. Der Kommissar lachte.

»Brauchen wir denn Waffen, damit wir unbeschadet wieder aus dem Gelände herauskommen?«

»Nein, hier springen höchstens ein paar Hasen herum. Meine anderen Wildtiere sind völlig harmlos«, entgegnete Thomas. »Aber ich hätte ein schlechtes Gewissen, von Ihnen 24 Euro Eintritt zu verlangen, nur damit Sie hier spazieren gehen können.«

Der Betreiber des Bogenparcours schloss eine Nebentür auf und bedeutete dem Ehepaar, in die Anlage einzutreten.

»Sehen Sie sich einfach ein bisschen um. Dafür müssen Sie nichts bezahlen.«

Rainer und Jenny nahmen das Angebot dankend an.

»Morgen früh ist Conny wieder auf dem Campingplatz. Sie wird bestimmt eine Leihausrüstung mitbringen, wenn ich ihr Bescheid sage.«

»Tolle Idee«, erwiderte Jenny. »Sie soll bitte zwei Ausrüstungen bringen.«

Die beiden Kommissare wanderten langsam über einen schmalen Waldpfad. Die Wege in diesem Parcours waren bestens gepflegt. Eine dicke Schicht aus Rindenmulch dämpfte jeden Schritt. Schon nach wenigen Metern entdeckte Jenny ein Krokodil, das sich in einer Senke am Ufer eines Baches sonnte. Es wirkte erschreckend lebendig.

»Was würdest du tun, wenn das Vieh da echt wäre?«

Die Kommissarin flüsterte, um das scheinbar schlafende Reptil nicht zu wecken.

Rainer packte sie fest am Arm.

»Vorsicht«, zischte er und zerrte seine Kollegin rasch hinter ein Gebüsch. Sie duckten sich tief in das Unterholz. Jenny wusste nicht wirklich, was sie von diesem Überraschungsangriff halten sollte. Doch jahrelanges Training in der Polizeischule hatte sie gelehrt, in einem Fall wie diesem erst einmal die Deckung nicht zu verlassen und das Spiel des Kollegen mitzuspielen. Rainer mochte seine Gründe haben, warum er sie in den Dreck zog. Gebannt blickte sie durch das Blattwerk auf das Krokodil.

»Es rührt sich nicht. Ich glaube, ich habe es getroffen«, raunte Rainer. Er grinste seiner Kollegin frech ins Gesicht.

»Es ist bestimmt tot.«

Jennifer prustete drauflos. Mit einem kräftigen Schlag gegen die Schulter stieß sie Rainer um. Er landete in einer sumpfigen Pfütze und blieb verdutzt darin hocken.

»He, geht man so mit seinem Helden und Retter um?«

Mühsam erhob er sich und blieb mit tropfender Hose vor Jenny stehen. Sie konnte sich vor Lachen kaum noch halten.

»Meine Güte, deine Körperspannung ist auch nicht mehr die beste, was? Dass dich so ein Schlag aus dem Gleichgewicht bringt!«

»Was machen wir jetzt? Ich kann doch nicht mit nassen Klamotten weiter auf die Pirsch gehen, oder?«

Rainer blickte an sich herunter. Seine schicke Outdoorhose hatte jetzt genau die richtige Patina. Und sie war patschnass.

»Da drüben ist eine Lichtung. Zieh doch die Hose einfach aus und hänge sie eine Weile in die Sonne. Dann sehen wir weiter.«

Wenn es darauf ankam, war Jenny immer pragmatisch. Rainer schätzte diesen Weitblick seiner Kollegin.

Die beiden machten es sich auf der Wiese gemütlich und Jenny sah galant darüber hinweg, dass ihr Kollege nun in der Unterhose neben ihr saß, während seine Hose an einem Zweig in der Sonne trocknete.

»Schließlich sind wir schon seit über zehn Jahren verheiratet, mein Hase«, hatte sie ihn zuvor ermutigt, sich zu entkleiden.

Der Pfeil, der wenige Meter vor dem Pärchen ins Gras schoss, war ein klassischer Fehlschuss. Aufgescheucht wie zwei Kaninchen warfen sich die beiden ins Gestrüpp, um sich so den Blicken des potenziellen Feindes zu entziehen.

Ein Typ in grüner Cargohose und kariertem Sporthemd trat auf die Lichtung. In seiner rechten Hand hielt er einen klassischen Bogen aus Holz. Aus dem Köcher auf seinem Rücken schauten die befiederten Enden mehrerer Pfeile heraus.

Ihm folgte ein weiterer Mann in schwarzem T-Shirt mit dem Aufdruck eines flammenden Totenkopfs. Er hatte einen Compoundbogen bei sich, ein hochmodernes Gerät, bei dem die Sehne über Rollen an den beiden Wurfarmen geführt wird. Die beiden Schützen stapften mit gesenkten Blicken über die Wiese.

»Dein Pfeil ist ja mal richtig abgeschmiert«, kommentierte der Totenkopfträger den fehlgeleiteten Schuss seines Kumpels.

»Den finden wir hier nie wieder«, antwortete der andere düster. Er sprach einen breiten, schwäbischen Dialekt.

Rainer rappelte sich aus dem Gestrüpp hervor.

Der Bogenschütze in der Cargohose starrte ihn überrascht an und wurde blass.

»Jesses, ich habe Sie doch nicht etwa getroffen, oder?«

Erschrocken ging er einen Schritt auf Rainer zu und half ihm, auf die Beine zu kommen.

»Nein, ich bin nur in Deckung gegangen«, erwiderte der Kommissar und betrachtete kritisch einen langen Kratzer, der sich von seinem Knie bis zum Oberschenkel erstreckte. Auch Jenny tauchte mit hochrotem Gesicht aus dem Unterholz auf. Ihr war die Peinlichkeit dieser Situation durchaus bewusst: Rainer mit zerkratzten, nackten Beinen in der Unterhose, sie mit dreckverschmiertem Gesicht und zerzausten Haaren... Nein, sie wollte jetzt wirklich nicht wissen, was die beiden Gummitierjäger von Rainer und ihr dachten.

Doch die beiden hatten ganz andere Sorgen. Der Schreck stand ihnen in die Gesichter geschrieben.

»Mein Gott, Sie können sich doch nicht einfach hier auf die Wiese setzen.«

Der Schwabe in der Cargohose wurde plötzlich richtig sauer. Rainer wurde das Gefühl nicht los, diesem Mann schon einmal irgendwo begegnet zu sein.

»Das hier ist ein Bogenparcours und kein Picknickplatz! Ich hätte Sie aus Versehen auch treffen können.«

Sein Kumpel feixte ihn von der Seite an. Dann zwinkerte er den beiden verdatterten Kommissaren zu.

»Keine Angst, er trifft nur selten ins Schwarze!«

Freundschaftlich klopfte er seinem Freund auf die Schulter. Dann wurde er ernst.

»Sie sollten hier wirklich nicht spazieren gehen.«

Er deutete über die Lichtung. Ganz nahe am Waldrand stand ein Rudel Rehe, das bewegungslos zu äsen schien.

»Das hier ist die vierte Station. Ganz schön weit entfernt, dieses Ziel.«

Der Schwabe ergänzte: »Und Sie beide waren noch in der Schusslinie. Für einen Treffer hätte es reichen können.«

Erst jetzt wurde Rainer bewusst, dass er und seine Kollegin eine ordentliche Portion Glück gehabt hatten. Der Mann mit dem schwarzen Totenkopfshirt kroch in das Unterholz, in das sich die beiden leichtsinnigen Spaziergänger zuvor geworfen hatten. Wenige Sekunden später kam er wieder aus dem Gebüsch hervor. In der linken Hand hielt er einen Pfeil mit rot-gelber Befiederung.

»Na, wenigstens haben wir das gute Stück wieder gefunden. Dank Ihrer Hilfe«, freute er sich. »Sieben Euro sind gerettet.«

»Sieben Euro kostet so ein Pfeil?«

Jenny konnte kaum glauben, dass es Menschen gab, die dafür so viel Geld ausgaben.

»Und wie oft verlieren Sie auf dem Parcours so ein Ding?«

»Das kommt ganz aufs Gelände an«, antwortete der Schwabe. »In so einem Gestrüpp finden wir unsere Pfeile eher selten wieder.«

»Darf ich mir den mal anschauen?«

Rainer drehte den Pfeil sorgsam in den Händen. Die Stahlspitze war nicht scharf geschliffen. Er befühlte sie mit dem Daumen.

»Kann man mit so einem Pfeil wirklich jemanden töten?«

Die beiden Bogenschützen und auch Jenny starrten ihn mitleidig an. Unwissenheit vorzutäuschen erschien Rainer allerdings eine gute Tarnung. Sein Plan ging auf.

»Oje, da haben wir es wohl mit einem waschechten Greenhorn zu tun«, seufzte der Schwabe. »Ich glaube, hier tut ein wenig Aufklärung Not, oder was meinst du, Alwin?«

Sein Kumpel nickte lächelnd.

»Natürlich kann so ein Pfeil tödlich sein. Schauen Sie mal.«

Der schwäbische Bogenschütze legte den Pfeil in eine Auflage oberhalb des Griffes seines Bogens und klemmte das Endstück in die Sehne.

»Das hier nennt sich Nock«, erklärte er dabei. Er streckte seinen linken Arm mit gebeugtem Ellenbogen nach vorn und zog den Pfeil zwischen Zeige- und Mittelfinger mit der Sehne bis an sein rechtes Ohr.

»Jetzt suche ich meinen Ankerpunkt, indem ich meinen Daumen an die Wange lege.«

Der Schütze fixierte das Rudel Rehe, das in der Ferne äste. Sein Pfeil flog in hohem Bogen davon. Sekundenbruchteile später hörten sie ein dumpfes Geräusch.

»Kill!«, rief der Schwabe und lächelte zufrieden. Dann streckte er Rainer die Hand hin.

»Ich bin übrigens der Andy.«

Der Kommissar schlug ein.

»Dann wollen wir mal sehen, ob du wirklich mitten ins Herz getroffen hast«, meinte Alwin und stapfte zu den Rehen.

Der Pfeil steckte tatsächlich exakt in der Mitte von zwei Ringen, die die Herzgegend des Gummitieres markierten.

»Wow, das war ja mal ein richtig guter Schuss«, lobte Alwin. Der Pfeil steckte ein paar Zentimeter tief im Material.

»Das dürfte reichen, um so ein Reh zu töten«, fügte Andy hinzu. »Dabei wurde dieser Schuss schon aus langer Distanz abgegeben. Je näher der Schütze am Ziel steht, desto höher ist die Durchschlagkraft.«

»Dürfte ich vielleicht auch mal mit deinem Bogen einen Schuss versuchen?«

Jenny lächelte Andy an. Doch der Bogenschütze musste sie enttäuschen.

»Tut mir leid, aber der Bogen ist die Braut des Schützen. So was verleiht man nicht. Aber kennt ihr vielleicht den Campingplatz Swimming Paradise?«

Rainer und Jenny nickten einmütig und in diesem Augenblick fiel Rainer auch ein, woher er die beiden Schützen kannte: Sie gehörten zu der Gruppe, die er vor drei Tagen beim ultimativen Grilltest auf dem Campingplatz getroffen hatte. In der ersten Aufregung war er nicht darauf gekommen, aber jetzt erinnerte er sich: Die Männer trugen alle Schirmmützen mit der Aufschrift »Camp Trophy Tour« und einer der Männer hatte ihn eine Karte mit einer Internetadresse in die Hand gedrückt.

Andy musterte die beiden Ermittler. Auch er schien Rainer jetzt wiederzuerkennen.

»Ja klar, ihr wohnt doch auch auf dem Campingplatz, gell? Dann könnt ihr euch dort morgen eine Ausrüstung leihen. Wir können dann gern nochmal zusammen hierher kommen.«

***

Auf dem Campingplatz »Swimming Paradise« gab es an diesem Tag einige Veränderungen: Während Rainer und Jenny in geheimer Mission auf dem Bogenparcours unterwegs waren, packte Cornelius König seinen Campingstuhl in die riesige Garage seines edlen »Starliners«, räumte Gläser in die Vitrine und kurbelte seine Markise ein. Er hatte endgültig genug von diesem Doppelspiel mit Dolly Katzenbieger und dem Campingplatzpächter Georg Proll. Alle glaubten, er habe Geld wie Heu, dabei war er nur ein Rentner mit schmalem Budget. Eine Zeitlang hatte er seinen Spaß daran gehabt, den großen Zampano zu spielen. Immerhin hatte ihm das die Zuneigung der attraktiven Bardame eingebracht.

Was jedoch nur Rainer wusste: Die Reise in dem Luxusmobil war ein Geschenk seiner Kinder, Enkel und Freunde.

Cornelius König beschloss, seine junge Freundin noch einmal an der Bar zu besuchen, um ihr Lebewohl zu sagen. Doch Dolly war an diesem späten Vormittag noch nicht an ihrem Arbeitsplatz, obwohl die Urlauber gerne schon morgens auf der schwimmenden Plattform mitten im Badesee einen Cappuccino schlürften.

König zuckte die Achseln. Ein undramatischer Abschied ohne große Worte war ihm sowieso lieber als eine tränenreiche Szene. Kurze Zeit später rollte das über acht Meter lange Reisemobil langsam über den Campingplatz in Richtung Ausfahrt, passierte die Schranke und entschwand.

Auch Michael rollte Schlafsack, Isomatte und Igluzelt zusammen und verpackte alles in einem schwarzen Seesack. Er fühlte sich nicht wohl in seiner Haut, denn im Gegensatz zu Cornelius König hätte er seine neue Freundin gerne noch einmal gesehen und die Adressen für ein späteres Wiedersehen ausgetauscht. Ob er einen entsprechenden Zettel an den Wohnwagen hängen sollte? Der Motorradfahrer verwarf diesen Gedanken. Jenny war verheiratet. Deshalb war es besser, einfach zu verschwinden. Er vertäute den Seesack auf dem Soziussitz seines Motorrades, setzte seinen Helm auf und schwang sich in den Sattel.

»Fahret Sie scho wieder?«

Eine alte Bekannte stampfte über den Kiesweg auf Michael zu. »Des isch aber wirklich schad.«

Die dralle Camperin aus dem benachbarten Mobilheim blieb neben der Maschine stehen und lächelte den Biker an. In ihrer Hand baumelte wieder die schrill gemusterte Badetasche.

»Wisset Se, so Leit wie Sie machet des Läba uff dem Platz erscht spannend«, räumte sie ein.

Michael verstand nicht recht, was sie damit meinte. Doch kaum hatte er nachgefragt, bereute er auch schon sein Interesse, denn die Dame mit dem wogenden Busen unter dem rosa Bademantel erging sich in Erinnerungen an ihre eigene Jugend. Ganz nah kam sie mit ihrem Gesicht an ihn heran. Wieder roch er das süßliche Eau de Toilette, das in jedem Discountmarkt zu bekommen war.

»Wisset Se, i war emol an ganz scharfer Fäger.«

Ihre blauen Augen blitzten als sie ihn anlachte.

»Gell, des dädsch heut nemme von mir denka.«

Michael fand diese Frau plötzlich irgendwie witzig und auf ihre Weise sogar sympathisch. Auf einmal bekam sie einen bittenden Blick.

»Ach komm, bleib doch noch a paar Däg«, säuselte sie. Doch der Biker hatte seinen Entschluss gefasst. Nein, sein Zelt würde er heute Abend anderswo aufschlagen. Das stand fest. Entschlossen startete er den Motor.

»Time to say good bye«, raunte er und warf ihr lässig eine Kusshand zu. Die Camperin blieb noch eine ganze Weile bewegungslos stehen, die grellbunte Badetasche baumelte in ihrer Hand. Träumerisch wanderte ihr Blick den Weg entlang, auf dem Michael davon knatterte.

Von diesen leisen Abschieden bekamen Albert und Anneliese inzwischen nichts mit. Sie waren nach dem gestrigen Abend immer noch wie vom Donner gerührt und saßen ungewöhnlich still auf der Veranda vor ihrem Wohnwagen. Die Nachricht vom unbekannten Erben des Campingplatzes hatte sie schockiert.

»Wie geht's jetzt bloß weiter?«, jammerte Anneliese. »Wenn jetzt so ein neureicher Schnösel den Platz übernimmt, können wir einpacken.«

Auch Albert schien mit seinem Latein am Ende. Dabei hatte er bei der Bürgerversammlung am Vorabend zunächst noch das Gefühl gehabt, auf der Siegerseite zu stehen. Doch dieser

Bürgermeister Herzog, das war einfach ein Schlitzohr. Der saß immer am längeren Hebel. Albert hätte gerne seine Frau beruhigt. Stattdessen aber saß er da wie ein Häuflein Elend.

»Wir müssen jetzt abwarten und ruhig Blut bewahren«, murmelte er. Gedankenverloren zupfte er an dem Verband an seiner Hand.

»Ja, was hockt ihr denn da rum und blast Trübsal, nä!«

Karl, der Oberfranke mit dem rollenden »R«, wedelte fröhlich mit einer Zeitung, als er die Veranda von Albert und Anneliese betrat.

»Habt wohl noch keine Zeidung gelesen, nä«, triumphierte er und ließ sich auf einen Gartenstuhl fallen. Dann breitete er die Lokalzeitung auf dem Tisch aus und las vor:

»Wie Bürgermeister Heino Herzig nach der überraschenden Nachricht von einem Erben des unter mysteriösen Umständen verstorbenen Unternehmensberaters Rüdiger Molch auf Nachfrage der Redaktion wissen ließ, sei dieser Erbe in Fürstental keine unbekannte Person. Es könne durchaus möglich sein, dass die Pläne des Verstorbenen fortgeführt würden. Möglicherweise werde der Campingplatz Swimming Paradise doch noch zu einer modernen und touristisch attraktiven Anlage umgebaut.«

Albert starrte seinen Dauercampernachbarn misstrauisch an.

»Was soll daran nun eine gute Nachricht sein?«, murrte er.

Karl grinste:

»Der Erbe kommt also aus Fürstental, nä.«

»Ja und?«

Anneliese kreischte beinahe hysterisch auf. Die Anspannung der letzten Tage machte sie fast wahnsinnig.

Karl blieb bei seinem Grinsen.

»Den können wir den ja mal unter unsere Fittiche nehmen, nä. Den laden wir mal ganz freundlich zu uns ein. Mit einem Fürstentaler kann man doch reden, nä. Vielleicht will der ja gar nix verändern bei uns.«

Jetzt wurde es Albert allerdings zu bunt.

»Dein Optimismus ist ja völlig abstrus«, brüllte er den armen Kameraden an, der ganz verdattert in seinen Campingstuhl zurück sank. Albert riss die Zeitung mit einer so heftigen Bewegung vom Tisch, dass zwei Kaffeetassen umstürzten. In einer breiten Lache rann der Kaffee über die Tischplatte und ergoss sich auf den Schoß von Anneliese. Sie sprang auf, riss dabei ihren Stuhl um, geriet ins Wanken und stürzte kreischend zu Boden. Erschrocken beugte sich Albert über seine schluchzende Frau. Über der heilen Welt der Dauercamper lag auf einmal ein düsterer Schatten.

***

Abends trafen Rainer und Jenny wieder auf dem Campingplatz ein. Sie sahen wild aus mit ihren dreckverschmierten Klamotten und den zerkratzten Beinen. Jeder nahm ihnen ihren anstrengenden Wandertag ohne Zweifel ab. Jenny fühlte sich nicht nur müde. Sie war tief traurig. Wo am Morgen noch das himmelblaue Igluzelt gestanden hatte, war jetzt nur noch eine kleine Fläche hellgrünen, plattgedrückten Grases zu sehen. Michael war weg. Damit hatten sie und Rainer zwar ein Problem weniger, doch Jenny fühlte sich auf einmal ganz leer.

»Hey, mach dir doch keine Gedanken«, tröstete Rainer die Kollegin. »Bernd hat ganz bestimmt seine Adresse. Dein Michael ist doch unser Hauptzeuge.«

Jennys Blick hellte sich auf. Daran hatte sie tatsächlich gar nicht mehr gedacht.

»Wenn der Fall abgeschlossen ist, kannst du ihn ja anrufen.«

Rainers Worte munterten die junge Beamtin schlagartig auf.

»Komm, lass uns noch einen Absacker an der Bar nehmen«, schlug sie vor. Als sie kurz darauf frisch geduscht auf der Plattform im See ankamen, trafen sie eine ziemlich bedrückte Dolly Katzenbieger hinter dem Tresen. Sie hatte sich stark geschminkt, doch das üppig aufgetragene Make-up konnte über ihre verweinten Augen nicht hinweg täuschen. Ihr sonst so lockeres Mundwerk blieb heute verschlossen.

»Was ist denn mit unserer Dolly heute Abend los?«, raunte Rainer einem Gast zu, der wohl schon länger vor seinem halbvollen Bierglas an der Bar hockte.

»Liebeskummer«, flüsterte er zurück. »Der reiche Oppa mit dem Luxusschiff hat sich einfach aus dem Staub gemacht.«

Diese Nachricht ließ die beiden Beamten aufhorchen. Sie wechselten einen kurzen Blick. Hatten die Kollegen die Anschrift des Rentners notiert? War irgendwem bekannt, wohin Cornelius König gefahren war? Jenny griff schon intuitiv zu ihrem Handy, stockte dann jedoch in ihrer Bewegung. Diese Nachfrage bei Bernd Schätzle würde noch ein wenig warten müssen.

Dolly sah Rainer mit tief traurigem Blick an.

»Stell dir vor, er ist einfach abgehauen. Ohne ein Abschiedswort. Einfach weg.«

Ihre Augen füllten sich mit Tränen. Sie schnäuzte sich in ein zerknülltes Papiertaschentuch. Hatte sie den alten Mann wirklich so sehr geliebt, oder weinte sie mehr um ihren geplatzten Traum vom Luxusleben?

»Vielleicht brauchte er mal ein bisschen Abstand und muss nachdenken«, versuchte Rainer die Untröstliche aufzumuntern. »Warte nur, in zwei, drei Tagen kommt er wieder zurück. Eine Frau wie dich lässt man doch nicht einfach sitzen.«

Kaum hatte das Ehepaar auf Zeit nach seinem Drink auf der Plattform des Swimming Paradise die Wohnwagentür hinter sich verschlossen, griff Jenny nach ihrem Handy, während Rainer das Notebook startete. Sie drückte die Lautsprechertaste, damit der Kollege mithören konnte.

Bernd Schätzle blieb gelassen, als er von Cornelius Königs Abreise erfuhr.

»Seine Personalien liegen vor. Der kommt aus Dortmund und wird sicherlich bald wieder in seiner bescheidenen Wohnung leben.«

»Hast du auch die Adresse von diesem Motorradfahrer?«

Jenny tat so, als falle ihr der Name gerade eben nicht ein.

Sie atmete auf, als Bernd Schätzle Michaels Anschrift durchgab.

»Den König würde ich als Tatverdächtigen mal ausschließen«, sagte der Leiter der SOKO Camping. »Viel spannender ist aber das DNA-Ergebnis, das ich gerade von dem blutigen Handschuh bekommen habe. Ihr wisst schon, da war Blut von diesem Albert dran, der sich an der zerbrochenen Kaffeekanne verletzt hat.«

Sein Blut war auch an der Leiche von Rüdiger Molch gefunden worden. Zwar nur in geringen Mengen, aber immerhin.

»Der hat damit auf jeden Fall etwas zu tun«, betonte Schätzle. Doch wie die Pfeilspitze in den Hals des Opfers geraten ist, darüber seien sich die Kollegen noch immer nicht im Klaren. Der Pfeilschaft sei unauffindbar.

Dafür habe man beim Bürgermeister mehr Informationen zu den Protestgruppen bekommen. Bei der Gruppe mit dem Banner »Lebensräume statt Urlaubsträume« handele es sich um einen Haufen alternativer Ökos, die von einer Generationensiedlung träumten, in der hochbetagte Senioren und Menschen mit Behinderung ebenso ihren Platz finden sollten, wie Familien mit Kindern.

»Die sind allesamt durch und durch friedensbewegt«, kommentierte Bernd Schätzle und Jenny konnte sein Grinsen durch das Telefon regelrecht hören. Ihre Kollegen machten sich häufig einen Spaß daraus, die überzeugte Bioesserin als »Ökotante« oder »Strickliesl« aufzuziehen – dabei war sie rein äußerlich vom Klischee der Strickpulli und Gesundheitslatschen tragenden Ökofrau weit entfernt.

»Du meinst, diese Leute könnten keinen gierigen Kapitalisten umbringen?«

Jenny ließ sich in die gemütliche Sitzecke des Wohnwagens fallen, streifte ihre Sandalen von den Füßen und streckte ihre langen Beine auf den Polstern aus. Dankbar nickte sie Rainer zu, der ihr ein Glas Wasser einschenkte und auf den Tisch stellte.

»Ich würde sagen: nein«, antwortete Bernd Schätzle. »Was

mich viel nachdenklicher stimmt, ist die Tatsache, dass wir Zigarettenkippen am Tatort gefunden haben.«

Der Soko-Chef machte eine kurze Pause, die Jenny hellhörig werden ließ. Seine folgenden Worte ließen sie erschauern:

»Es handelt sich um dieselbe Marke, die dein Motorradfahrer raucht.«

Bernd Schätzle ahnte nicht, welche Wirkung diese unbedacht daher gesprochenen Worte auf Jenny hatten. Sie runzelte die Stirn und sah mit zornigem Blick zu Rainer, der hochkonzentriert seinen Bericht in den Computer hämmerte. Hatte der Kollege sie etwa beim Chef angeschwärzt? Woher wusste Bernd, welche Zigarettenmarke Michael rauchte? Und was sollte die Betonung »*Dein* Motorradfahrer«?

»He, bist du noch dran?« krähte Schätzle am anderen Ende der Leitung.

»Ja, klar, Chef, und was schließt du daraus?«

Jenny bemühte sich um einen beiläufigen Tonfall.

»Mann, du bist wohl im Urlaub, oder was?«, antwortete Schätzle ungeduldig.

»Die hat doch dein geschätzter Kollege aus dem Aschenbecher in der Bar gefischt. An eurem ersten gemeinsamen Abend zu zweit. Erinnerst du dich nicht mehr?«

Die Kriminaltechniker hatten in der Nähe des flachen Steins am Ufer des Badesees drei Zigarettenkippen gefunden, berichtete Bernd Schätzle. Die Speichelspuren an zwei Kippen stammten von Rüdiger Molch, an einer haftete die DNA von Michael.

»Die beiden haben möglicherweise noch das eine oder andere Zigarettchen miteinander gepafft, bevor Molch dahin gerafft wurde.«

»Willst du damit andeuten, dass dieser Michael den Rüdiger Molch getötet hat?«

Jenny ärgerte sich über den Zynismus ihres Chefs. Plötzlich verspürte sie ein flaues Gefühl in der Magengegend. Was wäre, wenn Michael tatsächlich etwas mit dem Mord zu tun hätte? Würden die Kollegen von der Spurensicherung auch ihre DNA bei ihm finden? Möglich wäre das allemal…

Sie konnte sich einfach nicht vorstellen, dass Michael einen anderen kaltblütig ermorden würde. Warum auch? Welches Motiv hätte er für einen Mord gehabt?

»Genau das frage ich mich auch die ganze Zeit«, entgegnete Bernd Schätzle. »Vielleicht haben sie sich gestritten und Molchs Tod war ein Unfall.«

»Du meinst, sie haben gemeinsam auf diesem Stein gesessen, zusammen geraucht und dann hat Michael dem Molch einen Pfeil in den Hals gerammt?«

Jenny lachte. Diese These war ihr nun wirklich zu sehr an den Haaren herbeigezogen.

»Entschuldige, Bernd, aber das glaubst du doch wohl selber nicht.«

Der Leiter der SOKO Camping räusperte sich vernehmlich. Er habe trotzdem zwei Kollegen zu Michael nach Hause geschickt, um ihn nochmals zu befragen. Leider sei er aber wohl noch immer mit seiner Harley unterwegs.

Jedenfalls, schloss Bernd Schätzle, sollten die beiden Kollegen noch einmal das Gespräch mit Albert und Anneliese suchen. Und diesen Michael werde man im Hinterkopf behalten. Seine DNA am Tatort könne alles oder nichts bedeuten.

»Alberts Blutspur macht ihn auch noch nicht zum Mörder«, gab er zu bedenken. Immerhin habe der Dauercamper ja zugegeben, sich mit Molch geprügelt zu haben.

»Es ist total verworren«, seufzte Rainer, nachdem Jenny das Telefonat mit Bernd Schätzle beendet hatte. Seine Kollegin antwortete jedoch nicht, sondern warf ihm nur einen giftigen Blick zu. Sie zerrte ein Handtuch aus dem Klappschrank über ihrem Bett, raffte ihre Kulturtasche zusammen und verließ ohne ein weiteres Wort den Wohnwagen. Rainer schaute ihr verwirrt hinterher.

»Was ist denn jetzt auf einmal los?«, rief er.

Doch Jennifer war bereits über den Kiesweg in Richtung Waschhaus gestapft.

Er beschloss, vor dem Wohnwagen auf seine Kollegin zu warten. Vermutlich putzte sie noch ihre Zähne, weil sie zu Bett gehen wollte. Rainer war allerdings noch gar nicht müde. Der Tag war aufregend gewesen. Inzwischen war es fast dunkel, die ersten Sterne blinkten am wolkenlosen Himmel. Die Luft war noch immer warm und Rainer verspürte Appetit auf ein Glas Rotwein bei Kerzenlicht im Freien. Er öffnete einen Schrank und holte eine Flasche hervor. Lächelnd studierte er das Etikett: Einen feinen Franzosen hatte er noch auf dem Rückweg vom Parcours auf den Campingplatz in einer Weinhandlung ergattert.

»Feierabend«, murmelte Rainer und wühlte im Besteckkasten unterhalb des Gasherdes. Kurz darauf war seine Urlaubsstimmung verflogen. Er und Jenny hatten beim Packen des Wohnwagens an vieles gedacht. Sogar eine Tischdecke hatte Jenny mitgenommen.

»So ein überflüssiger Weiberschnickschnack«, hatte Rainer dazu noch gefrotzelt.

Einen Korkenzieher hatten sie jedoch vergessen. Frustriert ließ er sich auf seinem Klappstuhl nieder. Er beobachtete eine fünfköpfige Familie, die vor etwas mehr als einer Stunde mit ihrem großen Alkoven-Wohnmobil auf dem Campingplatz eingetroffen war. Die beiden Söhne waren fast erwachsen, die Tochter im Teenageralter. Auch zwei Hunde gehörten dazu. Sie sahen aus wie Cockerspaniel, waren aber deutlich größer. Der braun-weiß Gefleckte sprang schwanzwedelnd um sein Herrchen herum, das gerade Hundefutter in zwei Näpfen aus dem Wohnmobil trug.

»Lola, sei ruhig«, raunte der Mann dem anderen Hund zu, der an einem Baum festgebunden war und angesichts des Futternapfes wie verrückt bellte.

Rainer war dieses schwarze Ungetüm nicht ganz geheuer. Er machte sich ohnehin nicht viel aus Hunden. Nachdenklich betrachtete er die Weinflasche, die verlockend auf dem Campingtisch stand. Ob er es wagen könnte, die Familie um einen Korkenzieher zu bitten? Die beiden Hunde stürzten sich auf ihre Näpfe. Sie waren also beschäftigt und würden ihm wohl nichts tun.

»Guten Abend, darf ich kurz stören?« Der Kommissar trat an das Wohnmobil heran, vor dem die groß gewachsene Hausherrin den Tisch fürs Abendessen deckte. Sie empfing ihn mit erfrischender Herzlichkeit, verschwand für einen Augenblick im Fahrzeug und reichte ihm den Korkenzieher.

»Aber bringen Sie mir den bald wieder, wir wollen auch noch eine Flasche köpfen«, lächelte sie.

Rainer überlegte einen Moment, ob er das sympathische Ehepaar zu einem Glas einladen sollte. Die beiden schienen keine Weinverächter zu sein. Doch dann dachte er an das mürrische Gesicht seiner Kollegin, die nach dem Telefonat mit Bernd Schätzle wortlos davon gestürmt war. Irgendwas war da nicht im Reinen, vermutete der Kommissar. Und so beschränkte er sich darauf, die Weinflasche zu öffnen und den Korkenzieher wieder zurück zu bringen.

Warmer Kerzenschimmer leuchtete bereits auf dem Campingtisch vor dem Wohnwagen, als Jenny aus dem Waschraum zurückkam. Sie war immer noch wütend auf Rainer, der offenbar gegenüber dem Chef über ihr Schäferstündchen mit dem Hauptzeugen – oder war es gar der Täter? – geplaudert hatte. Sie baute sich vor dem Tisch auf, an dem Rainer völlig entspannt saß.

»Darf ich die Dame noch zu einem Glas Rotwein einladen?«

Der Kommissar deutete auf den leeren Campingstuhl und die Weinflasche. Jenny zögerte noch. Grillen zirpten, von der Bar klang leise Musik herüber. Es war sommerlich warm. Wollte sie diesen schönen Abend wirklich schmollend im Bett verbringen? Sie setzte sich auf den Rand des Stuhls – sofort bereit, aufzuspringen und im Wohnwagen zu verschwinden. »Sag' mir erst, was du mit dem Schätzle über mich und Michael gesprochen hast!«

Die Härte ihrer Stimme traf Rainer. Er war gerade im Begriff gewesen, Wein in die beiden Gläser einzuschenken. Nun hielt er in der Bewegung inne.

»Ich?«

Er schaute seine Kollegin überrascht an.

»Gar nichts habe ich gesagt. Glaubst du, ich schmiere dem um die Ohren, dass du mir untreu geworden bist? Wo er doch erst von unserer Schwangerschaft erfahren hat?«

Er stellte die Flasche auf den Tisch.

»Was denkst du eigentlich von mir?«

Jenny knetete betreten ihre Hände.

»Naja, ich dachte, weil Bernd von meinem Motorradfahrer gesprochen hat, verstehst du? Ich meine, das klang für mich so, als wüsste er Bescheid.«

Es tat ihr bereits leid, dass sie ihren Kollegen so falsch eingeschätzt hatte.

»Entschuldige bitte, ich ticke da wohl falsch«, murmelte sie.

Rainer atmete auf.

»Schon gut«, meinte er und nahm die Flasche wieder vom Tisch. »Jetzt machen wir Feierabend und genießen lieber diesen schönen Abend.«

Er war froh, dass er mit seiner sympathischen Kollegin endlich privat ein wenig Zeit verbringen konnte.

***

Lautes Grölen und ausgelassenes Kichern riss Rainer mitten in der Nacht aus dem Schlaf. Ihm kam es vor, als würden diese Menschen – offenbar handelte es sich um Jugendliche im Ausnahmezustand – direkt vor dem Wohnwagen herum tobten. Er zog das Verdunkelungsrollo neben seinem Bett ein Stück hoch. Im spärlichen Schein einer Weglampe entdeckte er die drei Sprösslinge der neuen Nachbarn im Alkoven-Wohnmobil. Putzmunter und aufgedreht kehrten sie von einem nächtlichen Ausflug zurück.

»Pssst, seid ihr denn total verrückt!«

Die Stimme der freundlichen Chefin des Wohnmobils klang entsetzt. Nur mühsam gelang es ihr, selbst leise zu bleiben. Rüdiger fuhr sich mit der linken Hand durchs Haar und rieb sich seine Augen. Dann schaute er auf die Uhr: kurz vor eins.

»Typische Nachteulen, was?«, raunte Jenny unter ihrer

Decke hervor und kicherte. Sie hatte die jungen Leute schon länger gehört, denn anders als Rainer fand sie nicht so leicht in den Schlaf. Mit amüsiertem Gesicht kroch sie aus ihrem Bett zum Fenster auf Rainers Seite und schaute hinaus.

»Guck mal, das sind die Kinder von der Familie Alkoven. Gerade noch hat die Frau ihren Mann gefragt, wer denn da noch so spät auf dem Campingplatz herum randaliert und ob die Kids wohl keine Eltern haben.«

Sie gluckste vergnügt.

Draußen bei »Familie Alkoven« schienen die Eltern nicht so recht zu wissen, ob sie nun lachen oder schimpfen sollten.

»Cool!« prustete der größere der beiden Jungs und versuchte dabei vergeblich, seine Stimme zu dämpfen. »Hier gibt es eine Hüpfburg, die ist die ganze Nacht geöffnet. Das macht vielleicht Spaß!«

Rainer verdrehte die Augen.

Dieser Abend war so ganz anders verlaufen, als er es sich gewünscht hatte: Kaum hatten er und Jenny am Wein genippt und sich entspannt zurück gelehnt, hob in unmittelbarer Nachbarschaft eine Frau in ihrem Vorzelt zur abendlichen Gesangsstunde an. Dazu klimperte jemand auf einer schlecht gestimmten Gitarre. Die Sängerin interpretierte zunächst eine recht eigenwillige Version von »The Boxer«.

Rainer und Jenny schauten sich mit gequälten Blicken an. Er seufzte resigniert.

»Was gäbe ich jetzt für ein schönes, ruhiges Hotelzimmer abseits dieser ganzen Camperindividuen.«

Jenny musste so sehr lachten, dass sie sich beinahe an ihrem Rotwein verschluckte. Doch das Lachen sollte ihr vergehen, denn später schwang sich die Sängerin empor zu Höhen von Joan Baez mit »Where have all the flowers gone« und nahm es dabei mit den Tönen nicht mehr so genau.

»Jetzt habe ich aber echt genug von dem Gejaller«, stöhnte die Kollegin. Auch die freundlichen Nachbarn, die vor ihrem Alkoven-Wohnmobil saßen und Wein tranken, wirkten zunehmend genervt.

Wenigstens hatten sie ihre Kinder nach endlosen Diskussionen zum Spülen überreden können.

»Ich kann abtrocknen, aber auf keinen Fall werde ich spülen«, tönte erst die Tochter.

»Ich habe heute schon gespült, also jetzt mache ich gar nichts mehr«, beschloss darauf der jüngere Sohn.

»Ich hätte ja jetzt gespült, aber wenn du nichts machst, dann mache ich auch nichts«, entgegnete der Älteste, worauf der Bruder betonte, er habe bereits den Grill geschrubbt, das sei schon Strafarbeit gewesen. Endlich zogen sie von dannen. Das Alkoven-Ehepaar atmete erleichtert auf.

Rainer konnte nur zu gut nachfühlen, was in diesem Augenblick in ihnen vorging. Endlich Ruhe. Die Sängerin von nebenan hatte inzwischen auch ihr Konzert beendet. Doch inzwischen war auch die Zeit schon weit voran geschritten: Jenny gähnte plötzlich und erhob sich von ihrem Campingstuhl.

»Mir ist kalt, ich geh‘ jetzt schlafen.«

Rainer zuckte resigniert mit den Schultern und folgte seiner Kollegin in den Wohnwagen.

Und nun waren beide wieder hellwach. Geweckt vom Grölen der jugendlichen Nachbarn. Rainer war sauer. Er ließ sich in die Sitzecke fallen, stützte am Tisch seinen Kopf in die Hände und sah Jenny an.

»Kannst du jetzt schlafen? Ich kriege bestimmt kein Auge zu.«

Er seufzte und murrte dann: »Ich hasse dieses Camperleben.«

Schmunzelnd setzte sich die Kollegin neben ihn und knuffte ihm in die Seite. »Ich weiß gar nicht, was du hast. Wir haben schönes Wetter, gehen zusammen wandern, trinken Wein in lauer Sommernacht. Was willst du noch?«

»Dich!«, wäre es Rainer fast heraus gerutscht. Er biss sich auf die Unterlippe. Jenny saß so dicht neben ihm, dass er die Wärme ihrer Haut spüren konnte. Sie sah ihm mit einem unergründlichen Blick tief in die Augen. Abrupt erhob sie sich und begann, in ihrer Handtasche zu kramen.

»Ich geh‘ mal eben eine qualmen«, murmelte sie und verließ den Wohnwagen.

Rainer blieb sitzen. Jennys Blick hatte ihn verwirrt.

»So langsam wird dieser Sondereinsatz verhängnisvoll«,

kam es ihm in den Sinn. »Es wird Zeit, dass wir mal auf eine wirklich heiße Spur treffen. Sonst komme ich noch auf dumme Gedanken.«

Er ahnte ja nicht, wie schnell sich sein Wunsch erfüllen würde.

8

Die Glöckchen am Eingang des Sportgeschäfts von Conny Niederecker klingelten leise, als jemand den Laden betrat. Die Eigentümerin ignorierte das Geräusch. Sie saß in dem winzigen Nebenzimmer, das durch einen Vorhang vom Verkaufsraum abgetrennt war. Vor sich lag die Tageszeitung.

»Wer erbt das Vermögen des Schützenkönigs?«, stand in großen Lettern über einem Foto von Rüdiger Molch. Er zielte darauf mit einem Compoundbogen an dem Betrachter vorbei auf ein scheinbar weiter entferntes Ziel. Conny kannte dieses Bild: Es hing in Molchs Wohnung. Er war so stolz und glücklich gewesen, als er im vergangenen Sommer bei einem Bogensportturnier auf dem neuen 3D-Bogenparcours von Thomas Gerstner den Titel des Regionalmeisters erreichte. Den futuristisch anmutenden Hightechbogen hatte er sich erst wenige Wochen zuvor gekauft.

Ihre Augen füllten sich mit Tränen. Seit dem Tod von Rüdiger Molch befand sich Conny in einer Art Trance. Die Welt drehte sich weiter, doch ihre eigene Welt war vollständig aus den Fugen geraten.

Der Vorhang bewegte sich ein Stück zur Seite. Thomas Gerstner schaute auf die junge Frau herab, die über der Zeitung brütete. Sie war mit ihren Gedanken so weit weg, dass sie ihn gar nicht wahrnahm. Der Anblick schnitt ihm ins Herz. Leise trat er ein und setzte sich gegenüber von Conny an den Tisch. Sanft nahm er ihre Hand und streichelte sie. Conny reagierte nicht, sondern starrte weiter auf die Zeitung.

»Woher hat die Presse dieses Foto, Tom?« Ihre Stimme klang brüchig. »Es hing in Rüdigers Wohnzimmer. Wie kommen die zu diesem Bild?«

Thomas streichelte weiter Connys Hand.

»Vielleicht die Nachbarin, die immer seine Blumen gießt, wenn er auf Reisen ist.«

Er war selbst von diesem Foto überrascht.

»Du weißt doch, Conny, für Geld machen manche Leute alles.«

Mit einer heftigen Bewegung zog die junge Frau ihre Hand unter Thomas' Berührung weg.

»Was meinst du damit?«, zischte sie, »spielst du dabei etwa auf mich an?«

Thomas lächelte, doch seine Augen blieben kalt.

»Keine Ahnung, was du jetzt meinst«, gab er zurück.

»Ach, verschwinde einfach.« Conny funkelte ihn mit wütenden Augen an, klappte die Zeitung zusammen und verließ den Raum.

Zwei neue Kunden hatten das Geschäft betreten. Conny wischte sich kurz über die Augen. Sie war froh, dass sie heute auf Make-up verzichtet hatte. Es wäre ihr nach dem letzten Weinkrampf nur wieder über das Gesicht geströmt.

Die beiden Kunden, die sich in der Bogensportabteilung umsahen, kamen Conny bekannt vor.

»Grüß Gott, Frau Niedecker.«

Der groß gewachsene Mann hatte kurz geschnittenes, braunes Haar. Mit seinem Dreitagebart und den Lachfalten um seine braunen Augen wirkte er auf Anhieb sympathisch. Seine Frau war ein paar Jahre jünger und mit ihren langen, dunkelbraunen Haaren und den grünen Augen ausgesprochen hübsch.

Conny bemühte sich um ein Lächeln, als sie auf das Ehepaar zuging. Jetzt erinnerte sie sich wieder an den Mann: vor vier Tagen war sie ihm auf dem Bogenschießplatz beim Campingplatz begegnet.

»Wir waren gestern auf dem 3D-Parcours und wollten heute selbst mal Bogenschießen.«

Rainer lächelte die Eigentümerin des Sportgeschäftes treuherzig an.

»Der Besitzer des Parcours, ich glaube, er heißt Thomas, sagte uns, dass wir bei Ihnen eine Ausrüstung ausleihen könnten?«

Conny nickte und verschwand für einen Moment hinter dem Vorhang. Kurz darauf kam sie mit zwei Recurvebögen zurück. Über ihren Schultern baumelte ein Köcher, in dem sich ein Dutzend Pfeile befanden. Schweigend überreichte sie Rainer die Bögen. Ihr Lächeln wirkte aufgesetzt, als sie fragte, ob die Herrschaften noch einen Wunsch hätten.

»Eigentlich dachten wir ja, dass Sie heute auf dem Campingplatz sein würden«, warf Jenny ein. Sie wunderte sich über das seltsame Verhalten der jungen Geschäftsfrau. Etwas mehr Höflichkeit hätte ihr gut zu Gesicht gestanden, fand die Kommissarin.

Conny kratzte sich am Kopf.

»Oh, Sie haben vollkommen Recht«, gab sie zu. »Mir ist nur leider ein Termin dazwischen gekommen. Es tut mir leid, dass Sie sich die Mühe machen mussten, zu mir ins Geschäft zu kommen.«

Sie brachte die beiden Kommissare noch an die Tür, dann schloss sie hinter ihnen ab und drehte das Türschild auf »Geschlossen« um.

Jenny und Rainer schauten sich verwundert an. »Was ist mit der eigentlich los? So geht man doch nicht mit seiner Kundschaft um«, meinte Jenny.

Sie musterte das Gebäude. Zwischen dem Haus mit den großen Schaufenstern und dem Nachbargebäude befand sich ein schmaler Gang, der in einen Hinterhof zu führen schien. Ohne nachzudenken, schlüpfte die Kommissarin hinein und schlich geduckt ein paar Meter voran. Unter einem gekippten Fenster blieb sie stehen. Es war eine alte Gewohnheit von ihr, dass sie einfach ihre Ohren spitzte, um Menschen zu belauschen, wenn diese möglicherweise in irgendeinem Zusammenhang mit einer Straftat standen. Meistens dachte sie in Augenblicken wie diesen nicht lange nach, sondern folgte einer Intuition.

»Jetzt lass' mich endlich in Ruhe und hau ab. Ich kann dich nicht mehr sehen.«

Connys Stimme hinter dem Fenster klang tränenerstickt. Sie schien um ihre Fassung zu ringen, während sie mit jemandem sprach. Die Kommissarin lauschte aufmerksam. Sie winkte Rainer, zu ihr zu kommen und ihr Kollege schlüpfte ebenfalls in den Gang, um im Schutz des düsteren Lichtes unter dem Fenster zu verharren.

»Conny, du musst mal zur Ruhe kommen. Das Ganze hat dich einfach arg mitgenommen. Nimm dir doch ein paar Tage Urlaub. Ich nehme mir auch frei. Dann fahren wir zusammen weg. Nur wir beide.«

Die beiden Kriminalbeamten schauten sich an. Jenny formte mit ihren Lippen lautlos die Frage, wer dieser Unbekannte sein könnte. Rainer zuckte die Schultern.

Sie hörten Conny schluchzen. Sie sagte etwas, doch die Worte blieben für die beiden Lauscher vor ihrem Fenster unverständlich. Es wurde still in dem Raum. Wenige Augenblicke später hörten sie die Glöckchen an der Ladentür. Eilige Schritte entfernten sich. Rainer drehte sich um und hastete lautlos durch den Gang bis zur Hausecke. Vorsichtig lugte er auf die Straße. Für einen kurzen Moment erkannte er einen schlanken Mann, der rasch in eine andere Straße abbog. Der Kommissar rannte hinterher. Eindeutig hatte er den Mann nicht identifizieren können.

Doch Rainer kam nicht weit. Vor der Ladentür des Sportfachgeschäftes kollidierte er frontal mit Conny, die auf den Gehweg getreten war. Sie stürzten beide hart zu Boden. Conny stieß einen Schmerzensschrei aus. Die Pfeile, die Rainer in dem Köcher über die Schulter getragen hatte, lagen verstreut auf dem Gehweg. Ein Bogen lag auf der Straße, den anderen hielt Rainer noch fest in der Hand.

»Sind Sie total bescheuert, mich hier einfach über den Haufen zu rennen!«

Connys Stimme überschlug sich, während sie sich vom Boden aufrappelte und den Staub von ihrer Hose klopfte. Rainer stand ebenfalls auf und begann, die Pfeile wieder einzusammeln. Er wirkte niedergeschmettert und schuldbewusst. Eindringlich entschuldigte er sich bei der jungen Frau.

»Sie haben sich am Arm verletzt. Sie bluten!«

Jenny war kopfschüttelnd aus dem Versteck aufgetaucht. Glücklicherweise hatte Conny in der Aufregung nicht wahrgenommen, wo sie hergekommen war.

»Kommen Sie, wir gehen hinein. Das muss versorgt werden.«

Die Kommissarin ließ der Geschäftsfrau gar keine Zeit zum Widerspruch. Mit sanftem Druck führte sie Conny in den Laden und drückte sie auf einen Holzhocker.

»Haben Sie Verbandszeug da?«

Jenny reagierte absolut professionell. Sie wollte die Überraschung und den Schock der Frau ausnutzen, um ihr ein paar Fragen zu stellen. In solchen Momenten kam man häufig schnell zu einer ehrlichen Antwort. Conny deutete auf den Vorhang, der den Raum abteilte.

»Da hinten im Bad ist ein Apothekerschrank«, sagte sie mit schwacher Stimme.

»Ihnen geht's nicht gut, nicht wahr?«

Jenny sprühte ein Wunddesinfektionsmittel auf ein steriles Tuch und betupfte damit vorsichtig eine Schürfwunde an Connys Ellenbogen. Sie schaute die Frau mit einem einfühlsamen Blick an. Sofort begann diese zu weinen.

»Mein Vater ist gestorben«, schluchzte Conny Niedecker. »Ich habe ihn umgebracht.«

Die Beamten wechselten einen Blick.

»Wer war denn Ihr Vater und wieso glauben Sie, dass Sie ihn umgebracht haben?«

Jenny schnurrte so sanft wie eine Katze, während Rainer der Weinenden wortlos ein Taschentuch reichte. Conny schnäuzte sich kräftig und rieb sich die Tränen aus den Augen.

»Wir haben uns gestritten und dann habe ich ihm eine geknallt und bin davon gerannt. Wenig später war er tot.« Tränen rannen über Connys Gesicht. »Er ist im Badesee ertrunken. Beim Campingplatz. Und ich bin schuld daran.«

Rainers Herz klopfte ihm bis zu Hals. Wäre er offiziell als

Kriminalbeamter hier, würde er nun die Tatverdächtige löchern bis zum Umfallen. Er sah seiner Kollegin an, dass es ihr ähnlich ging. Wie reagierte jedoch ein ganz gewöhnliches Ehepaar auf so eine Nachricht? Würden sie sagen, Conny solle zur Polizei gehen und ein Geständnis ablegen?

»Kommen Sie, eine Ohrfeige bringt doch niemanden um«, beschwichtigte Jenny die Frau und legte ihr tröstend einen Arm um die Schulter. Sie ging in die Hocke und tätschelte Connys Hand. Conny zog die Nase hoch. Ihre Unterlippe zitterte, als sie stammelte:

»Er hatte sowieso schon genug Ärger am Hals, und dann komme auch noch ich daher und schreie ihn an. Wahrscheinlich hat er vor lauter Aufregung einen Herzinfarkt gehabt und ist in den See gefallen.«

***

»Herzinfarkt, hä?« Bernd Schätzle lachte abschätzig. »Das hätte meine liebe Dr. Renate Pfäfferle aber ganz bestimmt festgestellt, als sie die Leiche geöffnet hat.«

Rainer und Jenny saßen vor seinem Schreibtisch in der Polizeidirektion. Sie hatten Conny noch einen Tee gekocht und ihr ans Herz gelegt, zum Arzt zu gehen, um sich Beruhigungstabletten zu besorgen. Zwar hätten sie die Frau am liebsten gleich zum Verhör mitgenommen, doch dann wäre ihre Tarnung aufgeflogen. Jenny versprach ihr, am Abend nochmals bei ihr vorbeizuschauen und Conny hatte ihr dankbar ihre Privatadresse mitgeteilt.

»Fassen wir mal zusammen: Frau Niedecker streitet mit Rüdiger Molch am See. Sie gibt ihm eine Ohrfeige und rennt davon. Tags darauf wird Molch tot im See gefunden. Sie behauptet, er hätte einen Herzinfarkt oder einen Schwächeanfall oder so etwas Ähnliches gehabt. Deshalb stürzt er ohnmächtig ins Wasser und ertrinkt.«

Bernd Schätzle war richtig in Fahrt gekommen, als seine beiden Kollegen mit dieser Neuigkeit in sein Büro gerauscht waren. Jetzt kritzelte er Symbole und Linien auf eine Tafel.

»Was nur wir und der Täter wissen: Molch ist nicht ertrunken, sondern wurde zuerst von einem Pfeil direkt in der Halsschlagader getroffen. Es gibt kaum Blutspuren, denn in der Nacht hat es stark und lange geregnet. Irgendjemand muss ihn abgepasst und auf ihn geschossen haben. Wie gut schießt unsere verdächtige Amazone eigentlich mit dem Bogen?«

Ein Kollege betrat das Büro.

»Ich habe eine interessante Neuigkeit, Chef!«

Er legte einen dünnen Ordner auf Schätzles Schreibtisch.

»Wir kommen gerade vom Notar in Fürstental. Was der uns verraten hat, ist wirklich interessant.« Langsam zog er ein Papier aus dem Ordner.

»Wir haben den Erben. Oder besser gesagt, die Erbin: Sie heißt Conny Niedecker und betreibt ein Sportgeschäft in Fürstental.«

Rainer grinste breit.

»Guten Morgen, lieber Kollege. Das verkaufst du uns als Neuigkeit? Da sind wir schon längst selber drauf gekommen.«

Die schöne Amazone war also die uneheliche Tochter des Mordopfers! Rüdiger Molch hatte ihr sein gesamtes Vermögen vererbt.

»Sie war wohl ziemlich geschockt von dieser Nachricht«, berichtete der Kriminalbeamte.

***

Der Brief, den Conny Niedecker ausgerechnet am Tag von Rüdiger Molchs Beerdigung erhielt, versetzte die junge Frau in Aufruhr. Sie sollte am nächsten Morgen um 8.30 Uhr zur

Testamentseröffnung im Fürstentaler Notariat erscheinen. Was sie dort erfuhr, zog ihr den Boden unter den Füßen weg. Kreidebleich sei sie geworden, als er ihr den Namen des Erblassers nannte, berichtete der Notar den Kriminalbeamten, die ihn am frühen Vormittag aufgesucht hatten.

»Offensichtlich hat sie nicht gewusst, dass Herr Molch ihr Vater war«, erzählte der Notar weiter. Sehr gefasst habe sie zunächst auf ihn gewirkt. Nach dem Gespräch habe sie den Raum verlassen und sei auf die Toilette gegangen. Er sei ihr gefolgt, weil er das Gefühl hatte, sie könnte unter Umständen Beistand gebrauchen. Doch sie habe seine Hilfe abgewiesen.

Ja, sie habe durchaus so ausgesehen, als hätte sie geweint. Ihre Schminke sei zerlaufen gewesen, als sie aus der Toilette heraus kam. Sie habe das Notariat dann ohne weitere Worte sofort verlassen.

Bernd Schätzle saß still an seinem Schreibtisch und starrte ins Leere.

»Könnte sie Rüdiger Molch umgebracht haben?« Die Frage klang beinahe ein wenig einfältig.

»In welcher Beziehung stand sie denn zu diesem Mann?«

Jenny erhob sich von ihrem Stuhl und ging ans Fenster.

»Nehmen wir mal an, sie wusste wirklich nichts davon, dass er ihr Vater war. Vielleicht hatten sie eine geschäftliche Verbindung. Sie hat immerhin diesen Bogenladen und er will einen Parcours eröffnen.«

Die Kommissarin biss gedankenverloren in einen Apfel, den sie schon seit einer halben Stunde in ihren Händen herum gedreht hatte.

»Das wäre nämlich die nächste Neuigkeit, die ich für euch hätte«, mischte sich der Kollege ein. »Wir haben im Rathaus von einer Mitarbeiterin erfahren, dass Connys Laden zunächst wohl nicht so gut gelaufen ist. Erst als sie das Bogensportsortiment aufgenommen hat, ist es mit dem Geschäft aufwärts gegangen.«

Er blickte zu Rainer, als warte er auf eine weitere, schnippische Bemerkung. Doch Rainer schwieg. Mit einer ungeduldigen Handbewegung bedeutete er seinem Kollegen, weiter zu sprechen.

»Naja, die Dame ist wohl eine enge Bekannte von Frau Niedecker. Sie meinte, dass Rüdiger Molch seine Finger im Spiel gehabt habe. Er habe Conny Niedecker gewissermaßen gefördert.«

Jenny, die immer noch am Fenster stand, drehte sich langsam um.

»Du meinst, der hatte was mit ihr? Mit seiner Tochter?«

Der Kollege zuckte mit den Schultern.

»Was weiß ich? Es gibt genug Perverse auf dieser Welt. Vielleicht war es aber auch wirklich nur eine geschäftliche Verbindung. Vielleicht hat er sie finanziell unterstützt. Als stiller Teilhaber sozusagen.«

Rainer räusperte sich.

»Der liebevolle Vater, der seiner Tochter aus der Klemme hilft? Möglich wäre das ja schon.«

Wie immer, wenn er angestrengt nachdachte, kritzelte er Kringel auf ein Blatt Papier.

Bernd Schätzle ging zur Tafel und schrieb die Initialen CN darauf. Ein Pfeil führte zu einem Kreis in der Mitte des Gekrakels, das ihm dabei half, die Orientierung zu behalten. Seine Kollegen amüsierten sich regelmäßig über seine mysteriösen Geheimschriften, die niemand außer ihm selbst verstand. Sie hatten es längst aufgegeben, diese Symbole zu enträtseln. Da er in der Vergangenheit bei der Aufklärung von Morden mit dieser Methode immer Erfolg gehabt hatte, unterließen sie es inzwischen jedoch, ihn damit zu necken.

»Ich schlage vor, dass ich jetzt gleich zu Conny fahre und sie ein bisschen tröste. Vielleicht kriege ich ja was 'raus.«

Jenny hatte ihren Apfel verspeist und warf das Kerngehäuse in den Papierkorb neben Bernd Schätzles Schreibtisch. Der Soko-Chef schaute sie missbilligend an.

»Mach' das nicht, Jenny, du weißt doch, wie unsere Putzfrau reagiert. Die scheißt mich nachher gleich wieder zusammen.«

Mit spitzen Fingern angelte er den Apfelrest aus dem Eimer und legte ihn auf einen Teller.

***

Es war Nachmittag, als Rainer auf den Campingplatz zurückkehrte. Seine Kollegin war in Fürstental ausgestiegen, um Conny Niedecker noch einen Besuch abzustatten.

»Da bleibst du lieber fern, wir Frauen können uns ohne Männer besser unterhalten«, hatte sie ihm erklärt, bevor sie amüsiert die Autotür zuwarf und davon ging.

Die Schranke zum Campingplatz öffnete sich automatisch. Rainer stellte seinen Volvo auf dem Parkplatz nahe der Rezeption ab und ging langsam über den Kiesweg zwischen den Parzellen zu seinem Stellplatz. Mit einem gewissen Bedauern stellte er fest, dass die freundliche Familie Alkoven abgereist war. Vermutlich hatte Albert ihnen noch ordentlich die Leviten gelesen, was ihnen einfalle, ihre ungezogenen Blagen nachts noch auf dem Platz herum lärmen zu lassen. Der Kommissar schmunzelte bei dieser Vorstellung. Er hätte an Stelle der Familie sicherlich auch das Weite gesucht.

Rainer hatte keine Lust, alleine vor dem Wohnwagen zu sitzen. Deshalb schlenderte er zum Bogenschießplatz hinüber. Warum sollte er nicht selbst ein paar Schüsse probieren? Am Beachvolleyballfeld beobachtete er ein paar Leute, die in Badehosen um den Ball kämpften. Ihr Ehrgeiz war enorm: Ständig warfen sie sich in den Sand, um den Ball noch zu bekommen. Sie waren ausgelassen und sahen aus wie panierte Schnitzel.

Auf dem Bogenplatz traf er auf einen alten Bekannten: Albert zielte mit einem Recurvebogen auf die 30 Meter entfernte Scheibe. Er war nicht allein. Fünf Männer und zwei Frauen standen in seiner Nähe. Sie hatten Bögen unterschiedlichster

Bauart dabei. Albert zog ab und traf die Scheibe. Die Umstehenden klatschten begeistert.

»Ins Schwarze getroffen. Superschuss«, kommentierte einer der Männer.

Albert schien geschmeichelt.

»Alles Routine«, prahlte er und zog einen neuen Pfeil aus dem Köcher. Auch der nächste Schuss saß. Der dickwanstige Mann schien nicht zum ersten Mal mit Pfeil und Bogen zu hantieren.

»Sag mal, Albert, ich wusste ja gar nicht, dass du auch Bogen schießt.«

Rainer klopfte dem Camperkollegen freundschaftlich auf die Schulter. Albert, der gerade den Pfeil mit der Sehne an seine rechte Wange gezogen hatte, ließ überrascht los. Der Pfeil schoss weit am Ziel vorbei. Verärgert blinzelte er Rainer an.

»Was soll das denn, Mann!«

Augenblicklich veränderte sich sein Mienenspiel.

»Du hast wirklich keine Ahnung vom Bogenport, was? Man haut doch einem Schützen nicht auf die Schulter, während der gerade zielt. du Grünschnabel.«

Albert ließ den Bogen sinken und machte dem nächsten Schützen Platz.

»Oh, das tut mir wirklich leid«, entgegnete Rainer.

»Komm, ich lade dich auf ein Bier in der Bar ein. Als Entschädigung für den missglückten Schuss.«

Albert hatte nichts gegen diese Einladung einzuwenden. Die beiden Männer machten es sich an der Bar bequem. Es war nicht viel los um diese Tageszeit. Die Gäste plantschten noch im See, spielten Volleyball oder duschten, um sich für den Abend frisch zu machen.

Dolly Katzenbieger schien sich von ihrer Enttäuschung erholt zu haben. Sie wirbelte fröhlich hinter der Bar herum, ließ lächelnd das schäumende Bier in die Gläser strömen und stellte sie auf den Tresen.

»Na, Dolly, so gute Laune heute?«

Rainer vermutete, dass sich die Blondine bereits mit einem neuen Gast über den Verlust von Cornelius König hinweg tröstete. Sie wedelte ausgelassen mit einem Bierdeckel vor seiner Nase herum und schaute ihn verschwörerisch an.

»Stell dir vor, er hat angerufen«, flüsterte sie Rainer zu.

Der Kommissar war überrascht und schaute Dolly fragend an. Sie schäumte fast über vor Glück. Ja, Cornelius König, ihr Liebhaber mit dem Luxuswohnmobil »Starliner«, habe sie angerufen und sich für seine plötzliche Abreise entschuldigt. Und er habe ihr versprochen, bald wieder zurück zu kommen. Er müsse aber erst noch etwas erledigen.

»Wer weiß, vielleicht kauft er ja die Verlobungsringe«, frotzelte Albert, wofür er sich einen giftigen Blick einhandelte.

Rainer trank einen Schluck und wischte sich mit dem Handrücken den Schaum von den Lippen. Ihm brannte eine Frage unter den Nägeln, die er beiläufig einstreute, während er sich Albert zuwandte: »Bist du eigentlich öfter auf dem Schießplatz?«

Albert grinste breit.

»Hättest du nicht gedacht, was?«

Nein, Rainer war von dieser Tatsache wirklich überrascht worden. Immerhin hatte Albert so sehr gegen Rüdiger Molch und seine Pläne gewettert. Es wirkte auf den Kommissar befremdlich, dass er den verhassten Unternehmer dennoch unterstützte, indem er auf den Schießplatz ging.

»Ach was, der Platz hier ist doch albern«, winkte Albert ab. »Da war ich heute zum ersten Mal.«

Jetzt unterstütze er schließlich nicht mehr Molch, sondern irgendeinen Erben aus Fürstental. Und mit dem wolle er sich gut stellen.

Albert schien genau zu wissen, was er tat. Er hoffte, den Erben irgendwann auf dem Schießplatz anzutreffen.

»Sobald ich weiß, wer das ist, werde ich mit ihm sprechen«, verriet der Dauercamper.

Er winkte Dolly zu.

»Mach‘ mir mal einen strammen Max, ich habe Hunger. Und ein frisches Bier auch gleich dazu.«

Höflichkeit war noch nie Alberts Stärke gewesen.

Rainer schüttelte insgeheim den Kopf. Hätte er nicht ein dienstliches Interesse an diesem Mann, würde er ganz bestimmt nicht mit ihm seine Zeit an der Bar verbringen. So aber zeigte er sich von seiner jovialen Seite.

»Was willst du denn mit dem besprechen? Meinst du, der wirft Molchs Pläne über den Haufen und kauft sich von seiner Erbschaft ein Haus auf Mallorca?«

»Wer weiß«, antwortete Albert, »zumindest könnte ich versuchen, ihn dazu zu überreden.«

Dann erzählte er Rainer von seinen ganz persönlichen Vorstellungen, wie der Campingplatz »Swimming Paradise« umgestaltet werden könnte. Die Dauercamper wurden bei diesen Ideen ausgespart. Sie sollten bleiben, wo sie waren.

»Nur unser Waschhaus, das könnte auch mal eine kleine Renovierung vertragen«, ergänzte Albert. Selbstverständlich müsste dieses Gebäude aber auch nach einer Renovierung exklusiv für die Dauercamper reserviert bleiben.

»Für Familien mit Kindern würde ich auf dem jetzigen Bogenschießplatz einen eigenen Bereich schaffen. Da können die dann Krach machen, soviel sie wollen und gehen uns nicht auf die Nerven«, polterte er.

»Aber wo gehst du dann Bogenschießen?«

Rainer fand diese Frage naheliegend und daher unverfänglich. Sein Gegenüber schöpfte auch keinerlei Verdacht. Er fahre dreimal in der Woche zu dem nur fünf Kilometer entfernten 3D-Platz von Thomas Gerstner.

»Der ist klasse«, schwärmte Albert. »Da gibt's sogar ein lebensgroßes Pferd, von dem man auf einen Fuchs schießen kann.«

Der Kommissar konnte sich ein Schmunzeln nicht verkneifen. Es fiel ihm schwer, sich vorzustellen, wie Albert mit seinem stattlichen Körpergewicht auf das Gummipferd klettern würde. In diesem Moment hatte er eine Idee:

»Ich habe für meine Frau und mich zwei Bogenausrüstungen von Conny Niedecker ausgeliehen. Können wir dich morgen auf den Parcours begleiten? Du könntest uns in die Raffinessen des Bogensports einweihen.«

Albert war einverstanden. Er schien sich geehrt zu fühlen, dass Rainer ihn um diesen Gefallen bat. Mit riesigen Bissen vertilgte er die drei Spiegeleier, die Dolly ihm auf einer dicken

Scheibe Schinken und einem Stück Brot servierte. Rainer war überzeugt davon, dass dies nur eine kleine Vorspeise für Albert war.

***

Das Klingeln an der Wohnungstür riss Conny Niedecker aus ihrer Lethargie. Sie hatte Kopfschmerzen und lag auf ihrem Sofa. Müde schlurfte sie zur Tür und öffnete, ohne nachzufragen, wer davor stand. Jennys lächelndes Gesicht munterte die junge Frau ein wenig auf.

»Kommen Sie herein. Ich freue mich, dass Sie nochmal bei mir vorbei schauen«, sagte sie und ging voraus ins Wohnzimmer.

Connys Wohnung war geschmackvoll aber schlicht eingerichtet. Das Mobiliar stammte weitgehend von einer schwedischen Möbelhauskette. Die Schränke und Regale, der Esstisch und die Stühle waren weiß, das Sofa ebenfalls. Fliederfarbene Kissen und eine violette Decke lagen ein wenig zerknautscht auf dem weißen Leder. Auf dem dunklen Laminatboden lag ein dicker Teppich mit dezentem Muster. Die sportliche Amazone hatte sorgfältig darauf geachtet, dass die Farbtöne in hellen und dunklen Violett- und Brauntönen miteinander harmonierten. Trotzdem bemerkte Jenny in der Wohnung eine gewisse Unordnung, die zu dieser Frau nicht passen wollte: Auf dem Tisch stand schmutziges Geschirr, der Boden darunter war übersät mit zerrissenem und zerknülltem Papier.

»Kaffee oder Cappuccino?«

Conny stellte in ihrer Küche eine Tasse in den Vollautomaten und drückte auf einen Knopf. Wenig später saßen die beiden Frauen auf dem Sofa.

»Geht es Ihnen etwas besser?«

Jenny tauchte ihren Kaffeelöffel in den Milchschaum. Sie liebte es, erst die weiße Krone vom Cappuccino zu naschen, bevor sie den Kaffee trank.

Gedankenverloren rührte Conny in ihrer Tasse.

»Es geht schon wieder», murmelte sie.

Dann schaute sie Jenny direkt in die Augen.

»Wissen Sie, es ist ein komisches Gefühl. Da dachte ich mein ganzes Leben lang, ich hätte keinen Vater. Dabei war er ständig in meiner Nähe und hat mir sogar geholfen, meinen Laden in Schwung zu kriegen. Ich verstehe einfach nicht, warum er mir nie gesagt hat, dass er mein Vater ist.«

Wieder füllten sich ihre Augen mit Tränen. Jenny stellte ihre Tasse auf den niedrigen Couchtisch. Sie fühlte ehrliches Mitleid mit dieser Frau. Als Conny zu schluchzen begann, nahm die Kommissarin sie in den Arm.

Die junge Frau heulte jetzt hemmungslos.

»Ich habe den Rüdiger so sehr geliebt«, schluchzte sie. »Er war immer so gut zu mir. Aber trotzdem hat er meine Liebe nie wirklich erwidert.«

Eine Erkenntnis begann in Jennys Kopf zu dämmern. War auch Conny auf den Charme des Frauenlieblings Rüdiger Molch herein gefallen? So wie Renate Proll, die verheiratete Campingplatzpächterin, oder wie Dolly, die Bardame im »Swimming Paradise«? Wenn dem so war, dann hatte Molch allerdings wohl genug Anstand im Leib gehabt, Connys Hoffnungen nicht zu erfüllen. Immerhin war sie ja seine Tochter. Doch auch eine zurückgewiesene Liebe konnte ein Herz brechen. Warum hatte er ihr nicht einfach die Wahrheit gesagt?

Jenny spürte, dass ihr T-Shirt an der Schulter tränennass war. Conny löste sich aus der Umarmung und wischte sich mit dem Handrücken über das Gesicht. In ihren braunen Augen spiegelte sich Schmerz wider. Sie blickte in die Ferne, während sie leise weitersprach.

»Manchmal hat er mich in den Arm genommen. Einfach so. Er hat mir übers Haar gestreichelt und mich dann mit einem Blick angeschaut, der mich total durcheinander gebracht hat.«

Conny hatte diese Berührungen genossen. Wie oft hatte

sie sich ausgemalt, dass er sie in einem dieser Momente küssen würde. Je länger sie mit Rüdiger Molch zusammen war, desto stärker wurden ihre Gefühle für ihn. Obwohl er 20 Jahre älter war als sie.

»Als ich vor drei Jahren meinen Laden eröffnet habe, kam er eines Tages einfach 'rein. Er stellte sich als Unternehmensberater vor und bot mir seine Hilfe an.«

Rüdiger Molch hatte das neue Sportfachgeschäft in der Fußgängerpassage von Fürstental genau beobachtet. Er erkannte rasch, dass die junge Geschäftsinhaberin, die seine uneheliche Tochter war, zwar gute Ideen für ihren Laden, aber nicht die notwendigen betriebswirtschaftlichen Kenntnisse hatte, um diese Ideen so umzusetzen, dass sie sich auch in barer Münze auszahlten. Zunächst half er ihr nur bei der Buchführung und beim Einkauf der Ware.

Molch lernte Connys Freund Thomas Gerstner kennen. Gerstner entwickelte gerade seinen 3D-Bogenparcours. Die ersten Gummitiere standen bereits in dem Waldstück, das Thomas vor vier Jahren gekauft hatte. Conny und Thomas waren beide begeisterte Bogenschützen. Sie tüftelten gemeinsam an der Idee, diesen Parcours zu einer Attraktion auszubauen, die Ihresgleichen suchen sollte.

Thomas verhandelte gerade mit einer Bank wegen des Kredits. 500 000 Euro würde er benötigen, um die Anlage nach seinen Vorstellungen auszubauen. Auch eine Gastwirtschaft gehörte dazu und Thomas träumte davon, dort eine kleine Pension zu eröffnen.

Auch Molch entdeckte die Faszination des Bogensports. Doch ihm genügte es nicht, einfach in der Freizeit Bogenschießen zu gehen. Seine Pläne behielt er allerdings für sich. Stattdessen überzeugte er Conny davon, ihr Sortiment um eine Bogensportabteilung zu erweitern.

Conny erhob sich von ihrem Sofa und ging zum Esstisch. Mechanisch begann sie, das zerknüllte Papier aufzuheben, das auf dem Boden verstreut lag.

»Ich hatte damals aber kein Geld für solche Investitionen.

Alles, was ich gespart hatte, war in den Laden geflossen und der lief einfach nicht gut«, erzählte sie weiter.

Rüdiger Molch bot ihr ein Darlehen an. Damit hätte Conny den Verkaufsraum umbauen und die Ware einkaufen können. Drei Jahre lang wollte er ihr das Geld zinslos leihen. Die Raten waren überschaubar. Conny konnte sich diese Freigiebigkeit nicht richtig erklären. Molch war dafür bekannt, dass er für seine Kunden nichts umsonst tat. Sie interpretierte seine Spendierfreudigkeit als Liebe – womit sie genau genommen nicht ganz unrecht hatte.

»Heute weiß ich, dass er mich wohl tatsächlich geliebt hat. So, wie ein Vater seine Tochter liebt«, meinte Conny.

Sie hatte in der Zwischenzeit das Papier auf den Tisch gelegt, glatt gestrichen und säuberlich gestapelt. Jenny saß noch immer auf dem Sofa. Sie hatte es sich dort bequem gemacht und lauschte der Lebensgeschichte einer jungen Frau, die nur unwesentlich jünger war als sie selbst. Wie hätte sie sich in dieser Situation gefühlt? Plötzlich dachte sie so intensiv an Michael, dass sie fast vergaß, Conny zuzuhören.

»Ich habe also mit Rüdigers Geld meinen Laden auf Vordermann gebracht. Plötzlich kamen Kunden zu mir, die auch weite Anreisen nicht scheuten.«

Die junge Frau schien mehr mit sich selbst zu sprechen.

Diese Kunden kauften nicht nur bei Conny ein. Sie probierten ihre neuen Bögen und Ausrüstungen auch gleich auf Thomas Gerstners Parcours aus. Viele waren Camper und hatten sich mit ihren Wohnwagen und Wohnmobilen auf dem Campingplatz »Swimming Paradise« einquartiert.

»Wir haben alle davon profitiert: Der Thomas, ich und auch die Prolls«, stellte Conny fest. »Nur der Rüdiger hat von diesem Gewinn nichts abbekommen. Das hätte mich eigentlich stutzig machen sollen.«

Das Telefon klingelte. Jenny fluchte innerlich, als sie wahrnahm, wie sich Connys in sich gekehrte Miene veränderte. Sie war in einem Zustand gewesen, in dem sie sich noch stundenlang ihren inneren Schmerz von der Seele geredet hätte. Jetzt eilte sie zum Telefon, hob den Hörer ab und wirkte auf einmal sehr besonnen. Offenbar sprach sie mit einer Freundin. Sie erklärte, dass sie gerade Besuch habe, aber sich später mit ihr treffen würde.

»Um sechs beim Italiener!«, rief sie noch, bevor sie auflegte. Jenny sah auf ihre Uhr: Es war fast 17 Uhr. Das vertrauliche Gespräch war wohl beendet. Conny kam zum Sofa zurück und setzte sich auf den Rand.

»Entschuldigen Sie, jetzt habe ich Sie lange genug mit meinem Quatsch belästigt.«

Sie stellte die beiden Tassen zusammen und fegte mit der Hand ein paar unsichtbare Krümel vom Tisch.

»Kein Quatsch, ich danke Ihnen für Ihr Vertrauen«, entgegnete Jenny. »Wenn Sie möchten, können wir uns gerne noch einmal treffen.«

Die Kriminalbeamtin spürte jedoch, dass Conny daran kein Interesse mehr hatte. In einem freundlichen, aber geschäftlichen Ton ließ Conny wissen, dass dieses Angebot wirklich reizend sei, sie jedoch erst einmal keinen Termin dafür finden könne. Wenig später saß Jenny in einem Taxi und fuhr zurück zum Campingplatz.

***

Irgendwann zwischen Spiegeleiern und weiteren Gläsern Bier schaffte Rainer den Absprung und verabschiedete sich von Albert. Der saß inzwischen schon mit glasigen Augen am Tresen und brüstete sich vor anderen Gästen mit seinen Jagderlebnissen.

Rainer hatte genug von dieser Unterhaltung. Eigentlich müsste Jenny bald von ihrem Besuch bei Conny zurückkehren und der Kommissar wollte mit ihr noch im Restaurant »Seebär« zu Abend essen. Er schlenderte am Strand entlang, auf dem immer noch Ferientrubel herrschte: Kinder bauten Sandburgen und die Beachvolleyballer hatten nach wie vor genügend Energie, um den Ball übers Netz zu schlagen und sich im Sand zu wälzen.

Auf dem Weg über den Campingplatz passierte er den schicken Wohnwagen von Dietmar und Helen. Das sympathische Ehepaar hatte es sich offensichtlich unter seiner Markise gemütlich gemacht und den Campingtisch gedeckt. Von den beiden Rentnern fehlte allerdings jede Spur. Fast machte die Szenerie den Anschein, als wären beide in plötzlicher Hast aufgestanden und davon gelaufen. Wie sonst ließe sich erklären, dass die leckeren Streuselkuchenstücke angebissen auf den Tellern lagen und der Kaffee in den Tassen kalt wurde?

»Poldi, komm hierher«, lockte eine Frauenstimme hinter Dietmar und Helens Wohnwagen. »Poldi, wo bist du? Komm, komm, komm!«

Helen tauchte plötzlich am Heck des Wagens auf. Sie schaute sich suchend um. Dietmar war dicht hinter ihr, gefolgt von einem Mädchen mit Zöpfen.

Die Kleine schaute ängstlich.

»Habt ihr ihn?«, fragte sie mit weinerlicher Stimme.

Dietmar tröstete sie: »Wir finden deinen Poldi bestimmt gleich wieder.«

Das Ehepaar grüßte Rainer freundlich.

»Wenn Sie irgendwo hier in der Gegend ein Kaninchen sehen, so ein braun-weiß-Geschecktes, dann rufen Sie uns bitte gleich«, bat Helen den Kommissar.

»Dietmar, ich hole eine Karotte aus dem Kühlschrank. Vielleicht locken wir den Poldi damit an.«

Gerade wollte Rainer seinen Weg fortsetzen, als aus dem Inneren des Wohnwagens ein Schrei ertönte. Es war wohl eine Berufsgewohnheit, bei solchen Geräuschen nicht lange zu zögern, sondern sofort zu Hilfe zu eilen. Ohne anzuklopfen stürzte er in den Wagen. Helen stand vor dem Doppelbett und schaute überrascht auf die Decke. Ein braun-weiß-geschecktes Kaninchen saß dort zusammengekauert und wackelte mit dem Näschen.

»Wie kommst du denn hier herein?«

Rainer wusste nicht, ob die Frage an ihn oder an das Kaninchen gerichtet war. Helen drehte sich um und betrachtete ihn mit demselben überraschten Gesichtsausdruck wie gerade das Kaninchen. Die ganze Situation war dem Kommissar höchst peinlich.

»Ähm, als ich Ihren Schrei hörte, bin ich einfach hereingekommen, um nachzusehen, ob alles in Ordnung ist«, stammelte er.

Dann deutete er auf das Kaninchen.

»Das ist ein klarer Fall von Hausfriedensbruch. Wollen Sie dieses Langohr anzeigen?«

Helen grinste ihren Mann an, der mittlerweile ebenfalls den Wohnwagen betreten hatte. Dietmar lachte auf, als er den pelzigen Gast im Bett sah.

»Da ist ja unser Poldi«, rief er fröhlich. Rainers Anwesenheit schien ihn weder zu stören noch zu irritieren.

Beherzt packte Dietmar zu, um das Kaninchen seiner Besitzerin zu bringen. Doch er hatte Pech: Der Mümmelmann sprang in hohem Bogen vom Bett, landete im Mittelgang zu Rainers Füßen und klopfte alarmiert mit den Hinterbeinen auf. Er duckte sich mit angelegten Ohren auf den Boden. Sein Näschen wackelte nervös.

Dietmar drückte sich an Rainer vorbei und machte einen Sprung auf das Kaninchen zu. Es reagierte blitzschnell: Mit einem Satz war es schon unter dem Tisch der edlen Sitzgruppe am anderen Ende des Wohnwagens.

»Helen, mach‘ schnell die Tür zu, sonst hüpft der noch raus«, rief der Rentner seiner Frau zu. Er ging in die Knie und robbte unter den Tisch. Das Kaninchen fühlte sich offenbar in die Enge getrieben. Es gab bedrohliche Brummgeräusche von sich und schien nicht gewillt, sich von Dietmar einfangen zu lassen.

Doch auch Dietmar war schnell. Beherzt packte er zu und bekam das Tier am Rücken zu fassen. Schon wollte er es triumphierend aus seinem Versteck ziehen, da stieß er sich heftig den Kopf an der Tischplatte an. Das Kaninchen nutzte die Chance und entwischte ihm erneut. Nun schien Dietmars Geduld am Ende zu sein. Er kroch unter dem Tisch hervor und rieb sich die schmerzende Stelle am Kopf.

»Na warte, Bürschchen, dich krieg' ich«, grummelte er.

Rainer beobachtete fasziniert, wie Dietmar erneut nach dem Mümmelmann schnappte, der jetzt vor dem Küchenblock saß. Der Jäger visierte sein Opfer an, als wolle er es hypnotisieren. Dann stürzte er sich auf das Tier, stolperte über Rainers Füße, strauchelte und stürzte längs über die Kochstelle.

Helen hatte das gespülte Geschirr vom Mittagessen noch in den Schrank räumen wollen, war jedoch von irgendetwas abgelenkt worden und hatte die Teller und Gläser auf dem Küchenblock vergessen. Nun polterte alles scheppernd zu Boden. Innerhalb von Sekunden hatte sich der edle Wohnwagen mit den eleganten Schränken aus dunklem Holz in einen Ort der Verwüstung verwandelt.

Rainer bückte sich und packte das Kaninchen, das vor Schreck wie gelähmt vor ihm saß. Während sich Dietmar aufrappelte, hielt sich Helen den Bauch vor Lachen. Überrascht musterte der Kommissar das Rentnerehepaar. Bei seiner Ex-Frau hätte eine Situation wie diese eine mittelschwere Ehekrise herauf beschworen. Dietmar und Helen hingegen amüsierten sich königlich.

Vorsichtig nahm Dietmar das Kaninchen aus Rainers Arm, öffnete die Wohnwagentür und trat ins Freie, wo schon das kleine Mädchen mit den Zöpfen wartete.

»Da hast du deinen Poldi wieder«, sagte er zu der Kleinen, die mit ihrem Liebling davon zog.

Helen schaute Rainer amüsiert an.

»Setzen Sie sich doch noch zu uns und essen ein Stück Kuchen auf den Schreck«, bat sie ihn. Rainer nahm diese Einladung gerne an. Von diesem Platz unter der Markise hatte er seinen Wohnwagen im Blick und würde Jennys Ankunft gleich bemerken.

9

»Kill!«

Der Pfeil stak mitten im Herzen des über zwei Meter großen Bären, der sich bedrohlich aufbäumte. Rainer freute sich wie ein kleines Kind. Schon seine ersten Schießversuche mit dem geliehenen Recurvebogen hatten ihm Alberts anerkennende Blicke eingebracht. Seit fast zwei Stunden waren die beiden Kommissare mit dem Dauercamper auf dem 3D-Bogenparcours von Thomas Gerstner unterwegs.

Mit überraschender Geduld und ganz ohne Prahlerei hatte Albert das Ehepaar zu Beginn in die Technik des Bogenschießens eingewiesen. Er selbst hatte einen Compoundbogen dabei, ein Hightech-Gerät mit drehbaren Rollen an den beiden Wurfarmen.

»Mit diesem Bogen trifft man sogar noch in der Dämmerung«, erklärte er und deutete auf drei LED-beleuchtete Köpfe am Visier. »Damit kann ich auch im Dunkeln noch auf die Jagd gehen, während ihr mit Euren altertümlichen Schießgeräten schon am Lagerfeuer herum hockt.«

Das so genannte Pinvisier habe bis zu fünf Pins, die sich mit Hilfe von Schrauben für die verschiedenen Entfernungen fest einstellen ließen, gab Albert tiefere Einblicke in den Umgang mit einem Compoundbogen. Jenny und Rainer nahmen diese Informationen kommentarlos zur Kenntnis. Insgeheim speicherten sie Alberts Ausführungen jedoch bereits für weitere Recherchen in ihren Ermittlungen ab.

»Darf man mit so einem Bogen eigentlich auf die Jagd gehen?«, fragte Jenny beiläufig.

Albert rieb an einem unsichtbaren Fleck auf dem Wurfarm seines Bogens. Er prustete verächtlich.

»Was glaubst du denn? Wir leben in Deutschland! Hier ist das natürlich total verboten.«

Sein düsterer Tonfall ließ erahnen, was er persönlich davon hielt.

»Der Tierschutz, verstehst du? Angeblich wird dem Tier durch einen Pfeilschuss größerer Schmerz zugefügt, als durch einen Schuss mit dem Gewehr.«

Mit einer fast feierlich wirkenden Bewegung legte er seinen Bogen an und zielte ebenfalls auf den Bären, den Rainer gerade getroffen hatte. Sirrend flog sein Pfeil davon.

»Wenn du einen echten Bären erlegen willst, musst du nach Kanada fliegen.«

Selbstsicher stapfte Albert zu dem riesigen Gummitier, um die beiden Pfeile zu begutachten. Rainer folgte dicht hinter ihm.

Die beiden Undercover-Ermittler genossen den Lauf durch den morgenfeuchten Wald. In der Nacht war ein Landregen niedergegangen. Grauer Nebeldunst stieg aus den Bäumen empor und löste sich nach und nach auf. Noch kämpfte die Sonne gegen den Hochnebel. Immer häufiger durchbrachen jedoch blaue Himmelsstreifen die Wolkenschicht.

»Das wird heute wieder warm«, prophezeite Rainer. Energisch zog er die beiden Pfeile aus dem Bären heraus. Einträchtig wanderten die drei Schützen anschließend zum nächsten Abschusspflock. Von einer fünf Meter über den Boden ragenden Felsnase konnte man auf einen stattlichen Hirsch zielen.

Obwohl der Felsen fast drei Meter breit war, vermied der Kommissar den Blick in die Tiefe. Seine Höhenangst hatte er bis heute nie überwinden können. Mit dem Ärmel wischte er sich den Schweiß von der Stirn. Dann hob er entschlossen den Bogen, legte einen Pfeil ein und zog die Sehne.

Der Schuss auf den Bären war bis jetzt sein bester gewesen. Sein Jagdfieber war geweckt. Jetzt wollte er diesen

Hirsch »erlegen«, der in etwa 20 Metern Entfernung witternd aus dem Dickicht trat. Lebensgroß und unglaublich realistisch wirkte dieses Tier, das Thomas Gerstner mit Fell überzogen hatte.

Rainer konzentrierte sich. Während er das Ziel anvisierte, atmete er tief und ruhig. In diesem Moment existierten nur noch er und sein »Opfer«. Weder das Zwitschern der Vögel, noch das Rauschen des Baches oder das Rascheln der Blätter nahm der Jäger noch wahr. Die Zeit schien still zu stehen. Keine Gedanken flatterten durch den Kopf, keine Sorgen quälten. Die Spannung des Bogens übertrug sich auf den Schützen. Er und sein Bogen waren eins. Als der Pfeil durch die Luft sirrte und Sekunden später mit einem dumpfen Aufschlag das Ziel traf, wusste Rainer, dass auch dieser Schuss gesessen hatte.

»Donnerwetter!«

Albert war sichtlich überrascht von der Genauigkeit, mit der Rainer erneut den Innenkill getroffen hatte. Auf den lebensecht wirkenden Gummitieren markierten Kreise um die Herzgegend die Treffer. Schüsse in den »Kill« gaben Punkte, die auf einer Liste notiert und am Ende zusammengerechnet wurden.

»Du brauchst keine drei Versuche«, kommentierte der Dauercamper. Er räumte ein, dass diese Zielgenauigkeit bei einem Anfänger eigentlich nicht möglich sei. Rainer lächelte nur still in sich hinein. Sollte Albert ruhig glauben, mit einem Naturtalent unterwegs zu sein.

»Ich glaube, das hat viel mit Intuition zu tun«, antwortete er lässig. »Je länger ich Urlaub mache, desto entspannter bin ich und desto besser treffe ich.«

Albert schaute ihn an. Sein Blick verriet, dass er solche Gedankengänge nicht verstand. Jenny hingegen wusste genau, wovon ihr Kollege und Ehegatte auf Zeit sprach. Die Polizistin war eine sehr gute Schützin und kannte dieses Gefühl des inneren »Eins-seins im Hier und Jetzt«. Nicht von ungefähr zählte sie bei den regelmäßigen Trainingseinheiten im Schießstand der Polizei zu den besten Schützen im Kollegenkreis. Hier, auf dem Bogenparcours von Thomas Gerstner, zielte sie allerdings absichtlich daneben. Zwei Naturtalente auf einmal, das wollte sie Albert nicht zumuten.

»Sag mal, Albert«, sagte sie, während sie beim nächsten Abschusspflock einen Pfeil aus dem Köcher zog und einlegte, »hast du mit dem Bogen auch schon auf was Lebendiges geschossen?«

Albert grinste sie breit an.

»Du meinst auf einen echten Hirsch oder so was? Nur mit meinem Gewehr. Ich habe schließlich einen Jagdschein.«

Der Dauercamper war ein passionierter Jäger, der schon sein ganzes Leben lang von einer Großwildjagd in Afrika träumte. Bis jetzt habe er sich diesen Traum jedoch nicht erfüllen können, weil seine Anneliese ihn nicht lange allein fortlasse, räumte er ein.

»Die Gute will von unserem Wohnwagen einfach nicht weg«, ergänzte er.

Jenny schoss mal wieder daneben. Der Pfeil blieb in einem dicken Baumstamm stecken.

»Verdammt«, zischte sie und täuschte Ärger vor. »Ich kann es einfach nicht.«

Albert tätschelte ihren Arm.

»Mach dir nix draus, manche Sachen sind einfach nichts für schöne Frauen.«

Sein gönnerhafter Tonfall schrie eigentlich nach einer Erwiderung, doch Jenny biss sich lieber auf die Unterlippe und stapfte über den mit Rindenmulch belegten Waldweg zu einem Wildschwein, an dem sie meterweit vorbei geschossen hatte. Albert über die Emanzipation aufklären zu wollen, war ein erfolgloses Unterfangen.

»Diesen Pfeil kriege ich nicht mehr raus«, stöhnte sie und zerrte vergeblich am Schaft. Gut drei Zentimeter tief steckte die Spitze im Holz. Jennifer stellte sich bewusst ein bisschen dumm an. Albert sollte sich ganz als Helfer und Ehrenretter betätigen dürfen. Natürlich fiel er auf diesen Plan auch gleich herein. Er zog ein Klappmesser aus einer Lederscheide, die er am Gürtel trug und schnitzte mit geübten Handgriffen die Pfeilspitze aus dem Baumstamm. Jenny runzelte die Stirn. Sie hasste es, wenn Menschen in der Natur wüteten. An lebenden Bäumen grundlos herum zu schneiden, war in ihren

Augen Frevel. Doch sie behielt ihren Ärger für sich und folgte Albert und Rainer, die schon das nächste Ziel ansteuerten.

Das lebensgroße Pferd war eine Station, auf die sich die beiden Kommissare fast schon diebisch freuten. Wie würde wohl Albert mit seinem stattlichen Körpergewicht dieses Vieh erklimmen? Entsprechend enttäuscht waren sie, als sie Thomas Gerstner entdeckten, der gerade dabei war, das Pferd zu demontieren. Das hölzerne Gerüst, über das er ein echtes Pferdefell gespannt hatte, lag in seine Einzelteile zerlegt auf dem Boden. Thomas schraubte zwei Bretter zusammen, die ziemlich neu aussahen. Als er die drei Bogenschützen erblickte, erhob er sich rasch und trat lächelnd auf sie zu.

»Unser Pferd ist leider ein wenig krank«, erklärte er und deutete auf die hölzernen Einzelteile. »Ich muss die Beine stabiler machen, sie waren doch tatsächlich angeknackst. Ein typisches Zeichen für Überlastung, denke ich.«

Amüsiert zwinkerte er Albert an, der beleidigt seinen Mund zusammen kniff.

»Heißt das, wir müssen diese Station auslassen?«

Rainer hatte sich schon so auf das Pferd gefreut, dass er nun seine Enttäuschung nicht verbergen konnte. Thomas deutete auf einen Baumstumpf, der wenige Meter vom Pferd entfernt aus dem bemoosten Waldboden ragte.

»Man kann zwar nicht darauf sitzen, aber die Entfernung zum Ziel ist auch nicht schlecht. Versuchen Sie's einfach mal von dort.«

Doch Rainers Glückssträhne war unterbrochen. Sein Pfeil landete im Hinterteil eines Tigers. Allerdings hatte der Schuss solch eine Wucht, dass die Pfeilspitze tief im Gummi steckte.

»Eigentlich sollte ich ihm jetzt ein schönes Loch in sein Vieh schnitzen«, murmelte Albert grimmig. Er nahm Thomas die Anspielung auf sein Körpergewicht noch immer übel. Dabei konnte er sich genau an das verdächtige Knacksen im Material erinnern, als er zwei Tage zuvor unter Stöhnen und Ächzen auf das Holzpferd geklettert war.

Der Parcoursbesitzer hatte den Schuss genau beobachtet und war rasch selbst zur Stelle. Er hasste es, wenn seine Gäste die Ziele unnötig beschädigten. Vorsichtig löste er Rainers Pfeil aus dem Gummitiger.

»Das könnte mit meinen Pfeilen nicht passieren«, zischte er zwischen den Zähnen hervor, während er mürrisch das tiefe Loch betrachtete, das der Pfeil hinterlassen hatte.

Rainer wurde hellhörig.

»Warum, welche Pfeile benutzen Sie?«

Thomas Gerstner verschloss das kleine Loch mit einer Gummimasse, die er stets in einem Behälter bei sich trug.

»Operation erfolgreich beendet«, rief er und reichte Rainer den Pfeil. Dann griff er in eine der vielen Taschen seiner hellbraunen Trekkingjacke und zog eine Pfeilspitze heraus.

»Mit diesen Spitzen geht nichts kaputt. Wenn sie zu fest stecken, drehe ich den Schaft 'raus und fertig.« Er rieb das Metallstück an seinem Hemdsärmel ab und reichte es Jenny.

»Ich schieße nur noch mit diesen Spitzen«, verriet er. »Conny baut mir diese Pfeile. Sie hat wirklich ein Händchen dafür.«

Jennys Herz klopfte. Diese Spitze sah genauso aus wie die Pfeilspitze in Rüdiger Molchs Halswirbel! Am liebsten hätte sie das Ding gleich in eine Tüte gesteckt und in die Kriminaltechnik gebracht, um die beiden Spitzen miteinander vergleichen und nach individuellen Spuren suchen zu lassen.

Die Kommissarin musterte die Spitze. Das etwa zwei Zentimeter lange Metallstück verjüngte sich konisch. Mit seinem stumpfen Ende wirkte es eigentlich ungefährlich. Jennys Blick wanderte zu dem Tiger, aus dem Thomas die Pfeilspitze heraus gezogen hatte. Tiefe Einschusslöcher übersäten den Körper des Gummitiers. Die Kommissarin konnte sich lebhaft vorstellen, welche schweren oder gar tödlichen Verletzungen ein Treffer mit solch einem Sportpfeil einem Menschen zufügen konnte.

Sie kramte in ihrer Handtasche und holte ein Papiertaschentuch heraus. Während sie sich lautstark die Nase putzte, ließ sie das Beweisstück unauffällig in ihre Tasche fallen. Rainer ahnte die Absicht seiner Kollegin und löcherte währenddessen Thomas und Albert so raffiniert mit Fragen über Pfeile, Schäfte und Spitzen, dass diese Jennys Tun gar nicht bemerkten und die Pfeilspitze rasch vergaßen.

Albert wurde zunehmend ungeduldig. Er hatte keine Lust, seine Zeit mit Gesprächen zu verplempern, die man genauso gut bei einem Glas Bier am Tresen der Bar auf dem Campingplatz »Swimming Paradise« führen konnte. Auch Rainer und Jennifer drängten plötzlich zur Eile. Sie wollten den Parcours möglichst rasch beenden, weil sie, wie Jenny im Nörgelton anmerkte, einen Bärenhunger habe und mit ihrem Gatten in Fürstental feudal zu Mittag essen wollte. Dafür müsste sie sich jedoch noch auf dem Campingplatz frisch machen und sich stadtfein umziehen.

Hatte Albert bis jetzt in Rainer einen ernstzunehmenden Gegner gehabt, so meisterte er die restlichen vier Stationen ohne Konkurrenz. Als die drei Bogenschützen zum Campingplatz zurück fuhren, war die Stimmung nicht mehr ganz so fröhlich wie auf der Hinfahrt. Die beiden Ermittler brauchten dringend einen Ort, an dem sie ungestört und abhörsicher miteinander sprechen konnten. Es fiel ihnen schwer, während der Fahrt vom 3D-Bogenparcours zurück zum Campingplatz die Gewindepfeile und Thomas Gerstner nicht mehr zu erwähnen.

10

Georg Proll schäumte vor Zorn. Ein Telefonat mit dem Bürgermeister der Stadt Fürstental hatte seine gute Stimmung an diesem späten Vormittag vollständig zerstört. Nun lief er wie ein aufgescheuchtes Raubtier in seinem Wohnzimmer auf und ab. Seine Frau Renate saß kreideweiß auf dem braunen Cordsofa. In ihren weit aufgerissenen Augen spiegelte sich Panik wider. Entsetzt lauschte sie den Worten ihres Mannes, der nach dem Gespräch mit Heino Herzig das schnurlose Telefon mit voller Wucht in die Ecke geschleudert hatte, wo es in viele Teile zerbrach.

»Mein lieber Proll, ich muss Ihnen sagen, dass nun tatsächlich das eingetreten ist, das ich kaum vermutet hätte.«

Bürgermeister Heino Herzig liebte es, überraschende Nachrichten dramaturgisch zu verpacken. Das steigerte die Spannung und erhöhte die Bedeutung. Deshalb dauerte die Kunstpause vor seinem nächsten Satz einen Tick zu lang und Georg Proll hatte das Gefühl, gleich vor lauter Anspannung zu explodieren. Was er dann hörte, zog ihm allerdings den Boden unter den Füßen weg:

»Es ist also tatsächlich so, dass Rüdiger Molch einen Erben hinterlassen hat.«

Natürlich hatte das Pächterehepaar des Campingplatzes »Swimming Paradise« von diesem dubiosen Erben bereits gehört. Immerhin hatte Heino Herzig bei der Bürgerversammlung in Fürstental davon berichtet. Dass es sich dabei jedoch um Conny Niedecker handelte, verschlug beiden die Sprache. Der Bürgermeister erklärte Renate und Georg Proll, dass die Erbin tatsächlich erwäge, die Pläne Rüdiger Molchs umzusetzen.

»Sie möchte ihrem Vater auf diese Weise die Ehre erweisen«, fügte er in feierlichem Tonfall an.

»Wir werden also nicht umhin kommen, Ihren Pachtvertrag vorzeitig zu kündigen. Selbstverständlich erhalten Sie eine Abfindung, die Ihre Investitionen der vergangenen Jahre abdecken dürfte.«

»Alles aus und vorbei!«

Georg Proll raufte sich die Haare. Er trat an die altmodische Schrankwand aus dunkelbraunem Eichenfurnier und öffnete ein Fach, hinter dem sich verschiedene Spirituosenflaschen befanden. Der Campingplatzpächter sprach dem Alkohol nur noch selten zu, nachdem er in der Vergangenheit schon Gefahr gelaufen war, selbst zum Alkoholiker zu werden. In diesem Augenblick jedoch war ihm alles egal. Er schenkte sich und seiner Frau zwei große Gläser mit billigem Whisky ein, leerte sein Glas mit einem Zug und füllte es gleich noch einmal. Dann griff er erneut in das Fach und angelte eine Schachtel mit Zigaretten hervor. Kurz darauf saß das Ehepaar schweigend nebeneinander auf dem Sofa. Blauer Dunst nebelte durch das Wohnzimmer. Georg und Renate Proll hatten das Gefühl, ihr Leben sei nur noch ein Scherbenhaufen.

***

Ein alter VW-Polo mit Düsseldorfer Kennzeichen hielt vor der Schranke des Campingplatzes. Der Mann, der aus dem Wagen stieg, war groß und schlank. Blaue Augen strahlten aus seinem braungebrannten Gesicht. Er trug blaue Jeans und ein hellblaues T-Shirt. Sein jugendliches Äußeres täuschte allerdings nicht darüber hinweg, dass dieser Mann mit dem weißen Haarschopf schon mindestens siebzig Jahre alt sein musste. Mit flottem Schritt ging er an der Rezeption vorbei, ohne sich anzumelden. Cornelius König wollte nicht lange bleiben. Würde sich Dolly Katzenbieger über seinen Überraschungsbesuch freuen? Wie würde sie reagieren, wenn sie die Wahrheit erführe?

Es war ein sonderbares Gefühl, über den Campingplatz zu gehen, auf dem seit seiner Abreise die Zeit stehen geblieben zu sein schien. Wie an jedem Tag tobten auf dem Spielplatz neben dem Pool Scharen von Kindern herum. Offenbar hatte das Animationsteam gerade zur Erstürmung der hölzernen Burg aufgerufen, denn die Kleinen kletterten wie die Eichhörnchen an dem Spielgerät empor und hissten, oben angekommen, jubelnd eine selbst bemalte Flagge. Fröhliches Geschrei tönte über den Platz. Bestimmt würden die Dauercamper wieder über den Krach meckern.

»Aus ist's mit der Oase der Ruhe«, dachte der Pensionär und schmunzelte dabei in sich hinein.

Er fühlte sich auf dem Campingplatz »Swimming Paradise« immer noch ein bisschen wie zu Hause. Über zwei Monate lang hatte er hier im »Starliner«, einem eleganten Luxus-Wohnmobil, gelebt. Das ganze Gelände war ihm deshalb bestens vertraut.

Als er an der Parzelle vorbei kam, auf der bis vor kurzem noch sein Edelcamper gestanden hatte, fühlte er einen kleinen Stich im Herzen. Eine Familie mit einem nicht mehr ganz neuen Alkoven-Wohnmobil hatte sich dort häuslich niedergelassen. In einem Reisebettchen lag ein Baby, es mochte drei Monate alt sein. Um den Tisch und die drei Campingstühle herum hatte das etwa sechs Jahre alte Töchterchen seine Spielsachen verteilt. Ganz versunken saß es auf dem Vorzeltteppich und ließ ein kleines Spielzeugpferd über eine imaginäre Wiese galoppieren. Cornelius König wurde schmerzlich bewusst, dass er hier offenbar längst vergessen war.

»Das ist der Preis für das Vagabundenleben«, grübelte er, während er weiterging.

»Ein Camper hinterlässt keine Spuren.«

Lächelnd winkte er der jungen Frau zu, die mit einem Fläschchen in der Hand aus dem Wohnmobil trat. Sie grüßte ihn freundlich zurück. Das Baby im Reisebettchen gluckste vergnügt, als es seine Mama sah. In diesem Augenblick fühlte sich Cornelius König mit seinem Schicksal versöhnt. Seine Zeit auf diesem Platz war nun einmal vorüber. Andere Menschen waren hier jetzt für eine gewisse Zeit zu Hause, bis auch sie wieder verschwanden und neue Urlauber kamen.

Der Tag war drückend heiß geworden und König wischte sich mit einem Taschentuch den Schweiß von der Stirn während er weiterging. Am Strand des Campingplatzes »Swimming Paradise« genossen Urlauber den Sommer, plantschten im Wasser oder ließen sich von der Sonne bräunen, während kleine Kinder im Sand buddelten.

Seine Handflächen waren feucht, als sich der Pensionär der schwimmenden Bar auf dem See näherte. König war selbst überrascht von seinen Gefühlen. Als seine Frau vor zwei Jahren nach langer Krankheit starb, hätte er es nicht für möglich gehalten, dass er sich noch einmal für eine andere Frau interessieren würde. Zugegeben, die ersten Begegnungen mit der rassigen Bardame Dolly Katzenbieger waren für ihn wie ein neuer Frühling. Wer hätte gedacht, dass die körperliche Nähe zu einer sehr viel jüngeren Frau solch eine vitalisierende Wirkung auf ihn haben könnte! Es knisterte gewaltig zwischen ihm und Dolly Katzenbieger. Tiefere Gefühle wollte er ihr hingegen nicht abnehmen. Vielmehr, so glaubte er, machte sie sich Hoffnungen, dass dieser vermeintlich reiche Alte sie vielleicht heiraten und sein Geld bis an sein hoffentlich nicht zu weit entferntes Lebensende mit ihr teilen würde.

Doch seit er sie so sang- und klanglos verlassen hatte und mit seinem Luxusschiff davon gefahren war, regte sich sein schlechtes Gewissen. Cornelius König mochte ein armer Schlucker sein, der mit einer bescheidenen Rente gerade so durchs Leben kam – ein Schuft war er nicht. Als er Dolly anrief, war er überrascht von der offensichtlich ehrlichen Freude, die sein Telefonat bei ihr auslöste. Er war gespannt, wie sie reagieren würde, wenn er plötzlich vor ihr stünde.

»Ja, wen haben wir denn da?«

Rainer Sommer strahlte übers ganze Gesicht, als er Cornelius König erblickte. Rainers hübsche Frau mit den langen braunen Haaren und den grünen Augen hatte sich bei ihrem Mann untergehakt. Sie schien sich ebenfalls über seinen überraschenden Besuch zu freuen. Das Paar trat auf König zu und Rainer streckte ihm die Hand entgegen. Offenbar wollten die beiden in die Stadt fahren, denn sie hatten sich schicker angezogen, als man es von Campern gewohnt war. Jennifer trug einen weiten, schwarzen Rock mit winzigem grün-weißen Blumenmuster. Ein schwarzes Top betonte ihre braun gebrannten Schultern und Cornelius König registrierte Jennys durchtrainierte Figur. Auch Rainer wirkte in seiner beigefarbenen Sommerhose und dem kurzärmeligen, hellvioletten Hemd ziemlich sportlich.

»Hattest du etwa Sehnsucht nach uns?«

Er zwinkerte den alten Herrn fröhlich an.

»Oder gilt dein Besuch einer anderen Person?«

Sie gingen langsam nebeneinander den Schotterweg entlang, der auf den hölzernen Steg zur schwimmenden Bar führte. Bei aller freundschaftlichen Verbundenheit zu Rainer hatte Cornelius König keine große Lust, ihm die wahren Beweggründe seines Besuches zu erklären.

»Natürlich hatte ich Sehnsucht nach dir«, sagte er und lachte. Vertraulich stupste er Rainer mit dem Zeigefinger an die Schulter.

»Und alles Weitere geht dich gar nichts an, mein Lieber.«

»Ah, ich verstehe: L'amour!«

Jetzt grinste Rainer erneut und musterte den alten Herrn mit wissendem Blick. Dann wandte er sich ernst an seine Frau.

»Schatz, er hat uns angelogen. Er liebt uns nicht mehr. Stehen wir seinem Glück nicht mehr länger im Weg.«

Er klopfte Cornelius König auf die Schulter und flüsterte: »Dolly wird dir um den Hals springen vor Freude.«

Als Rainer Sommer und Jennifer Reitmann Arm in Arm

weiter gingen, schaute König den beiden noch ein Weilchen nach. Einen Moment lang bedauerte er, dass sie an diesem Nachmittag etwas anderes vorhatten und er sie heute wohl nicht mehr sehen würde. Doch schließlich hatte auch er andere Pläne.

»Los jetzt, du Feigling, stell' dich der Wahrheit«, spornte er sich in Gedanken an, als er auf die Holzbrücke trat.

***

Nach ihrer Rückkehr vom Bogenparcours hatten sich die beiden Ermittler in ihrem Wohnwagen rasch umgezogen. Auf ihrem Weg zu Rainers Volvo, der auf einem Parkplatz nahe der Rezeption stand, trafen sie Cornelius König. Sie waren froh, dass er sie nicht lange aufhielt.

»Gleich machen sie die Schranke zu, weil Mittagsruhe ist«, hatte Rainer seine Kollegin kurz zuvor noch gewarnt. »Wenn wir noch 'rausfahren wollen, müssen wir uns jetzt beeilen.«

Leider warf jedoch Rainers altersschwaches Auto alle Pläne über den Haufen. Die Kiste gab nur ein orgelndes Geräusch von sich und verstummte. Der Kriminalbeamte fluchte wütend, als er die Motorhaube öffnete und die Bescherung sah:

»Verdammte Marder«, schimpfte er, während er ein abgebissenes Kabel aus dem Motorraum zog. »Die haben ganze Arbeit geleistet.«

Für den Rest des Tages waren Rainer und Jenny an den Campingplatz gebunden. Ein freundlicher Herr des Automobilclubs lud den Volvo auf seinen Abschleppwagen und brachte das kaputte Auto in eine Werkstatt in Fürstental. Am nächsten Tag, so tröstete der dortige Mechaniker Rainer am Telefon, würde der Schaden repariert sein.

Es blieb den beiden nichts anderes übrig, als sich in ihren Wohnwagen zu verkriechen und hinter fest verschlossenen

Fenstern im Flüsterton über den aktuellen Stand der Dinge zu sprechen. Mit Bernd Schätzle vereinbarten sie, am nächsten Vormittag Rainers Volvo aus der Werkstatt zu holen und anschließend gleich zur Polizeidirektion weiter zu fahren.

»Ich schicke einen Kollegen von der Kriminaltechnik im Zivilfahrzeug nach Fürstental«, schlug der Leiter der SOKO Camping vor. Rainer und Jenny sollten mit einem Taxi in die Stadt fahren, um dort die Pfeilspitze dem Kollegen zu geben. Das Beweisstück sollte sofort im Kriminaltechnischen Institut untersucht werden.

Die beiden Kommissare nahmen das Angebot dankend an und verbanden das unauffällige Treffen auf einem außerhalb der Stadt gelegenen Wanderparkplatz mit einem anschließenden Spaziergang in ein Restaurant, um dort zu Mittag zu essen.

Drei Stunden später kehrte das Ehepaar auf Zeit wieder auf den Campingplatz zurück.

»Was machen wir jetzt mit dem restlichen Tag?«

Rainer schaute seine Kollegin fragend an, als sie über den Platz zu ihrem Wohnwagen schlenderten. Jenny blickte in den Himmel und runzelte die Stirn. Der Tag hatte heute Morgen so freundlich begonnen. Doch schon zur Mittagszeit türmten sich immer gewaltigere Gewitterwolken auf. Jetzt verdüsterte eine Regenfront den Nachmittag.

»Da braut sich ein Mistwetter zusammen«, stellte die Kommissarin verdrießlich fest.

Endlich hatten sie beide ein bisschen Freizeit und konnten sich als Urlauber unter die Campingplatzgäste mischen. Wie gerne hätte sie sich jetzt an den Strand gelegt und die Sonne genossen. Erste Regentropfen nieselten bereits herab und Jenny seufzte resigniert. Am liebsten würde sie in die Sauna gehen, doch das wollte sie ihrem Kollegen nicht vorschlagen. Außerdem fürchtete sie neugierige Blicke anderer Saunagäste auf ihren flachen Bauch, der keine Spur einer Schwangerschaft zeigte.

Ein kühler Wind kam auf, als die beiden am Wohnwagen ankamen. Die Böen brachten kalte Regenschauer mit. Ein Gewitter grollte in der Ferne und ein Blitz zuckte über die bewaldeten Hügel, die den Campingplatz »Swimming Paradise« umrahmten. Von einer Sekunde zur anderen prasselte plötzlich ein starker Regen auf die beiden Camper nieder. Rainer fummelte hektisch am Türschloss des Caravans herum und fluchte leise, weil der Schlüssel im Schloss klemmte.

»Mach schon, ich werde pitschnass«, nörgelte Jenny und stampfte ungeduldig von einem Bein auf das andere.

Endlich ließ sich die Tür öffnen und beide drängten sich ins Trockene. Das Gewitter kam rasch näher.

»Jetzt stecken wir mal richtig fest«, murrte Rainer. »Bei so einem Sauwetter will kein Hund mehr vor die Tür.«

Er warf einen Blick auf seine Armbanduhr.

»Fünf Uhr. Das wird noch ein langer Abend in diesem Gefängnis.«

Er streifte seine Jacke ab und hängte sie an einen Garderobenhaken, wo sie leise vor sich hin tropfte. Dann ließ er sich auf die Rundsitzgruppe fallen und streckte seine Beine aus. Er fühlte sich wie ein Ferrari, der hinter einem Traktor herschleichen muss und nicht überholen kann.

Während ihres Spaziergangs vom Restaurant zurück auf den Campingplatz hatten die beiden Ermittler über den Fall gesprochen. Da Pfeile mit Gewinde im Bogensport seltener verwendet werden, erschien es Rainer und Jennifer sehr interessant, dass ausgerechnet Thomas Gerstner solche Pfeile verwendete.

»Wir müssten ihn jetzt eigentlich fragen, wo er zur Tatzeit war«, grübelte Jenny. »Sollten wir vielleicht einen Kollegen zu ihm schicken?«

Sie hatte auf der anderen Seite der Sitzgruppe Platz genommen und das Notebook eingeschaltet, das auf dem Tisch stand. Konzentriert schaute sie auf den Bildschirm. Ein Foto zeigte die Pfeilspitze, die in Rüdiger Molchs Hals gesteckt hatte. Die Ähnlichkeit zwischen der Tatwaffe und dem auf dem Bogenparcours unauffällig konfiszierten Beweisstück war unübersehbar. Beide Pfeilspitzen stammten offensichtlich vom selben Hersteller. Während sich Jenny gedankenverloren mit ihrem Kugelschreiber gegen die Nase tippte, schüttelte Rainer den Kopf.

»Wenn wir wegen dieser Spur einen Kollegen zu Gerstner schicken, schöpft der doch sofort Verdacht, dass wir irgendwas damit zu tun haben könnten«, meinte er. »Sicher hat er inzwischen längst bemerkt, dass die Spitze fehlt. Da kann der sich doch eins und eins zusammenzählen.«

Jenny nickte zustimmend.

»Dann würde unsere Tarnung als harmloses Campereh-epaar auffliegen. Wenn diese Ähnlichkeit aber doch ein reiner Zufall ist, sind wir am Ende keinen Schritt weiter gekommen.«

Sie tippte etwas auf der Tastatur und rief eine Röntgenaufnahme vom Halsbereich des Toten auf. Die schwarze Pfeilspitze, die im Halswirbel steckte, war deutlich zu erkennen.

Rainer stand auf, ging in den Schlafraum zu seinem Bett und holte seine Brille aus einem darüber liegenden Ablagefach. Dann setzte er sich neben Jenny und schaute auf den Bildschirm. Die Kollegin lächelte. Sie kannte Rainers Eitelkeit: Er hasste seine Brille. Doch manchmal konnte er einfach nicht darauf verzichten.

»Was bringt einen Menschen dazu, einem anderen einen Pfeil in den Hals zu schießen?«

Rainer nahm die Sehhilfe ab und rieb die Gläser an seinem Hemd ab.

»War das nur ein Zufallstreffer? Oder wurde Molch gezielt ermordet?«

Wieder setzte er die Brille auf, musterte erneut das Röntgenbild und seufzte. »Wir brauchen noch mehr Hintergrundinformationen.«

Er gähnte und dehnte sich. Dann schob er den Vorhang am Fenster zur Seite und schaute hinaus. Draußen rumpelte immer noch das Gewitter. Es schien langsam weiter zu ziehen, doch der Regen prasselte immer noch unvermindert.

»Ich brauche jetzt einen Kaffee«, meinte Rainer. Mit der kleinen Küche im Wohnwagen war er längst vertraut. Er holte einen Topf aus dem Schrank und verließ den Wohnwagen, um den Behälter an einem Wasserhahn im Freien zu füllen. Schimpfend hastete er wenige Augenblicke später wieder ins

Trockene.

»Da draußen herrscht die Sintflut«, kommentierte er das ungemütliche Wetter.

Wieder einmal erwachten unangenehme Erinnerungen an seine Ex-Frau. Sie spielte bei Regenwetter im Wohnwagen leidenschaftlich gerne Halma. Manchmal griff sie auch zum verhassten Würfelbecher. Nichts langweilte Rainer mehr, als diese elenden Gesellschaftsspiele. Er war froh, dass Jenny in dieser Situation nicht auf die Idee kam, mit ihm zu spielen. Sie nahm ihm lächelnd den Kochtopf ab, stellte diesen auf den Herd und drehte das Gas an.

Kurze Zeit später saßen die Kriminalbeamten auf dem Sofa. Auf dem Tisch standen zwei dampfende Kaffeebecher. Jenny hatte ein paar Kekse aus dem Schrank gezaubert und die beiden genossen schweigend diesen Moment der Entspannung, während der Regen unaufhörlich auf das Dach prasselte.

»Ich finde, Camping im Wohnwagen kann sehr gemütlich sein.«

Jenny schaute sich lächelnd in dem geräumigen Caravan um. Inzwischen konnte sie sich kaum noch vorstellen, zu Hause zu leben. Sie würde sich dort sicherlich ganz verloren vorkommen.

»Mein Wohnzimmer ist ja eine Turnhalle gegen diese Höhle hier«, lachte sie und rührte mit dem Löffel in ihrem Kaffeebecher herum.

Ihr Kollege seufzte. Er knipste eine Lampe an, um das Dämmerlicht aus dem Wohnwagen zu vertreiben.

»Wir könnten ja nachher noch einen Schluck an der Bar nehmen«, schlug Jenny vor.

Ihr war diese Nähe zu Rainer zwar nicht unangenehm, doch sie hatte sehr wohl registriert, dass er dabei war, sich in sie zu verlieben. Es erschien ihr besser, die traute Zweisamkeit in einen öffentlichen Raum zu verlagern.

»Willst du wirklich bei diesem Sauwetter nochmal raus?«

Die Vorstellung, durch das Gepladder quer über den Campingplatz zur Bar rennen zu müssen, behagte Rainer überhaupt nicht. Doch Jenny blieb beharrlich. Sie müsse ohnehin auf die Toilette, erklärte sie.

»Vom Waschhaus zur Bar sind es nur ein paar Schritte. Wir ziehen einfach unsere Regenjacken an und nehmen einen Schirm mit.«

Ein paar Minuten später rannten die beiden durch den Regen zum Sanitärgebäude. Sie kicherten wie zwei alberne Teenager, als sie den beheizten Raum betraten. Auf der rechten Seite führten zwei Türen zu den Duschen und den Toiletten für die Herren. Links lag der Sanitärbereich der Damen. Eine Putzfrau schwang am Eingang zu den Damenduschen ihren Wischmopp.

»Die WCs sind frisch geputzt, da können Sie sofort reingehen. Wenn Sie aber duschen möchten, benutzen Sie doch bitte das andere Sanitärgebäude.«

Jenny winkte lächelnd ab und zauste ihre braunen, regenfeuchten Haare.

»Danke, das mit dem Duschen habe ich gerade schon draußen erledigt.«

Während Rainer auf seine Kollegin wartete, betrat eine Frau in einem knielangen, grün und weiß gestreiften Bademantel das Waschhaus. Zielstrebig marschierte sie mit ihrem eleganten Beautycase und dem farblich passenden Handtuch an der Putzfrau vorbei in den Duschraum.

Die Mitarbeiterin des Campingplatzes blickte erstaunt von ihrer Arbeit auf. Sie war es gewohnt, dass sie von den meisten Gästen übersehen wurde. Meistens bemerkten die Urlauber erst dann ihre Gegenwart, wenn sie ein Haar im Waschbecken oder eine nicht mehr ganz taufrische Toilette entdeckten. In solchen Fällen musste sie sich dann anhören, dass man sie ja nie sehe und wie schmuddelig es in den Waschräumen doch sei.

Freundlich bat sie die Dame, doch bitte das andere Sanitärgebäude zu benutzen. Hochmütig blickte die Frau im Bademantel auf die Reinigungskraft herab und blaffte: »Sagen Sie mir nicht, wo ich zu duschen habe!«

Ohne eine Antwort abzuwarten verschwand sie in einer Kabine. Knallend fiel die Tür hinter ihr zu.

Rainer schüttelte den Kopf und lächelte die Putzfrau an,

die resigniert ihren Wischmopp im Wassereimer auswrang und fortfuhr, den Boden zu schrubben.

»Machen Sie sich nichts daraus«, ermunterte der Kommissar die Bedrückte. »Solche Leute kriegen ihr Fett irgendwann auch noch ab. Schlechtes Benehmen zahlt sich auf die Dauer im Leben nicht aus.«

Ein verschmitztes Lächeln zeichnete sich auf dem Gesicht der Frau ab. Sie legte ihren Zeigefinger an die Lippen und nickte mit vielsagendem Blick zu der verschlossenen Tür, hinter der die Dame bereits das Wasser rauschen ließ.

Als Rainer und Jennifer kurz darauf das Sanitärgebäude verließen, vernahmen sie ein schrilles Keifen aus dem Duschraum.

Die Wasserleitungen auf dem Campingplatz waren schon lange sanierungsbedürftig. Es konnte schon einmal passieren, dass man plötzlich unter einem eiskalten Wasserstrahl stand, wenn zu viele Menschen gleichzeitig duschten. Diese Tatsache war der Reinigungsfrau natürlich bestens bekannt, als sie in der Herrendusche sämtliche Hähne aufdrehte. Welch ein Unglück, dass die Wassertemperatur in eben jenem Augenblick drastisch sank, als sich die hochmütige Zicke in der Damendusche gerade die Haare eingeschäumt hatte!

Gewissenhaft polierte die Putzfrau die Spiegel über den Waschbecken der Herren und pfiff dabei ein Lied.

Lachend rannten Rainer und Jenny durch den Regen über den menschenleeren Campingplatz. In vielen Wohnwagen, Vorzelten und Wohnmobilen brannte Licht. Wer nicht unbedingt hinaus musste, blieb lieber in der warmen Stube. Nur ein Hundebesitzer trottete mürrisch mit seinem patschnassen Vierbeiner durch die Anlage. Weder Mensch noch Tier schien dieser Spaziergang Freude zu bereiten.

Einen kurzen Moment flatterte eine Erinnerung an Michael durch Jennys Kopf, als sie mit Rainer über die Hängebrücke eilte und die Bar betrat. War es wirklich nur ein paar Tage her, dass sie hier Michael kennengelernt hatte? Sie horchte in sich hinein und spürte nichts. Weder Leidenschaft noch

Traurigkeit. Michael hatte sich aus ihrem Leben so schnell verflüchtigt, wie er hinein geplatzt war.

Die Wandverglasungen des Pavillons waren fest verschlossen. Regenwasser rauschte in kleinen Bächen an den Scheiben herab. Auf dem Badesee kräuselten sich graubraune Wellen. Es wurde schneller dunkel als an den vergangenen Spätfrühlingsabenden. An den Tischen und an der Bar saßen Gäste in langen Hosen und dicken Pullis. Trotz des miesen Wetters war die Stimmung in der Bar ausgesprochen heiter. Fröhliches Stimmengewirr wurde immer wieder von Gelächter unterbrochen. Aus den Lautsprechern klangen deutsche Schlager.

Cornelius König freute sich riesig, als er das Paar erblickte. Er saß auf einer Couch am Fenster, genoss einen Cabernet Sauvignon und strahlte über das ganze Gesicht. Immer wieder warfen sich er und Dolly verliebte Blicke zu.

»Das finde ich klasse, dass Ihr doch noch hierher gefunden habt!«

Die Worte kamen dem Senior schwerer über die Lippen, als er sich eingestehen wollte.

»Na, schon so eine schwere Zunge um diese Zeit?«

Rainer schlug Cornelius König freundschaftlich auf die Schulter, ließ sich neben ihm auf das Sofa fallen und winkte der Bardame zu.

»Dolly, kann ich bitte ein Pils haben?«

»Sicher! Und was darf Ich deiner lieben Gattin bringen? Einen Caipi vielleicht?«

Dolly lächelte honigsüß und warf Cornelius König eine Kusshand zu.

»Nein, lieber einen alkoholfreien Cocktail.«

Jenny streichelte mit einer Hand über ihren Bauch und zwinkerte ihren Kollegen an.

»Ist besser für unser Baby!«

Dolly geriet ganz aus dem Häuschen, als sie vom Nachwuchs hörte. Überschwänglich klatschte sie in die Hände.

»Mei, is des schee. Ihr kriegt's ein Butzerl! Wann ist es denn soweit?«

Die Situation war Rainer ein bisschen peinlich. Jenny war

gertenschlank. Von einer baldigen Elternschaft konnte wahrhaftig keine Rede sein.

Dolly lachte lauthals.

»Ja ge, so g'schamig unser Rainer!«

Sie blinzelte Jenny verschwörerisch an und verdrehte die Augen.

»So san's die Mannsleit, gell!«

Nach dem ersten Glas Bier wechselte Rainer ebenfalls zu Rotwein über und stieß mit Cornelius König an. Die beiden redeten miteinander wie zwei alte Freunde.

»Weissu, ich wollte meiner großen neuen Liebe heute Abend etwas gesstehen«, lallte der Senior und seine blauen Augen blitzten schelmisch.

Wankend stand er auf und trat an den Tresen, hinter dem Dolly Katzenbieger Gläser spülte. Er grinste sie weinselig an. Routiniert polierte die Bardame ein Weinglas und stellte es auf ein gläsernes Bord über dem Tresen.

»Mei, jetzt hör schon auf, du Schmeichler«, gurrte sie. »Und trink net so viel.«

Sie beugte sich über den Tresen zu ihm und flüsterte vertraulich:

»Wir zwoa haben doch noch was vor heut Abend«.

»Papperlapapp«, entgegnete König. »Jetzt kommt erst die Wahrheit auf den Tisch.«

Rainer begriff, dass dieser Mann dabei war, eine Illusion zu zerstören. Er wollte ihn davon abhalten, Dolly auf diese Weise die Wahrheit über sein Leben einzugestehen. Doch es war zu spät. Cornelius König sprach langsam, schien aber durchaus genau zu wissen, was er sagte. Dollys Gesicht färbte sich erst weiß, dann rot.

»Dann ist das gar nicht dein Luxuswohnmobil?«

Sie legte das Geschirrtuch zur Seite und schaute ihren Liebhaber ungläubig an.

»Du hast mir das alles nur vorgespielt? Wolltest mich mit Deinem nicht vorhandenen Geld ins Bett locken? Pfui Deifi! Ja schämst di den gar net?«

Dolly Katzenbieger war stinksauer. Sie ignorierte Cornelius Königs Hundeblick und zündete sich eine Zigarette an.

Der Senior war nun ehrlich betrübt. Er hatte sich zwar schon gedacht, dass sie ihm ihre Liebe nur vorgespielt hatte. Dass er mit seiner Vermutung richtig lag, schmerzte ihn trotzdem. Schweigend drehte er sich um und ging mit unsicherem Schritt zum Sofa zurück. Rainer und Jenny hatten den Dialog mit gespitzten Ohren verfolgt. Der alte Mann tat ihnen leid. Er war ein netter Kerl und hatte es nicht verdient, so abgekanzelt zu werden.

König plumpste auf die Couch. Er hatte keine Lust mehr auf Wein und sehnte sich nach seinem behaglichen Wohnmobil. Einfach auf dem gemütlichen Bett liegen und dem Regen lauschen, das wäre jetzt genau das Richtige für ihn. Doch sein geliehener Starliner stand momentan auf einem 30 Kilometer entfernten Stellplatz. Sein Sohn hatte ihm den Polo gebracht und war mit dem Zug wieder nach Hause gefahren. Der Kleinwagen parkte vor dem Campingplatz und Cornelius König wusste, dass er heute damit auf keinem Fall mehr zu seinem rollenden Haus zurück fahren würde. Er war schlichtweg zu betrunken. Plötzlich fühlte er sich alt und ausgemergelt.

»Oh nein, da kommt auch noch die Renate Proll!«

Jenny stieß Rainer einen Ellenbogen in die Rippen. Der Kollege war so sehr damit beschäftigt, den deprimierten Senior zu trösten, dass er die Campingplatzpächterin gar nicht bemerkte.

***

Renate Proll erwachte aus ihrem alkoholisierten Schlaf. Ihr Mann pennte noch immer auf dem Sofa, Anneliese und Albert waren in ihren Wohnwagen zurückgegangen. Renate ging ins Badezimmer, um ihr Gesicht mit kaltem Wasser zu erfrischen. Anschließend putzte sie sich die Zähne, fuhr mit einer Bürste durchs Haar, zog sich Jeans und ein weißes

T-Shirt an, schlüpfte in eine Strickjacke und ging zur Wohnungstür. Im Vorbeigehen steckte sie sich noch die Schachtel Zigaretten ein, die fast leer neben einem überquellenden Aschenbecher auf dem Couchtisch lag.

Dolly Katzenbieger hatte nichts Besseres zu tun, als der mitgenommen wirkenden Campingplatzpächterin gleich nach ihrer Ankunft in der Bar den Betrug Cornelius Königs unter die Nase zu reiben. Die Neuigkeit traf wie ein Dolchstoß in Renates ohnehin schon verletztes Herz.

»Damit wäre das also auch passé«, bemerkte sie. Georgs Wunschtraum, den vermeintlich reichen Luxuslinerfahrer Cornelius König als Investor für seinen Campingplatz zu gewinnen, platzte wie eine Seifenblase. Renate Proll brach in Tränen aus. Dolly Katzenbieger musterte sie verächtlich.

»Jetzt hör schon auf zum plärrn«, fauchte sie. »Dös hilft euch auch net weiter.«

Die Stimmung in der Bar des Campingplatzes »Swimming Paradise« war auf einmal so trüb wie das Wetter draußen. Einige Gäste bemerkten die Tränen der Campingplatzpächterin und tuschelten mit betroffenen Gesichtern miteinander. Dolly drehte die Musik ein wenig lauter.

Rainer und Jenny verspürten keine Lust mehr, hier noch länger zu verweilen. Außerdem hatte der Kommissar einen Schwips und dachte an den nächsten Morgen. Der Wecker würde früh klingeln. Sein Brummschädel war schon vorprogrammiert.

Zwar hatte der Regen aufgehört. Doch die Luft war immer noch nasskalt, als die beiden zu ihrem Wohnwagen zurückgingen. Im Caravan war es erstaunlich warm und gemütlich. Das Ehepaar auf Zeit machte es sich noch ein Weilchen auf der Rundsitzgruppe bequem und schaute einträchtig einen »Tatort« zu Ende, der schon vor längerer Zeit begonnen hatte.

»Ich gehe schlafen«, murmelte Jenny schließlich. Sie ging in den Schlafraum und begann dort, sich auszuziehen. Rainer starrte unverhohlen zu ihr herüber.

»Glotz nicht so, du Spanner«, schimpfte die Kommissarin und schlüpfte in ihr dunkelblaues T-Shirt, das sie zum Schlafen trug. Ihr Kollege entschuldigte sich betreten und zog ein Rollo am Fenster herunter. Er wartete, bis Jenny im Bett lag und sich diskret abwandte, damit auch er seinen Pyjama anziehen konnte. Obwohl sie keinen Tropfen Alkohol getrunken hatte, schien sie sofort einzuschlafen. Rainer lag wieder einmal hellwach in seinem Bett und lauschte ihrem Atem und dem eintönigen Platschen der Regentropfen, die inzwischen wieder stärker aufs Wohnwagendach fielen. An Schlaf war nicht zu denken.

11

Die Begegnung mit Dolly sollte für Cornelius König im wahrsten Sinne des Wortes umwerfend sein. Als er am nächsten Morgen im Krankenhaus erwachte, saß sie mit besorgter Miene neben seinem Bett und hielt seine Hand.

»Du machst Sachen«, tadelte sie und strich ihm eine weiße Haarsträhne aus dem Gesicht. »Kaum sehen wir uns wieder, verlassen dich deine Sinne.«

In kurzen Worten berichtete sie ihm, was geschehen war: Er hatte bis zu Dollys Feierabend an der Bar gesessen und im Laufe des Nachmittags und Abends dem einen oder anderen Glas Rotwein zugesprochen. Ihre Freude war tatsächlich riesig gewesen, als er auf einmal vor ihr gestanden hatte. Cornelius König war überrascht, wie viel er ihr offenbar bedeutete.

Schemenhaft glaubte er jedoch, sich auch an einen Streit zu erinnern. Lange konnte die Meinungsverschiedenheit aber nicht angehalten zu haben.

»Das war wohl alles ein bisschen viel«, schloss Dolly Katzenbieger und der Senior lächelte schwach.

»In meinem Alter ist das wohl nichts mehr mit zu viel Sex and Drugs and Rock'n Roll.«

Dolly erhob sich von ihrem Stuhl, trat an den Nachttisch und schenkte ein Glas Wasser ein, das sie König reichte.

»Nun, der Rock'n Roll spielte eigentlich keine Rolle. Eher der Wein«, meinte sie sarkastisch.

Er trank ein paar Schlucke und überlegte krampfhaft, was

er ihr in dieser Nacht über sein wahres Leben berichtet hatte. Dolly war ans Fenster getreten und wandte ihm den Rücken zu. In ihrem auf Maß geschneiderten Dirndl, das ihre langen Beine mehr hervorhob als verbarg, sah sie sehr sexy aus. Offenbar lag er schon lange genug im Krankenhaus, so dass sie Zeit gehabt hatte, sich so schick anzukleiden.

»Warum bist du zurückgekommen?«

Ihre Frage stand im Raum, ohne dass sich Dolly zu Cornelius umdrehte. Sie spielte mit ihrer Halskette und starrte angestrengt nach draußen. König setzte sich in seinem Bett auf und fuhr sich mit beiden Händen übers Gesicht.

»Ich wollte dich einfach wiedersehen«, antwortete er zögernd. Dann holte er tief Luft. »Und ich wollte dir etwas sagen.«

Dolly Katzenbieger rührte sich nicht. Cornelius König hätte jetzt gerne ihr Gesicht gesehen, doch sie blieb abwartend und von ihm abgewandt am Fenster stehen.

»Wo ist dein Wohnmobil?«

Ihre Stimme klang hart. Dann drehte sie sich langsam um und trat an das Fußende des Bettes. Ein eisiger Schauer lief dem Senior über den Rücken, als er ihren Blick sah. Voller Verachtung schaute sie auf ihn herab.

»Hast du den tollen Luxusliner gegen die alte Kiste getauscht, die du gestern vor dem Campingplatz geparkt hast? Oder war das gar nicht dein Wohnmobil, mit dem du mir wochenlang den reichen Superhelden vorgespielt hast?«

Die Katze war also aus dem Sack und Cornelius verspürte eine gewisse Erleichterung darüber. Er hatte es eigentlich geahnt, dass sie genau so reagieren würde, sobald sie die Wahrheit erführe. Doch hier, in einem Bett liegend, nur dürftig mit einem Krankenhausnachthemd bekleidet, das auf der Rückseite wahrscheinlich nicht einmal zugenäht war, fühlte er sich schutzlos und ausgeliefert.

Wer hatte da mit wem ein Spiel gespielt, wollte er sie gerne fragen. Mit welchem Recht betrachtete sie ihn nun so hasserfüllt und voller Verachtung? König hätte sie am liebsten sofort aus dem Krankenzimmer hinaus geworfen. Doch der Schwächeanfall in der vergangenen Nacht war nicht spurlos an ihm vorüber gegangen. Schlaff winkte er mit einer Hand, als wolle er einen Alptraum verjagen.

Dann erstarrte er.

Mit eisiger Miene kramte Dolly Katzenbieger in ihrer Handtasche. Plötzlich zog sie eine kleine, schwarze Pistole heraus und zielte auf Königs Brust.

***

Die Tür zu Bernd Schätzles Büro wurde aufgerissen. Normalerweise legte der Chef der SOKO Camping Wert darauf, dass man erst anklopfte, bevor man den Raum betrat. Rainer und Jenny mussten einen guten Grund dafür haben, dass sie so unangemeldet in sein Büro stürzten. Hastig schloss Rainer die Tür hinter sich. Erstaunt sah Bernd Schätzle die beiden Ermittler an. Sie sahen aus, als kämen sie gerade frisch aus dem Urlaub. Beide wirkten ziemlich entspannt, obwohl sie in diesem Augenblick ein wenig atemlos waren.

»Weißt du, wer da gerade von den Kollegen aus Fürstental herangekarrt worden ist?«

Jenny stützte sich mit beiden Händen auf dem Schreibtisch ihres Chefs ab und strahlte ihn mit blitzenden Augen an. Obwohl Schätzle Fragen dieser Art nicht eigentlich nicht mochte, fand er ihren Eifer amüsant und erfrischend.

»Kinder, nun setzt Euch erstmal«, verwies er die beiden Beamten an einen Besprechungstisch. »Immer hübsch der Reihe nach.«

***

An diesem Morgen klingelte der Wecker ungewöhnlich früh. Rainer, der nur unruhig geschlafen hatte, kroch mürrisch aus seinem Bett. Es war kalt im Wohnwagen. Der Spätfrühling hatte sich schon gestern Nachmittag verabschiedet und einer nasskalten Witterung den Vortritt gelassen. Der Kommissar fror und ihn grauste es bei dem Gedanken, jetzt durch diese ungemütliche Welt dort draußen zum Waschhaus gehen zu müssen. Da sich Jenny und er jedoch darauf geeinigt hatten, das Bad nur in dringenden und unaufschiebbaren Ausnahmen zu benutzen, blieb ihm keine andere Wahl.

Er öffnete einen Klappschrank über seinem Bett, um frische Wäsche heraus zu ziehen. In dem Fach herrschte ein heilloses Durcheinander von Socken, Unterhosen, zerknautschten T-Shirts und Hemden, die ihm nun entgegen fielen. Grummelnd sammelte Rainer die Hemden auf und stopfte sie in den Schrank zurück. Dabei schimpfte er insgeheim über sich selbst. Vom ersten Tag seines Wohnwagenlebens an war es ihm nicht gelungen, in seinem Kleiderfach Ordnung zu halten. Bei jedem Griff in den Schrank gerieten die zu Beginn des »Urlaubs« säuberlich gestapelten Wäschestücke ein bisschen mehr durcheinander. Mittlerweile hatte das Chaos die Oberhand und Rainer war klar, dass er um eine grundlegende Neuordnung nicht mehr herum kam. Außerdem würden sich Jenny und er in absehbarer Zeit mit solchen alltäglichen Dingen wie Wäschewaschen beschäftigen müssen.

»Wie im richtigen Eheleben«, schoss es dem Kriminalbeamten durch den Kopf. »Ob sie wohl meine Hemden bügelt?«

In Jennys Bett rührte sich etwas. Mit zerzausten Haaren wühlte sich die junge Kommissarin aus ihrer Decke und setzte sich gähnend auf den Bettrand. Rainers Stimmung besserte sich schlagartig. Nach elf Nächten, die sie nun schon gemeinsam in dem Wohnwagen lebten und arbeiteten, fühlte er sich stark zu ihr hingezogen. Das Ehepaar auf Zeit war inzwischen so vertraut miteinander, dass sich Rainer hin und wieder bei dem Gedanken ertappte, Jenny einfach in die Arme nehmen zu wollen. Die vergangene Nacht hatte diesen Wunsch nur noch verstärkt.

»Wenn ich dich so anschaue, kann ich mir das Morgengrauen ohne dich gar nicht mehr vorstellen«, griente er seine Kollegin frech an. Jenny zog eine Grimasse und streckte ihm die Zunge aus. Sie war keine Frühaufsteherin und deshalb nicht in der Lage, eine schlagfertige Antwort zu geben. Nachdem Rainer den Wohnwagen verlassen hatte, um im Waschraum zu duschen, ließ sie sich wieder in ihr Bett zurückfallen.

»Deine Nerven möchte ich mal haben«, maulte ihr Kollege prompt, als er nach 20 Minuten zurückkam. Er duftete nach einem herben Rasierwasser und Jenny mochte diesen Geruch. Mit geschlossenen Augen blieb sie noch einen Moment lang in ihrem Bett liegen, während Rainer Kaffeewasser aufsetzte. Sie warf einen Blick auf ihre Armbanduhr und stöhnte.

»6 Uhr 30! Das ist ja mitten in der Nacht!«

Wenig später saßen die zwei Beamten schweigend am Tisch. Jenny wurde bewusst, wie sehr sie inzwischen harmonierten. Zu dieser frühen Stunde genügte beiden ein Kaffee. Erst gegen neun Uhr regte sich bei ihnen der Frühstückshunger. Seine beiläufige Bemerkung gerade eben gab der Kommissarin zu denken. Tatsächlich fiel es ihr schwer, sich vorzustellen, nach Abschluss dieser Ermittlungen wieder allein in ihrer Küche ihren Kaffee schlürfen zu müssen. Rainers Gegenwart war ihr vertraut geworden und durchaus angenehm.

Ihre Gedanken schweiften zu Michael Lehnert. Vor fünf Tagen hatte der Motorradfahrer sein blaues Igluzelt zusammen gepackt und war abgereist. Das kleine, erotische Techtelmechtel mit ihm kam der Kommissarin inzwischen vollkommen unrealistisch vor.

Rainer wählte auf dem Handy die Nummer der Autowerkstatt. Nach einem kurzen Gespräch mit dem Werkstattmeister stand er auf.

»Bist du fertig? Dann rufe ich ein Taxi, damit wir loskönnen.«

»Gib' mir zehn Minuten, ich muss noch rasch ins Waschhaus«, entgegnete Jenny.

Sie warf sich einen Bademantel über, der an einem Haken im Bad hing. Ein nasskalter Wind riss ihr die Tür des Wohnwagens aus der Hand. Krachend knallte sie an die Außenwand und Jenny fluchte. Regen schlug ihr ins Gesicht, als sie zum Waschhaus eilte. Kein Mensch war um diese Zeit und bei diesem Wetter auf dem Campingplatz unterwegs. Selbst in der nahe gelegenen Dauercampersiedlung regte sich nichts. Die Kommissarin war froh, dass sie jetzt nicht zu einer Plauderei gezwungen wurde.

Als das Ehepaar auf Zeit zwanzig Minuten später vor der Schranke des Campingplatzes unter einem Regenschirm auf das Taxi wartete, radelte Albert zum Supermarkt. Er winkte den beiden freundlich zu und beeilte sich, schnell ins Trockene zu kommen. Rainer atmete auf.

»Dem Himmel sei Dank für diesen Regen. Wir müssten uns sonst nur unserem Platzwart erklären, was wir zu dieser frühen Stunde schon auf den Beinen machen.«

Der Mechaniker in der Autowerkstatt hatte sein Versprechen gehalten und Rainers Volvo repariert. Um neun Uhr brausten die beiden Ermittler über die Autobahn, ließen sich auf der Fahrt Butterbrezeln schmecken und krümelten dabei die Sitze voll. Kurz vor der Polizeidirektion hielten sie auf der zweispurigen Fahrbahn an einer roten Ampel neben einem Polizeifahrzeug. Jenny wollte schon das Fenster herunter kurbeln, um den Kollegen einen fröhlichen Gruß zuzuwerfen, als sie erstarrte und dann hektisch abtauchte, um im Fußraum etwas zu suchen.

»Was ist denn jetzt los? Ist dir schlecht?«

Rainer betrachtete irritiert seine Kollegin, die sich tief vornüber beugte.

»Wir müssen hier weg. Da drüben sitzt die Katzenbieger

im Polizeiauto«, zischte sie, als ob sich fürchtete, ihre Stimme könnte in dem Fahrzeug nebenan zu hören sein.

Rainer warf einen kurzen Blick zu den Kollegen. Offensichtlich hatten die Polizeibeamten gerade andere Sorgen. Sie schienen heftig mit Dolly Katzenbieger zu diskutieren. Endlich schaltete die Ampel auf »grün«. Rainer gab Gas und brauste davon. An einer Seitenstraße bog er ab und hielt am Straßenrand.

»Warten wir lieber noch ein paar Minuten, bevor wir in die PD fahren.«

Er wischte sich ein paar Brezelkrümel von der Hose. Jenny trommelte nervös mit den Händen auf das Armaturenbrett.

»Meinst du, die Katzenbieger hat uns erkannt? Dein Volvo steht schließlich schon seit Tagen auf dem Campingplatz.«

»Ich denke, die war zu sehr ins Gespräch mit den Kollegen vertieft«, antwortete Rainer sarkastisch. »Und ältere, dunkelblaue Volvos gibt es häufiger.«

Trotzdem entschieden sich die beiden für einen kleinen Zeitpuffer, bevor sie schließlich langsam in den von hohen Mauern umgebenen Hof der Polizeidirektion einfuhren.

»Verdammt«, raunte Rainer. Das Polizeifahrzeug stand unweit des Eingangs und er beeilte sich, mit seinem Volvo zwischen einem Kleinbus der Verkehrspolizei aus dem Blickfeld Dolly Katzenbiegers zu verschwinden. Die Bardame des Campingplatzes »Swimming Paradise« schwang gerade ihre langen Beine aus dem Polizeiwagen. Eine Beamtin war ihr beim Aussteigen behilflich, denn Dollys Hände steckten in Handschellen. Wütend schüttelte sie die Hand der Polizistin von ihrem Arm. Ihr Dirndl wirkte derangiert. Offenbar hatte sie sich bei ihrer Festnahme zur Wehr gesetzt. Allerdings war in ihrer aktuellen Situation jeglicher Widerstand zwecklos. Ungerührt schob die Polizeibeamtin die Gefangene zum Eingang.

»Ja geh, wo sammer denn. Nehmens ihre Griffl von mir weg, ihre gschlamperten. I hob nix gmacht. Was wolln Sie überhaupt von mir?«

Dolly war außer sich. Ihre Schimpftiraden hallten noch lange durchs Treppenhaus.

Rainer atmete auf.

»Die hat uns jedenfalls nicht bemerkt.«

»Mir scheint, wir haben etwas Wichtiges verpasst«, stellte Jenny trocken fest und zog an Rainers Ärmel. »Komm, lass uns schnell zum Schätzle gehen. Die Katzenbieger muss mit unserem Fall etwas zu tun haben. Vielleicht weiß er schon mehr als wir.«

Der Soko-Leiter Bernd Schätzle lauschte dem Bericht seiner beiden Kriminalkommissare. Dann griff er zum Telefon.

»Der Kollege Boxleitner soll bitte sofort zu mir kommen«, bellte er in den Hörer uns legte wieder auf. Er faltete seine Hände auf dem Besprechungstisch und lächelte Jenny und Rainer verschmitzt an.

»Gleich wissen wir mehr über diese Festnahme.«

Der Schutzpolizist Jörg Boxleitner war wenige Minuten später zur Stelle.

»Die Dame hat im Krankenhaus in Fürstental einen Patienten mit einer Pistole bedroht«, brachte er Licht ins Dunkel. Er grinste breit, während er den Kripobeamten von seinem Einsatz berichtete.

***

Der Oberarzt am Kreiskrankenhaus Fürstental, Max Jung, hatte erst vor wenigen Tagen seinen vierten Dan im Judo gemeistert. Bisher hatte er noch nie eine ernsthafte Verteidigungssituation erlebt. An jenem trüben Morgen sollte sich das allerdings ändern.

Max Jung eilte mit der Stationsschwester und einer Lernschwester zur Visite durch den leeren Gang der Inneren Abteilung. In dieser Nacht hatte es nur zwei Zugänge gegeben. Eine jüngere Frau mit unklaren Schmerzen im Bauchraum und ein älterer Mann, der einen Schwächeanfall erlitten hatte und mit dem Rettungswagen eingeliefert worden war.

»Herr König ist an und für sich sehr fit für sein Alter«, erklärte die ältere Stationsleiterin dem Oberarzt und lächelte dabei.

»Vermutlich erlebt er eine Art dritten Frühling und hat sich dabei ein bisschen übernommen.«

Max Jung schmunzelte. Er dachte an seinen eigenen Großvater, der bis ins hohe Alter noch unglaublich agil gewesen war. Mit 97 Jahren baute er dann rapide ab und schlief schließlich nach kurzer Krankheit in seinem Bett für immer ein. Der Oberarzt war überzeugt davon, dass sein Opa noch bis Mitte 90 eine Beziehung pflegte. Gesprochen hatte er allerdings nie darüber.

»Genieße und schweige«, erklärte er Max Jung einmal augenzwinkernd. Der Oberarzt machte sich aus diesen Worten seinen eigenen Reim. Jetzt war er gespannt auf diesen Cornelius König. Womöglich würde er ihn an seinen verstorbenen Großvater erinnern.

Beschwingt klopfte die Stationsschwester an die Tür, die zu Königs Krankenzimmer führte. Oberarzt Max Jung erfasste die Situation sofort. Während die Krankenschwestern schreckensstarr in der geöffneten Tür stehen blieben, stürzte sich der Arzt ohne zu zögern auf die blonde Frau am Fußende des Bettes. Mit einem Griff warf er sie zu Boden. Dolly Katzenbieger war so überrascht von diesem Schulterwurf, dass ihr nur noch ein erstickter Schrei über die Lippen kam. Die Pistole flog in hohem Bogen durchs Zimmer und landete scheppernd vor den Füßen der Stationsschwester. Geistesgegenwärtig gab diese der Waffe einen Tritt und beförderte sie damit durch die Tür auf den Gang.

»Rufen Sie die Polizei! Schnell!« Max Jung drückte Dolly Katzenbieger gnadenlos auf den Boden. Sie wand sich unter seinem Griff und kreischte. Ihr Dirndl zerriss am Rock, als sie vergeblich versuchte, mit den Beinen gegen ihren Widersacher vorzugehen.

»Nun beruhigen Sie sich doch! Das bringt doch alles

nichts!« herrschte der Oberarzt sie an.

»Halten Sie still, dann lasse ich Sie los!«

Die Lernschwester hatte sich aus ihrer Schreckensstarre gelöst und stürzte nun auf den Gang, um die Pistole aufzuheben. Ohne sich weiter um das Kampfgeschehen im Krankenzimmer zu kümmern, rannte sie ins Schwesternzimmer, warf die Pistole in eine Schublade und griff zum Telefon.

Der Schutzpolizist Jörg Boxleitner und seine Kollegin Angela Kerner waren gerade zufällig in der Nähe, als die Leitstelle den bewaffneten Überfall auf der Inneren Abteilung des Kreiskrankenhauses per Funk durchgab. Sofort schalteten die Beamten das Martinshorn an und fuhren mit Blaulicht zum Tatort. Kurze Zeit später nahmen sie Dolly Katzenbieger fest und legten ihr Handschließen an.

»Ihr seids wohl narrisch, Rotzbeidl, verreckte! Zifix noch emoi, I bin koan Verbrecher! Dös war doch nur an bleder Spaß!«

Die Blondine war außer sich und fluchte völlig undamenhaft. Empört schüttelte sie die Polizeibeamtin Angela Kerner ab, die versuchte, die Aufgebrachte zu beruhigen.

»Schleich di, du Britschn!«

Dolly versuchte erfolglos, mit ihren gebundenen Händen das derangierte Dirndl wieder in Form zu ziehen. Dann straffte sie sich plötzlich, atmete tief durch und stand still.

»I kann Eana dös alles erklärn!«

Dolly Katzenbieger schien begriffen zu haben, dass jeglicher Widerstand zwecklos war und schlug einen versöhnlichen Tonfall an.

»Das können Sie uns alles nachher bei Ihrer Vernehmung zu Protokoll geben«, beendete Jörg Boxleitner mit strenger Stimme die Beschwichtigungen der Bardame, »jetzt kommen Sie erst einmal mit.«

Während Dolly Katzenbieger auf dem Rücksitz des Streifenwagens zur Polizeidirektion gefahren wurde, erlitt der arme Cornelius König einen weiteren Schwächeanfall und wurde mit Verdacht auf Herzinfarkt auf die Intensivstation verlegt.

***

»Das wird ja immer toller«, kommentierte Jenny den Bericht des Kollegen.

»Ja, aber das Beste kommt noch«, entgegnete der Polizeibeamte Jörg Boxleitner.

»Die Pistole ist nur eine Schreckschusswaffe. Wie uns die charmante Dame auf der Fahrt hierher erzählte, wollte sie ihrem Liebhaber nur einen Schrecken einjagen, weil er sie belogen hat. Er hat ihr wohl den reichen Schnösel mit Superwohnmobil vorgespielt. Dabei hat er diese 120 000 Euro-Kutsche nur geliehen.«

Boxleitner kicherte vergnügt.

»Stellt euch mal vor, die Familie und die Freunde haben Geld zusammengelegt und dieses Reiseschiff ein Vierteljahr lang für den Senior gemietet. Seit zwei Monaten ist der damit schon unterwegs.«

Rainer rollte mit den Augen. Die Geschichte war ihm schließlich in allen Einzelheiten bekannt.

»Aber warum hat die Dolly den Cornelius dann mit einer Pistole bedroht? Ist das nicht ein bisschen makaber, nachdem der Arme erst einen Schwächeanfall hatte?«

Jenny fiel Rainer ins Wort, bevor er zu einer zynischen Bemerkungen ansetzen konnte.

»Sie hat während der ganzen Fahrt hierher immer wieder beteuert, dass sie ihn nur erschrecken wollte«, fuhr der Streifenbeamte fort.

»Als plötzlich der Oberarzt hereinkam, sei die Situation blitzschnell eskaliert.«

Tatsächlich war Dolly Katzenbieger selbst über die heftige Reaktion Cornelius Königs erschrocken. Als sie die Pistole auf ihn richtete, erstarrte er und griff sich einen Augenblick später ans Herz. Sie wollte zu ihm stürzen und ihm erklären, dass das alles nur ein dummer Scherz sei, doch in diesem Augenblick wurde sie von Oberarzt Max Jung zu Boden geworfen. Von Königs Herzinfarkt erfuhr sie erst bei der Vernehmung in der Polizeidirektion.

Schreckensbleich saß sie auf einem Stuhl im Vernehmungsraum. Die Polizeibeamten hatten ihr die Handschließen abgenommen. Nun lagen ihre Hände still in ihrem Schoß. Tränen rannen über ihre Wangen. Dolly Katzenbieger begriff erst jetzt, dass sie mit ihrem derben Scherz eindeutig zu weit gegangen war. Der Staatsanwalt würde abklären müssen, ob und wann sie wieder auf freien Fuß gesetzt würde.

***

Bernd Schätzle erhob sich von seinem Stuhl und reichte Jenny die Hand zum Abschied.

»Sobald ich das Ergebnis der KTU von der Pfeilspitze habe, melde ich mich bei euch. Ich schätze, bis morgen früh dürften wir mehr wissen.«

Große Hoffnung auf einen entscheidenden Hinweis machten sich die Beamten allerdings nicht. Gewindepfeilspitzen wie diese von Thomas Gerstner wurden im Bogensport zwar seltener verwendet und das konfiszierte Metallstück stammte tatsächlich vom selben Hersteller wie die Tatwaffe. Das allein reichte jedoch nicht aus, um Thomas Gerstner mehr zu verdächtigen, als etwa den Dauercamper Albert oder das Pächterehepaar des Campingplatzes, Renate und Georg Proll.

Rainer seufzte, als er mit Jenny im Volvo saß und zum Campingplatz zurück fuhr. Ein Ende des getarnten Campingurlaubes schien noch lange nicht in Sicht zu sein.

»Wir werden uns heute ganz gezielt auf dem Bogenschießplatz herumtreiben«, schlug er vor. »Vielleicht benutzen dort noch andere Schützen solche Gewindepfeile.«

Seine Kollegin nickte. Das Wetter hatte sich beruhigt und die Sonne schien an manchen Stellen schon wieder zaghaft durch die Wolken. Sie freute sich auf die Schießübungen mit dem Bogen.

»Wenn wir mit diesem Fall irgendwann mal fertig sind, möchte ich mit Bogenschießen anfangen«, sinnierte sie laut vor sich hin.

»Es ist ganz schön anstrengend, immer absichtlich daneben zu schießen.«

Eine knappe Stunde später parkte Rainer sein Auto ganz am Rande des Parkplatzes in der Nähe der Rezeption des Campingplatzes »Swimming Paradise«. Er wollte vermeiden, dass sich Dolly doch noch an den Wagen erinnerte, wenn sie zu ihrem Arbeitsplatz zurückkehren würde.

»Lass' uns einen Kaffee trinken«, bat der Kriminalbeamte. »Mir liegt die schlaflose Nacht in den Knochen.«

Lächelnd schob Jenny ihren Arm unter den seinen.

»Mein armer Hase, du siehst auch ganz müde aus. So können wir jedenfalls keinen Mörder fangen.«

»Ich danke dir für deine Fürsorge, geliebtes Eheweib.«

Rainer legte seinen Arm um ihre Schulter, während beide weitergingen.

»Ach, unsere Turteltäubchen sind wieder da!«

Anneliese, die Ehefrau des Dauercampers Albert, trat aus dem Supermarkt in die Sonne. Sie trug in der linken Hand eine prall gefüllte Plastiktüte und in der Rechten ein Portemonnaie. Eilig stiefelte sie auf das getarnte Ehepaar zu. In ihrer hellblau und rosafarben geblümten Kittelschürze war sie für Rainer und Jenny längst zu einem vertrauten Anblick auf dem Campingplatz geworden.

»Na, liebe Anneliese, musstest du mal wieder im Supermarkt aushelfen?«

Jenny wusste, dass sie mit dieser Frage ins Schwarze treffen würde. Wenn Georg und Renate Proll verhindert waren

– und das kam in letzter Zeit häufiger vor – sprang sie liebend gerne als Aushilfe ein und setzte sich an die Kasse. Dieses Mal aber blieb Annelieses Reaktion verhalten.

»Ich mache mir langsam wirklich Sorgen um die beiden«, flüsterte sie hinter vorgehaltener Hand.

»Gestern hat wohl der Bürgermeister bei ihnen angerufen. Ich glaube, die Erbin ist Conny Niedecker und die will wohl den ganzen Campingplatz übernehmen. Heute sind Renate und Georg nach Fürstental gefahren. Wahrscheinlich haben sie nochmal ein Gespräch mit dem Bürgermeister.«

Annelieses Wortschwall ließ sich kaum unterbrechen. Sie neigte gerne zum Tratschen und wenn sie einmal damit begonnen hatte, dann hörte sie nicht so schnell wieder auf. Doch in diesem Falle war für Rainer und Jenny jedes Wort interessant.

»Woher weißt du das denn mit dem Bürgermeister?«, fragte Jenny.

Die Dauercamperin stellte ihre Tüte auf den Boden und lehnte sie an ihr linkes Bein, damit sie nicht umfallen konnte. Ihr Gesicht war vor Aufregung gerötet, als sie von ihrer Begegnung mit Georg und Renate Proll erzählte.

»Gestern Mittag bin ich kurz zu ihnen in die Wohnung gegangen, weil ich sie nachmittags zu einem Tässchen Kaffee einladen wollte.«

***

Anneliese war hell entsetzt, als sie am Tag zuvor das Wohnzimmer des Pächterehepaars betrat. Die Wohnungstür war nicht abgeschlossen und als niemand auf ihr Klingeln reagierte, wagte sie sich vorsichtig in den Flur. Es roch nach Zigarettenqualm, nach Schweiß und Alkoholausdünstungen. Die Dauercamperin wusste zwar, dass Renate hin und wieder rauchte, doch dafür ging sie immer an die frische Luft. Mit dem Alkohol gab es offenbar in jüngerer Zeit häufiger Probleme. Anneliese wurde plötzlich bewusst, dass Renate in den vergangenen Tagen etwas ungepflegt aussah und fahrig wirkte. Sie führte das jedoch auf die unglücklichen Umstände zurück, mit denen sich das Ehepaar Proll zurzeit auseinandersetzen musste.

Im Wohnzimmer der Campingplatzpächter war die Luft zum Schneiden dick. Dichte Schwaden Zigarettenqualm ließen die ungebetene Besucherin hüsteln. Renate und Georg hingen halb sitzend, halb liegend auf der Couch. Eine leere Whiskyflasche lag auf dem Boden. Langsam rappelte sich Georg auf, griff zu einer Wodkaflasche auf dem Couchtisch und setzte sie an seine Lippen. Seine Frau neben ihm schnarchte. Beide waren offensichtlich sturzbetrunken.

»Was ist denn hier los?«, rief Anneliese und öffnete energisch das Wohnzimmerfenster.

»Ihr seid ja vollkommen blau!«

Georg stierte sie an. Er begriff überhaupt nicht, was hier vor sich ging und trank erneut aus der Flasche.

»Das gibt's doch nicht! Hör auf mit der Sauferei!«

Anneliese riss ihm empört die Flasche aus der Hand, trug sie in die Küche und leerte ihren Inhalt in den Ausguss. Das wütende Protestgestammel aus dem Wohnzimmer ignorierte sie dabei. Georg war zu betrunken, um auch nur einen klaren Gedanken zu fassen. Erschöpft ließ er sich aufs Sofa zurückfallen. Alles drehte sich und ihm war übel.

Nach ihrem ersten Schock handelte Anneliese entschlossen wie ein guter Engel. Sie brachte Georg ein nasses Handtuch, das er sich auf den Kopf legte. Gemeinsam mit ihrem Mann, den sie über Handy herbei gerufen hatte, schleppte sie Renate ins Bett und half Georg, sich auf der Couch auszustrecken.

»Die müssen erst mal ihren Rausch ausschlafen, dann können wir mit ihnen reden«, sagte Albert.

»Du solltest bei ihnen bleiben, ich gehe in den Supermarkt und schaue nach, was dort zu tun ist.«

Der Zustand des Ehepaars erschütterte ihn zutiefst.

Am späten Abend erwachte Renate aus ihrem komaähnlichen Schlaf. Langsam erzählte sie dem Dauercamperehepaar von dem Anruf des Bürgermeisters.

»Alles war umsonst«, schluchzte sie.

»Diese verdammte Conny macht uns alles kaputt. Ich könnte sie umbringen.«

12

»Es ist erschreckend, wie viele Menschen einander umbringen möchten«, kommentierte Rainer Annelieses Bericht.

Seine Kollegin nickte.

»Unter der Oberfläche dieses heiteren Urlaubsparadieses brodelt so viel Hass. Das ist kaum auszuhalten.«

Die beiden Undercoverermittler saßen in ihrem Wohnwagen. Endlich lachte wieder die Sonne vom Himmel und Jenny wünschte sich nichts sehnlicher, als ein paar Spaghetti zu kochen und draußen zu essen. Doch Annelieses Erzählungen über die gescheiterte Existenz des Ehepaars Proll warfen ein neues Licht auf den Fall. Sollten Renate und Georg tatsächlich beim Mord von Rüdiger Molch die Finger im Spiel gehabt haben, müsste man Renates Drohung gegen Molchs Tochter Conny durchaus ernst nehmen.

»Wer einmal getötet hat, dem fällt ein zweiter Mord nicht mehr ganz so schwer«, stellte Jenny fest.

Sie stellte einen Kochtopf auf den Herd und suchte im Vorratsschrank nach einer Packung Spaghetti.

»Ich glaube, ich muss mal kurz in den Supermarkt gehen. Die Nudeln sind alle.«

Sie klappte den Schrank wieder zu und deutete auf den Topf, unter dem bereits die blaue Gasflamme zischte.

»Hast du mal bitte ein Auge drauf? Wenn das Wasser kocht, bevor ich wieder da bin, kannst du den Herd ausdrehen.«

Rainer grinste.

»Das schaffe ich wohl gerade noch.«

Wieder einmal stellte er fest, dass sie beide längst in einer eheähnlichen Gemeinschaft zusammen lebten. Bedauerlich fand er allerdings, dass dieses Zusammenleben rein platonischer Natur war. Ob sich das wohl jemals ändern würde?

Vor dem Campingplatz »Swimming Paradise« brodelte sich eine Art Unwetter zusammen. Etwa 50 Menschen mit grimmig-entschlossenen Gesichtern blockierten die Einfahrt vor der Schranke. Über ihren Köpfen flatterte ein Transparent mit der Aufschrift »Lebensräume statt Urlaubsträume«. Die Bürgerinitiative rief zur Demonstration auf. Längst war in Fürstental bekannt, dass Conny Niedecker Alleinerbin des Vermögens von Rüdiger Molch war. Am Vormittag hatte sie in einer Pressekonferenz im Rathaus Fürstental offiziell erklärt, die Übernahme- und Erweiterungspläne ihres verstorbenen Vaters fortführen zu wollen. Damit zerstörte sie nicht nur die Hoffnungen des Pächterehepaars Proll, sondern auch die Ideen der Bürgerinitiative, den Campingplatz »Swimming Paradise« zu schließen und in ein Wohngebiet umzuwandeln.

Ein schwarzer Audi rollte langsam auf die Zufahrt des Campingplatzes und blieb hinter der Menschenansammlung in der Parkbucht für anreisende Campinggäste stehen. Bürgermeister Heino Herzig stieg aus der Limousine, ging um den Wagen herum und öffnete die Beifahrertür. Conny Niedecker reichte ihm beim Aussteigen elegant die Hand. Sie trug schwarze Pumps, ein eng anliegendes schwarzes Minikleid und eine große Sonnenbrille. Ihr kurzes, rotes Haar schimmerte im Sonnenlicht. Mit ernstem Gesicht hakte sie sich beim Bürgermeister ein und schritt an seiner Seite würdevoll auf die Demonstranten zu.

Jenny kam gerade mit einer Packung Spaghetti in der Hand aus dem Supermarkt, als sie die schrillen Pfiffe und lauten Buhrufe der aufgebrachten Menschenmenge hörte. Neugierig blieb sie stehen und beobachtete das Geschehen.

»Weg mit den Kapitalistenschweinen!«, brüllte ein Mann, als Heino Herzig und Conny Niedecker mit versteinerten Mienen versuchten, die Blockade vor der Schranke zu durchbrechen. Mitten in der Meute gab es kein Vor und kein Zurück mehr für die beiden. Heino Herzig wischte sich mit einem Taschentuch den Schweiß von der Stirn. Er hatte sein Angebot nur gut gemeint, gemeinsam mit Conny Niedecker zum Campingplatz zu fahren, um mit den Dauerurlaubern zu sprechen. Woher die Bürgerinitiative von diesem Termin wusste, war dem Bürgermeister schleierhaft. Wahrscheinlich saß in seinem Rathaus irgendeine »Bazille«, die den Leuten einen Tipp gegeben hatte.

»So ein Schlamassel«, ärgerte sich Herzig und rief dann mit dröhnender Stimme:

»Liebe Leute, lassen Sie uns doch durchgehen! Wir können doch über alles reden. Rufen Sie in meinem Sekretariat an und vereinbaren einen Termin!«

»Buh!«, quittierten die Demonstranten einstimmig sein Angebot und rückten Heino Herzig und Conny Niedecker noch enger auf die Pelle. Den beiden wurde es mulmig zumute.

Hinter der Gruppe hielt ein älterer Kastenwagen. Thomas Gerstner waren die Aktivitäten der Bürgerinitiative zu Ohren gekommen. Er wollte mit eigenen Augen sehen, was die Aktivisten vorhatten. Unauffällig mischte er sich am Rand in die Gruppe. Als er erkannte, in welch prekärer Situation seine Freundin steckte, erwachte sofort sein Beschützerinstinkt. Auch wenn sie ihm vor kurzem den Laufpass gegeben hatte, konnte er nicht zulassen, dass sie so bedrängt wurde.

»Lassen Sie die Frau in Ruhe«, brüllte er und schob energisch einige Männer und Frauen zur Seite. Überrascht von dieser unerwarteten Gegenwehr machten die Bürger ihm Platz. Thomas Gerstner nutzte diesen Moment und übernahm das Kommando.

»Es hat keiner etwas dagegen, wenn Sie hier Ihre Meinung kundtun«, rief er über die Menge, »aber Sie tun Ihrer Sache nichts Gutes, wenn Sie dabei Menschen erschrecken. Also lassen Sie jetzt den Bürgermeister und Frau Niedecker gehen.«

Wütend plusterte sich der Parcoursbetreiber vor den Demonstranten auf und musterte jede einzelne Person mit gebieterischem Blick.

»Sonst kriegen Sie es alle mit mir zu tun!«

Die Mitglieder der Bürgerinitiative waren gewöhnlich friedliebende Leute. Für die meisten lagen die Zeiten, als sie noch mit Überzeugung gegen Waffendepots, Mittelstreckenraketen oder Atommülllager demonstrierten, schon Jahre zurück. Wie auf Kommando machten sie den Weg frei. Aufatmend eilte Heino Herzig mit Conny und Thomas im Schlepptau zum Eingang des Campingplatzes. Erneut kämpfte er gegen das Gefühl an, seinem Amt nicht mehr lange gewachsen zu sein.

»Was wollen Sie noch hier?«

Georg Proll trat aus der Rezeption und stellte sich den Dreien entgegen. Er war zornig, weil er noch am Vormittag im Gespräch mit dem Bürgermeister und Conny Niedecker um Zeit gebeten hatte. Der Campingplatzpächter wollte erst einmal selbst mit den Dauercampern über die aktuelle Entwicklung sprechen. Davon erhoffte er sich Rückhalt, den er dringend benötigte. Offenbar wollten Herzig und Niedecker ihm diese Chance jedoch nicht geben. Es erfüllte Georg Proll mit verzweifelter Wut, dass man ihn so unverfroren überging. Immerhin ging es hier um seine und Renates Existenz.

»Mein lieber Herr Proll, es ist uns eine Pflicht, mit allen Betroffenen umgehend das offene Gespräch zu suchen.«

Bürgermeister Herzig sprach mit gewohnt jovialer Stimme. Er verstand nicht, warum sich dieser Georg Proll so sehr gegen die Übernahme des Campingplatzes wehrte. Frau Niedecker hatte ihm heute Morgen ein finanzielles Angebot unterbreitet, das weit über der Abfindungssumme lag, die Rüdiger Molch vorgeschlagen hatte. Mit diesem Geld würden die Prolls eine lange Zeit gut leben und sich eine neue Existenz aufbauen können. Der Bürgermeister wäre ihnen dabei sogar behilflich. Doch Georg und Renate Proll blieben stur.

»Solange ich hier noch Pächter bin, haben Sie keinen Zutritt«, schrie Proll.

Die Menschenmenge vor der Schranke war still geworden. Jeder spitzte die Ohren, um kein Wort zu verpassen. Auch Jenny rührte sich nicht vom Fleck. Sie kramte in ihrer Handtasche nach der Zigarettenschachtel und zündete sich einen Glimmstängel an.

Heino Herzig lachte gönnerhaft.

»Mein lieber Proll, wenn ich Sie darauf aufmerksam machen dürfte: Sie sind hier zwar Pächter. Eigentümer ist allerdings die Gemeinde Fürstental. Sie wollen doch nicht mir als Oberhaupt der Gemeinde den Zutritt verweigern?«

Georg Proll schwieg. Bekümmert nagte er an seiner Unterlippe. Er fühlte sich plötzlich schwach und elend, was nach dem maßlosen Alkoholkonsum am vergangenen Tag kein Wunder war. Ohne ein weiteres Wort drehte er sich um und verschwand in der Rezeption.

»Na also, geht doch«, murmelte der Bürgermeister genervt. Er legte in einer väterlichen Geste seine Hand auf Connys Arm und zog sie weiter. Die Augen der schönen Amazone im schwarzen Minikleid leuchteten, als sie neben dem rundlichen Herrn im grauen Anzug über den Campingplatz eilte.

Plötzlich wurde ihr bewusst, dass sich ihr Leben grundlegend zu verändern begann. Mit dem Vermögen ihres Vaters standen ihr alle Türen zum Erfolg sperrangelweit offen. Sie zweifelte keinen Augenblick daran, dass sie diesen Campingplatz in eine Goldgrube verwandeln würde. Den Widerstand der Dauercamper fürchtete sie dabei ebenso wenig wie die Sturheit des Pächterehepaars.

»Geld regiert die Welt und wer genug davon hat, der kann auch hartnäckige Zauderer von seinen Ideen überzeugen.«

Diesen Satz hatte Rüdiger Molch noch kurz vor seinem gewaltsamen Tod zu ihr gesagt. Conny Niedecker ahnte, dass er damit Recht hatte. Allerdings wunderte sie sich über die heftige Reaktion von Georg Proll, der am Vormittag ihr Ablöseangebot abgelehnt hatte, ohne auch nur eine Sekunde lang darüber nachzudenken.

»Ich sollte mit ihm nochmal unter vier Augen sprechen«, grübelte sie. »Vielleicht braucht er einfach mehr Zeit, um sich über die Möglichkeiten klar zu werden, die ihm dieses Geld bringen würde.«

Die Erbin von Rüdiger Molchs Vermögen war so in ihre eigenen Gedanken vertieft, dass sie gar nicht mehr an Thomas Gerstner dachte. Ungefragt hatte er sich Heino Herzig und

Conny Niedecker angeschlossen.

»Sag‘ mal, Conny, sprichst du nicht mehr mit mir, oder was?«

Der Besitzer des fünf Kilometer vom Campingplatz entfernten 3D-Bogenparcours bemühte sich vergeblich, den Zorn in seiner Stimme zu verbergen. Seit sie ihn so brüsk aus ihrem Geschäft in Fürstental geworfen und ihm endgültig die Freundschaft aufgekündigt hatte, überlegte er pausenlos, wie er sie zurück gewinnen könnte.

»Mit Verlaub, Herr Gerstner, aber Frau Niedecker und ich haben jetzt eine wichtige Besprechung«, warf Bürgermeister Herzig ein.

Mitten auf dem Kiesweg, der zwischen den von Hecken umsäumten Parzellen hindurch führte, blieb er stehen und blickte Thomas Gerstner mit ernster Miene an.

»Sie werden verstehen, dass der Zeitpunkt für private Unterredungen momentan denkbar ungünstig ist. Bitte vereinbaren Sie doch mit Frau Niedecker später einen Termin.«

Thomas Gerstner war empört. Was bildete sich dieser Krawattenfatzke ein!

»Sie glauben wohl, nur weil Sie sich Bürgermeister nennen, können Sie alle Leute herum dirigieren, wie es Ihnen gerade passt, was?!«

Er versuchte, an Heino Herzig vorbei zu kommen, um Conny direkt gegenüber zu stehen. Doch der Bürgermeister baute sich wie eine graue Wand vor Gerstner auf. Eisig starrten sich die beiden Kontrahenten an. Sowohl der ältere, graumelierte Herr im Anzug als auch der sportliche Typ in Jeans und T-Shirt schienen einen Augenblick lang zu überlegen, ob sie nicht zuschlagen sollten.

»Thomas, lass es gut sein!« Conny versuchte, den jungen Mann zu beschwichtigen.

»Komm‘ einfach heute Abend zu mir, okay? Ab sechs dürfte ich zu Hause sein. Dann können wir nochmal über alles in Ruhe reden. Jetzt passt es wirklich nicht.«

Der Mittdreißiger schien sich zu entspannen und rückte von Heino Herzig ab.

»Gut, ich werde da sein«, meinte er mit belegter Stimme.

»Ich stelle einen Rosé kalt«, rief ihm Conny noch hinterher, als er über den Campingplatz zum Ausgang eilte. Dann atmete sie erleichtert auf.

»So viel Widerstand«, seufzte sie. »Ich glaube, ich habe auf einmal eine Menge Feinde.«

Herzig tätschelte ihren Arm.

»Keine Bange, Frau Niedecker, die See ist vielleicht gerade etwas rau, aber ich kann Ihnen helfen, Ihr Schiff sicher in den Hafen zu bringen.«

Ein Lachen sprudelte aus seiner breiten Brust, als er ihren überraschten Blick registrierte.

»Wissen Sie, ich bin ein begeisterter Segler«, räumte er ein und senkte seine Stimme.

»Ich habe sogar einen Wohnwagen am Bodensee. Und natürlich ein Boot.«

Verschwörerisch lächelte er sie an und legte einen Finger an seine Lippen.

»Aber verraten Sie das bloß nicht den Dauercampern hier. Das ist mein kleines Geheimnis, das sogar in der Stadtverwaltung keiner kennt.«

Conny kicherte.

»Sie sind also auch ein Camper? Das überrascht mich jetzt wirklich.«

Bürgermeister Herzig trug stets einen maßgeschneiderten, grauen Anzug und ein weißes Hemd. Nur bei den Krawatten gönnte er sich ein bisschen farbliche Abwechslung. Dass dieser Mann barfuß in Shorts und T-Shirt vor einem Wohnwagen im Klappstuhl hockte und Dosenbier trank, war ein erheiternder Gedanke. Sie betrachtete ihn auf einmal mit einem ganz neuen Blick. Heino Herzig war vermutlich in seinem Privatleben ein ganz anderer Mensch.

»Auf dem Campingplatz sind die Menschen irgendwie alle gleich«, stellte sie fest.

»Da gebe ich Ihnen absolut Recht: Wenn man abends im Waschhaus seine Zähne putzt und mit Schaum vor dem Mund andere Camper grüßt, interessiert es niemanden, welchen Beruf man ausübt.«

Heino Herzig gluckste leise vor sich hin.

Genau das schätzte er so sehr an dem Campingplatz am Bodensee: Sein Wohnwagen war schon acht Jahre alt, als er ihn vor einiger Zeit günstig von einem älteren Ehepaar übernommen hatte. Kein Mensch konnte daraus Rückschlüsse ziehen, ob der neue Besitzer nun wohlhabend war oder nicht. Es war den anderen Campern auch egal. Hier galt das ungeschriebene Gesetz, dass man über seinen Beruf nicht sprach. Die meisten waren ohnehin schon Rentner und dachten nicht mehr an ihr früheres Arbeitsleben.

»Wenn ich mir die Dauercampersiedlung anschaue, kann ich schon verstehen, dass die Herrschaften ihre Residenzen nicht aufgeben möchten.«

Der Bürgermeister war mit Conny Niedecker am Ziel angekommen. Gepflegte Vorgärtchen mit niedrigen Zäunen grenzten an die Caravans und Mobilheime, die längsseits am Ufer des Badesees standen. Zu jeder Parzelle gehörte eine Veranda, deren schmale Seite ein kleines Stück über das Wasser ragte.

Ein älterer Mann in Hemd und kurzen Hosen bearbeitete mit einem Elektrorasenmäher das ohnehin schon kurz geschorene Gras vor seinem Mobilheim. Auf dem Nachbargrundstück zupfte eine rundliche Frau an ihren Topfgeranien herum. Ein paar Gartenzwerge versteckten sich zwischen den Blumen.

Hinter dem Zaun kläffte ein Yorkshire-Terrier.

»Tobi, sei still«, rief die Frau ihrem Vierbeiner zu und bespritzte ihn mit Wasser aus einer Gießkanne. Doch der kleine Hund kümmerte sich nicht darum, sondern tobte bellend am Zaun entlang. Er schien am liebsten die beiden Fremden davonjagen zu wollen, die hinter dem Törchen standen.

»Grüß Gott«, rief Heino Herzig freundlich und deutete auf den Hund. »Das ist ja ein nettes Kerlchen. Der passt auf sein Frauchen aber gut auf.«

Herzig war ein ausgezeichneter Stratege und Diplomat. Er wusste genau, wie er die Menschen in ein unverfängliches Gespräch verwickeln konnte. Mit den Ehefrauen der Dauercamper zu plaudern, war eine gute Taktik. In seiner redseligen, zuvorkommenden Art wickelte er vor allem ältere Damen problemlos um den Finger. Sobald er die Sympathien der Frauen gewann, hatten deren Ehemänner keine Chance mehr und jeglicher Widerstand war über kurz oder lang gebrochen.

Seine Rechnung ging auch dieses Mal auf. Elsbeth Meister stellte ihre Gießkanne auf den Boden, ging zu ihrem Hund und nahm ihn auf den Arm. Für den Terrier war dies offenbar das Signal, dass alles in Ordnung ist und diese Menschen keine Gefahr darstellten.

»Darf man den auch streicheln?«

Der Bürgermeister ließ den Hund an seiner Hand schnüffeln und strich ihm dann sanft über den Kopf. Schmunzelnd setzte die Frau das Tier auf den Boden.

»Der tut immer nur so wüst«, sagte sie. »Eigentlich tut er keiner Fliege was zu Leide.«

Elsbeth Meister musterte Herzig und seine Begleiterin.

»Gell, Sie sind der Bürgermeister von Fürstental?« Aufmunternd deutete sie zu ihrer Veranda.

»Möchten Sie vielleicht einen Kaffee? Sie sehen so aus, als könnten Sie einen gebrauchen!«

So leicht hätte sich der Rathauschef die erste Unterredung mit den Dauercampern nicht vorgestellt. Diese Frau schien durchaus zu wissen, dass er nicht grundlos auf dem Campingplatz herum stiefelte. Dass sie ihn trotzdem zum Kaffee einlud, wertete er als positiv.

Wenig später machten es sich Conny und der Bürgermeister in Korbstühlen auf der Veranda der offenbar alleinstehenden Dauercamperin gemütlich. Kleine Wellen glucksten unter den Holzplanken. In der Ferne quakten Frösche. Ihre Rufe durchbrachen die über dem See liegende Stille.

»Mein Gott, ist das herrlich«, stieß Conny hervor. Sie kannte den Campingplatz »Swimming Paradise« eigentlich ganz gut. So dachte sie zumindest bis zu diesem Tag. Ehrlicherweise musste sie sich jetzt jedoch eingestehen, dass sie in der Vergangenheit meistens nur mit irgendwelchen Bogenschützen an der Bar auf der schwimmenden Plattform gesessen hatte.

»Dieser Blick über den See ist fantastisch«, stellte auch

Bürgermeister Heino Herzig fest. Er griff in die Innentasche seines Jacketts, zog ein gefaltetes Stück Papier hervor und legte es auf den Gartentisch.

»Schauen Sie, das ist der Lageplan, den mir Rüdiger Molch bei unserem letzten Treffen gegeben hat.«

Er strich das Papier glatt und deutete auf den Uferbereich.

»An dieser Stelle hier müssten wir uns jetzt befinden.«

Conny beugte sich interessiert über das Papier. Die Ereignisse hatten sich bisher so sehr überschlagen, dass sie noch nicht die Zeit gefunden hatte, sich intensiver mit den Umbauplänen ihres verstorbenen Vaters zu beschäftigen.

Wo sich heute noch die Dauercampersiedlung befand, sollte der See in Zukunft für alle Gäste erreichbar sein. Die breite Liegewiese mit Spielplatz, Beachvolleyballfeld und einem großzügigen Matschbereich für Kinder war ganz auf die Interessen junger Familien und sportlich ambitionierter Menschen abgestimmt. Strandkörbe verteilten sich in lockerer Aufstellung über den ganzen Platz. Neu gepflanzte Laubbäume spendeten Schatten. An die Liegewiese schlossen sich in Längsreihen Mobilheime an, die an Touristen vermietet wurden. Zu jeder Behausung gehörte eine Veranda, von der aus die Gäste direkt zum Strand gehen konnten.

»Wow, das ist vor allem für Familien toll«, sagte Conny. »Die Kleinen toben noch am See und die Eltern können es sich derweil auf der Veranda gemütlich machen. Das ist Urlaub.«

Bürgermeister Herzig fuhr mit dem Zeigefinger über die Zeichnung.

»Durch die Längsanordnung können die Gäste von jedem Mobilhome aus einen relativ freien Blick auf den See genießen.«

Vor allem diese Durchlässigkeit hatte es dem erfahrenen Camper angetan. Hier musste niemand auf die schöne Aussicht verzichten, nur weil er sich den Preis für die 1a-Lage nicht leisten konnte.

»Schauen Sie hierher: An diesen Mobilhomebereich schließt sich die Wiese für die Campingtouristen an.«

Herzig hatte den Plan schon so oft studiert, dass er sich

bestens auskannte. Links neben den fest installierten Ferienhäuschen hatte Rüdiger Molch Platz für Caravans, Wohnmobile und Zelte vorgesehen. Halbhohe Hecken grenzten die großzügigen Parzellen ein, so dass jeder Gast sein eigenes Fleckchen hatte.

»In der Hauptsaison wird sicher nicht jeder den Blick auf den See haben«, räumte Herzig ein. »Aber nur wenige Schritte und man ist schon am Strand.«

Die drei bestehenden Sanitärgebäude blieben an ihrem Platz. Allerdings war nach den Plänen Rüdiger Molchs vorgesehen, die alten Häuser abzureißen und nach ökologischen Standards komplett neu zu bauen. In jedem Waschhaus war ein Spa-Bereich für Kinder mit Miniduschen, Waschbecken, kleinen Toiletten und Babywanne geplant.

»Alles im orientalischen Stil, so wie die Sauna«, kommentierte Herzig.

»Aber wo sind die Dauercamper untergebracht?«

Conny schaute suchend auf den Plan. Es erstaunte Bürgermeister Herzig, dass sie sich mit den Umbauplänen ihres Vaters bisher noch nicht auseinander gesetzt hatte. Immerhin würde dies ihre zukünftige Existenz sein! Gleichzeitig wurde ihm bewusst, dass Conny Niedecker momentan vieles zu verkraften hatte: Erst den Tod ihres Geschäftspartners, dann die Nachricht, dass es sich dabei um ihren Vater handelte. Das riesige Erbe, das sie von heute auf morgen zur Millionärin machte. Wie sollte eine junge Frau das verarbeiten?

Nachsichtig lächelte er sie an. Dann wies er auf einen Bereich, der sich in der Nähe der Rezeption und des Supermarktes befand.

»Hier ist heute der Parkplatz für die Autos der Wohnwagengäste. An dieser Stelle können die Dauercamper Parzellen fürs ganze Jahr mieten. Da das Gelände ansteigt, hat man auch von hier einen schönen Blick auf den See.«

»Und die Holzveranden? Können sie die mitnehmen und dort wieder aufbauen?«

Conny erhob sich von dem Korbstuhl und wanderte über die Veranda. Prüfend rüttelte sie an einem Pfosten und warf einen Blick über das Geländer auf den See.

»Diese hier scheint zumindest noch gut in Schuss zu sein.«

»Rüdiger Molch waren diese Veranden wohl ein Dorn im Auge«, antwortete Herzig. »Seine Pläne sehen so etwas nicht vor. Aber das könnten Sie ja auch noch ändern. Schließlich ist das Ihr Campingplatz.«

Conny lachte auf.

»Noch nicht, Herr Bürgermeister! Ich habe den Kaufvertrag bis jetzt nicht unterschrieben.«

Er runzelte die Stirn.

»Steht diese Frage denn noch im Raum?«

Die schöne Amazone zögerte einen Augenblick.

»Ich weiß nicht«, erwiderte sie und zwinkerte den Bürgermeister geheimnisvoll an. »Vielleicht habe ich ja ganz andere Pläne?«

»Sie machen mich schwach!«

Herzig wurde tatsächlich ein wenig blass um die Nase. Wenn diese Conny Niedecker nun vom Kauf absah, säße die Gemeinde Fürstental wieder ganz schön in der Tinte! Nein, er wollte diesen kostenintensiven Campingplatz endlich loswerden. Wenn sie nicht spuren wollte, würde er sich eine Strategie einfallen lassen müssen.

Elsbeth Meister, die den Bürgermeister und Conny so freundlich zum Kaffee auf ihre Veranda eingeladen hatte, trat mit dem frisch gebrühten Trank aus ihrem Wohnwagen und stellte die Kanne auf den Tisch. Nachdem sie Teller, Tassen und ein paar Kekse verteilt hatte, setzte sie sich zu ihren Gästen.

»Sie wollen uns Dauercampern bestimmt erzählen, wie toll das alles hier nach dem Umbau sein wird, nicht wahr?«

Elsbeth war keine Frau der vielen Worte. Sie kam lieber gleich auf den Punkt.

»Sie wissen aber schon, dass das bei uns nicht gut ankommt, oder?«

Heino Herzog räusperte sich, während er den vor sich liegenden Plan erneut glattstrich.

»Deshalb sind Frau Niedecker und ich ja heute hier bei Ihnen. Wir wollen mit Ihnen über die Pläne sprechen. Vielleicht gibt es ja eine Lösung, die wir gemeinsam finden und mit der am Schluss alle zufrieden sein können!«

Elsbeth Meister nahm einen Schluck aus ihrer Tasse. »Wir sind zufrieden, wenn wir bleiben können, wo wir sind«, konterte sie.

»Aber schauen Sie, das ist einfach nicht mehr zeitgemäß!«

Der Bürgermeister zeigte auf den Plan.

»Sie haben alle ihre Häuschen sehr nett gestaltet, aber wenn Sie ehrlich sind, dann passt hier doch nichts richtig zusammen.«

Er schaute sich um und schüttelte den Kopf.

»Die Caravans sind teilweise schon so alt und überhaupt nicht mehr ansehnlich.«

»Aber uns halten sie noch gut aus«, hielt die Dauercamperin entgegen.

»Wir brauchen nichts Neues mehr. Das kostet viel zu viel Geld. Wie sollen wir uns das mit unseren schmalen Renten leisen?«

Conny lauschte aufmerksam dieser Unterhaltung. Diese Frau hatte gute Argumente, die nicht so einfach von der Hand zu weisen waren. War es nicht unfair, die alten Menschen einfach zu vertreiben?

Ausschweifend erzählte die Camperin ihren beiden Gästen, wie sie und ihr inzwischen verstorbener Mann ihr kleines Zuhause auf dem Campingplatz gestaltet hatten. Seit fast 40 Jahren seien sie schon hier, die Kinder seien hier aufgewachsen.

»Und jetzt kommen unsere drei Enkel regelmäßig zu uns.«

Elsbeth hatte sich in Rage geredet. Sie wollte um ihr Häuschen kämpfen, das hatte sie sich geschworen: »Mein Frieder würde sich im Grab umdrehen, wenn ich Ihnen diesen Wohnwagen kampflos überlassen würde.«

»Na sowas, Elsbeth, hast Du Besuch bekommen, nä?«

Karl, der hilfsbereite Franke mit dem rollenden »R«, der bei Rainer und Jenny bei deren Ankunft auf dem Campingplatz »Swimming Paradise« den Wohnwagen auf die Parzelle geschoben hatte, trottete mit seiner schmächtigen Ehefrau Greta an Elsbeths Gartenzaun vorüber. Tobi, der kleine Yorkshire-Terrier, winselte ihn schwanzwedelnd an. Ohne eine Antwort abzuwarten betraten Karl und Greta die Veranda. Karl nahm den Hund auf den Arm und kraulte ihn hinter den Ohren.

»Angenehm, Heino Herzig.«

Der Bürgermeister stand rasch auf und reichte Greta und Karl die Hand.

»Der Bürgermeister von Fürstental höchstpersönlich, nä. So eine Ehre für uns.«

Karl schüttelte Herzigs Hand.

»Greta, lauf schnell ’rüber und hol den Albert, nä. Das muss der auch wissen, dass wir so hohe Gäste da haben, nä.«

Folgsam verschwand die kleine, unscheinbare Frau, um kurze Zeit später zurück zu kommen.

»Er ist gleich hier«, flüsterte sie.

»Dieser Saukerl wagt es, einfach bei uns auf dem Campingplatz aufzukreuzen!«

Alberts laute Stimme war schon aus der Ferne deutlich zu hören. Ohne ihn zu sehen verstanden Conny und der Bürgermeister sehr genau, was er sagte. Conny errötete. Dieser Typ war ihr schon immer höchst unangenehm. Auf ihrem Bogenparcours gegenüber dem Campingplatz hatte sie ihn noch nie gesehen. Dafür war er ihr auf dem 3D-Bogenparcours von Thomas Gerstner schon häufiger begegnet. Meistens hatte er dort eine große Klappe und machte sich wichtig. Sobald er Conny sah, bekam sein Blick etwas Lüsternes, was die junge Frau ziemlich abstoßend fand.

Schnaufend stieg Albert die drei Stufen zur Veranda empor. Elsbeth schob ihm einen Stuhl hin, auf den er sich stöhnend fallen ließ. Sein mächtiger Bauch hob und senkte sich unter Atemstößen. Offenbar war Albert schneller gelaufen, als ihm guttat. Feindselig glotzte er Heino Herzig an. Als sein Blick zu Conny wanderte, wurde sein Gesichtsausdruck milder.

»So, die schöne Amazone auch hier!«

Er bemühte sich um einen gefälligeren Ton.

»Sie sind ja nun nicht nur schön, sondern auch noch reich. Welch eine reizvolle Kombination!«

»Jetzt werden Sie mal nicht anmaßend«, schnauzte Bürgermeister Herzig.

Es ging ihm vollkommen gegen seinen ritterlichen Beschützerinstinkt, dass dieser ungehobelte Kerl so respektlos mit Conny Niedecker sprach.

Albert brauste auf.

»Sie nennen mich anmaßend?«, schrie er empört.

»Dabei wollen Sie uns hier heimtückisch unsere Heimat rauben! Sie lächeln uns an und schwatzen irgendwas von zeitgemäßem Wohnen. Dabei wollen Sie uns einfach nur vertreiben! Sie sind ein ganz übler Kerl. Sie gehen doch für Geld über Leichen!«

Jenny hockte hinter einem Busch und lauschte fasziniert diesen Gesprächen. Dicht neben ihr kauerte Rainer, der ein Wurstbrötchen vertilgte. Die Kommissarin hatte ihren Kollegen rasch aus dem Wohnwagen geholt. Diese Zusammenkunft auf Elsbeths Meisters Veranda versprach eine Menge Spannung.

»Vergiss das Mittagessen und komm mit«, hatte sie Rainer zugeraunt, bevor sie Heino Herzig und Conny Niedecker unauffällig in die Dauercampersiedlung hinterher schlenderte. Jetzt befanden sich die beiden Ermittler in Lauerstellung und beobachteten, wie der Streit auf der Veranda zu eskalieren drohte.

Albert war inzwischen so aufgebracht, dass er von seinem Stuhl aufgesprungen war. Conny Niedecker hatte zuvor irgendetwas zu ihm gesagt, was die Ermittler nicht verstehen konnten. Offenbar brachten Albert ihre Worte auf die Palme.

»Du Schlampe«, brüllte er, »du verdammte Lügnerin! Hast du schon vergessen, was du neulich zum Thomas gesagt hast? Der Molch…«, Albert fuchtelte jetzt mit seiner Faust vor Connys Gesicht herum, »...der Molch, das ist ein ganz übler Halsabschneider. Hast du gesagt, erinnerst du dich noch? Dem müsste man mal so richtig eins reinwürgen!«

Rainer und Jenny wechselten einen erstaunten Blick. Die Kommissarin legte warnend ihren Finger auf die Lippen. Beide lugten durch das Blattwerk zu dem Geschehen auf der Veranda.

Albert schien kurz vor einem Tobsuchtsanfall zu stehen. Sein Gesicht war puterrot, Schweißperlen rannen über seine feisten Wangen.

»Dem seine Kohle müsste man haben, dann würdet ihr euren Bogenparcours mal richtig auf Vordermann bringen. Hast du das gesagt, Conny? Oder habe ich Hirngespinste?«

Eingeschüchtert drückte sich Conny Niedecker in ihren Stuhl. Sie wusste sehr wohl, dass Albert die Wahrheit sprach. Ja, sie hatte Rüdiger Molch am Schluss gehasst, weil er ihre und Thomas' Pläne mit seinen Ideen so sehr durchkreuzte.

»Bitte, Albert, sprich nicht weiter.«

Sie begann zu schluchzen, eine Begabung, mit der sie sich schon aus mancher Patsche hatte ziehen können.

»Nein, meine liebe Conny, ich schweige nicht mehr.«

Albert konnte sich nicht mehr zurückhalten. Wortgewaltig berichtete er den Zuhörern auf Elsbeths Veranda, dass Conny mit ihm und Thomas darüber nachgedacht habe, wie sie Rüdiger Molch das Handwerk legen könnten.

»Vermöbeln wollten wir ihn und ein bisschen unter Druck setzen, gell, mein liebe Conny? Wer weiß, vielleicht hast du ihn dann lieber gleich ganz aus dem Weg geräumt. Schließlich hast du sein ganzes Geld geerbt!«

Conny erbleichte. Bürgermeister Heino Herzig war ebenfalls ganz fahl im Gesicht. Dass diese Geschichte solch eine Wendung nehmen würde, hätte er nicht gedacht. »Hätte ich nur meine Finger aus dem Spiel gelassen«, stöhnte er innerlich. Doch jetzt war kein Entkommen mehr möglich. Er saß mittendrin im Geschehen.

Und Albert hieb mit immer neuen Messerstichen ins wunde Fleisch.

»Hat eigentlich einer mal darüber nachgedacht, wie unser Rüdiger gestorben ist? Hä? Ersoffen soll er sein? Das glaubt doch keiner hier, oder?«

Keuchend ließ sich der Dauercamper auf seinen Stuhl fallen. Mit dem Handrücken wischte er sich den Schweiß von der Stirn. Ihm war auf einmal übel. Die ganze Aufregung war wohl doch ein wenig viel für ihn.

Steif erhob sich Conny von dem Korbstuhl und trat mit

unsichererem Schritt zur Verandatreppe.

»Ich werde jetzt gehen«, sagte sie mit leiser, aber fester Stimme. »Herr Herzig, wenn Sie mich bitte begleiten möchten.«

»Selbstverständlich, Frau Niedecker.«

Der Bürgermeister beeilte sich, mit seiner Begleiterin möglichst schnell von der Bildfläche zu verschwinden. Was gäbe er jetzt für seine stille Amtsstube, in der nur dann das Telefon klingelte, wenn er seiner Sekretärin erlaubte, die Gespräche durchzustellen. Er hatte das Gefühl, der Boden schwanke unter ihm, als er gemeinsam mit Conny die Dauercampersiedlung verließ.

»Gott sei Dank sind wenigstens diese renitenten Demonstranten nach Hause gegangen«, bemerkte er erleichtert, als sie den Campingplatz »Swimming Paradise« verließen und in dem schwarzen Audi des Bürgermeisters davon fuhren.

»Puh, das war ja dramatisch!«

Jenny ließ sich hinter dem Strauch ins Gras fallen.

»Was meinst du, sollte ich mir die Conny nochmal zur Brust nehmen? Immerhin bin ich doch ihre Seelentrösterin.«

Rainer nickte.

»Magst du heute Abend mal bei ihr vorbei fahren? Ich würde dann nochmal ein Bierchen mit Albert trinken. Das braucht der jetzt bestimmt.«

Mit langsamen Schritten entfernten sich die Kriminalbeamten von ihrem Lauschposten. Unauffällig spazierten sie an den Gartenzäunen der Dauercamper vorbei. Sie sahen aus wie ein entspanntes Ehepaar im Urlaub, das sich vor dem Abendessen noch ein wenig die Beine vertritt. Auf Elsbeths Veranda erspähten sie Albert, seine Frau Anneliese, Karl, Greta und die Hausherrin. Sie saßen mit zusammengedrängten Köpfen am Gartentisch und beugten sich über ein Stück Papier.

»Herzig hat den Plan vergessen«, flüsterte Jenny. »Ob das wohl Absicht war?«

»Also, wenn ich ehrlich bin, dann sieht das doch gar nicht

so übel aus, nä!« Kaum hatte Karl diesen Satz ausgesprochen, fiel ihm Albert wütend ins Wort.

»Bist du von allen guten Geistern verlassen, Karl? Willst du damit sagen, dass du deinen Wohnwagen in so eine neumodische Wohnkiste eintauschen würdest?«

Karl blieb gelassen. Er lehnte sich in dem Korbstuhl zurück, nahm seine Brille ab und rieb die Gläser an seinem Hemd ab.

»Warum nicht, nä? Ich glaube, mit der Conny kann man reden. Die ist anders als der Rüdiger. Die zieht uns nicht einfach über den Tisch.«

Albert sah so aus, als würden ihm gleich die Augen aus dem Kopf springen. Sein Gesicht hatte eine sehr ungesunde, blaurote Färbung angenommen. Entgeistert fixierte er seinen Camperfreund. Er atmete schwer.

»Ich fasse es einfach nicht. Du bist ein Verräter, Karl.«

Anneliese war ernsthaft besorgt um ihren Mann. Sie fürchtete, dass er im nächsten Augenblick einen Schlaganfall bekommen würde. Beschwichtigend legte sie ihre Hand auf Alberts Arm.

»So ist eben unser Karl«, sprach sie eindringlich auf Albert ein, »immer glaubt er an das Gute im Menschen. Vielleicht hat er ja Recht? Wir sollten mit Conny in Ruhe reden.«

Albert saß erschöpft auf seinem Stuhl. Sein Kampfgeist schien auf einmal erloschen zu sein. Für wen sollte er auch noch kämpfen, wenn sogar seine eigene Ehefrau die Seiten wechselte!

»Lass uns weitergehen«, raunte Rainer seiner Kollegin zu. Die Herrschaften auf der Veranda waren so geistesabwesend, dass die beiden Ermittler aus ihrem Blickfeld verschwinden konnten, ohne den Verdacht zu erwecken, sie belauscht zu haben.

»Ich fahre jetzt sofort in die Stadt. Conny ist sicher in ihrem Laden«, beschloss Jenny, während sie Arm in Arm mit Rainer zum Wohnwagen zurück ging. Sie warf einen Blick auf ihre Uhr. Um sechs hatte Conny Niedecker eine Verabredung mit Thomas Gerstner. »Wenn ich gleich losfahre, erwische ich sie noch im Geschäft.«

***

Eine halbe Stunde später betrat Jenny das Bogensportgeschäft in der Fürstentaler Innenstadt. Obwohl die Tür offen stand, schien niemand im Raum zu sein. Gläserne Augen starrten aus den arrangierten Waldszenen auf die Besucherin.

»Hallo?«

Jenny ging langsam durch den Verkaufsraum.

»Conny, bist du da?«

Es war seltsam still in dem Laden. Von draußen drangen gedämpfte Motorengeräusche herein. Das Geschäft lag am Anfang einer Fußgängerpassage unweit der vielbefahrenen Hauptstraße. Jenny spürte, dass sich ihre Nackenhaare sträubten. Sie hatte das Gefühl, beobachtet zu werden. Irgendetwas stimmte hier nicht. Mit routinierter Handbewegung tastete sie nach ihrer Dienstwaffe, die sie im Einsatz gewöhnlich unter einer sportlichen Jacke trug.

»Verdammt«, wisperte sie, als sie feststellte, dass sie ihre Waffe nicht dabei hatte. Die Pistole lag versteckt im Wohnwagen. Seit sie mit Rainer das Eheleben auf dem Campingplatz erprobte, schien sie nachlässig zu werden. Sie hatte das Ding schlichtweg vergessen!

Leise schlich sie zur Hintertür, die von einem Vorhang verhängt wurde. Von ihrem letzten Besuch kannte sie die Räumlichkeiten gut genug, um zu wissen, wo sie sich hinwenden musste. Vorsichtig schob sie ein Stück des Vorhangs zur Seite und äugte in den Nebenraum. Ein Fluch rutschte über ihre Lippen und erneut schalt sie sich wegen der vergessenen Waffe. Hier war etwas ganz und gar nicht in Ordnung: Der Tisch lag wie ein totes Tier auf dem Boden und streckte seine vier

Beine von sich. Einer der beiden Holzstühle war zerbrochen. Offenbar hatte sich jemand mit aller Kraft damit zur Wehr gesetzt. Auf dem hellbraunen Linoleumboden erkannte die Kommissarin Blutspuren. Kein Zweifel, hier war ein verletzter Mensch über den Boden gezogen worden.

Ein breiter Streifen braunroten Blutes führte zu einer schmalen Tür. Jenny wusste, dass sich dort ein kleines Bad mit Toilette befand. Sie huschte zur Tür und warf einen Blick in den Raum. Ein fahler Lichtstreifen drang durch den herunter gelassenen Rollladen eines kleinen Fensters. Ihre Augen brauchten einige Sekunden, um sich an die Dunkelheit zu gewöhnen. Jennys Atem beschleunigte sich. Im Halbdunkel lag eine Person. Sie trug eine Jeans, ein T-Shirt und hatte kurze Haare. Ob es sich um einen Mann oder eine Frau, eine Leiche oder eine verletzte Person handelte, konnte Jenny nicht ausmachen. Ihre Hand tastete nach dem Lichtschalter.

»Conny!«, stieß die Kommissarin hervor, als sie die reglose Frau auf dem Boden erkannte. Die schöne Amazone lag auf dem Rücken. Sie war blass, hatte die Augen geschlossen und gab kein Lebenszeichen von sich. Jenny kniete sich neben sie und fühlte am Hals nach Connys Puls. Als sie das leise Pochen unter der warmen Haut der Verletzten spürte, atmete sie erleichtert auf. Sie griff zu ihrem Handy und wählte die Notrufnummer. In knappen Worten schilderte sie dem Mitarbeiter in der Leitstelle, was passiert war und gab die Adresse des Bogensportgeschäftes durch. Anschließend wählte sie Rainers Nummer.

Den Schlag auf ihren Hinterkopf spürte Jenny nicht mehr. Sie war sofort bewusstlos und sank neben Conny auf den Boden.

***

Als Rainers Handy klingelte, war er gerade damit beschäftigt, sein Kleiderfach im Wohnwagen neu zu sortieren. Albert war unauffindbar gewesen. Vermutlich lag er vollkommen fertig in seinem Bett und war nicht ansprechbar.

Das Mobiltelefon lag auf dem Tisch der Rundsitzgruppe. Es läutete nur viermal und verstummte dann. Der Kriminalbeamte schimpfte leise vor sich hin. Er hasste es, wenn ihn Leute anriefen und nach so kurzer Zeit gleich wieder auflegten. Schließlich gab es Situationen, in denen man ein Gespräch mit dem Handy nicht sofort annehmen konnte! Das Display zeigte Jennys Nummer an. Rainer drückte auf die Ruftaste und hörte das Freizeichen. Nach wenigen Augenblicken meldete sich die Automatenstimme der Mailbox.

»Verdammt!«

Rainer kannte seine Kollegin gut genug, um zu wissen, dass sie immer ans Telefon ging. Sie ließ ihr Handy niemals so lange klingeln, bis sich die Mailbox einschaltete. Er wiederholte den Anruf mit dem gleichen Ergebnis.

»Jenny, ruf' mich sofort zurück, okay?«, bellte er in den Apparat. Wie ein Tiger im Käfig hastete der Beamte durch den Wohnwagen. Er hatte der Kollegin seinen Volvo gegeben. Wie sollte er jetzt nach Fürstental kommen? Sein Instinkt sagte ihm, dass hier etwas schief lief. Jenny war in Gefahr, das konnte er fast körperlich spüren!

Während er seine Jacke vom Haken riss, wählte er die Nummer des Taxiunternehmens von Fürstental, die er wohlweislich in seinem Handy eingespeichert hatte. Kurz darauf stand er schon vor der Schranke des Campingplatzes und stampfte ungeduldig von einem Bein auf das andere. Das Taxi war rasch zur Stelle. Trotzdem kam Rainer die Zeit des Wartens wie eine Ewigkeit vor. Er rief Bernd Schätzle an. Der Leiter der SOKO Camping zögerte keinen Moment.

Noch bevor Rainer vor dem Bogensportgeschäft von Conny Niedecker aus dem Taxi stieg, war bereits eine Polizeistreife zur Stelle. Die beiden Beamten fanden Jenny, die bewusstlos im Bad lag. Im selben Moment hielt draußen der Krankenwagen.

***

Die Kriminaltechniker stellten das Geschäft von Conny Niedecker auf den Kopf. Sie nahmen Proben der Blutspuren und markierten die blutigen Hinweise mit Nummerntafeln. Mit einem speziellen Klebeband klebten sie den zerbrochenen Holzstuhl, den Tisch sowie den Boden im Bad ab. Später würden sie dieses Klebeband im Labor auf kleinste Faserspuren, Hautpartikel und Haare untersuchen, die möglicherweise Hinweise auf das Tatgeschehen geben konnten.

Bernd Schätzle stand still am Rande des Geschehens. Es ging ihm immer sehr nahe, wenn eine Kollegin oder ein Kollege im Einsatz verletzt wurde. Jennifer war offensichtlich hinterrücks überfallen worden. Der Täter hatte ihr mit einem stumpfen Gegenstand auf den Hinterkopf geschlagen. Sie hatte sofort das Bewusstsein verloren.

»Die Blutspur auf dem Boden im Vorraum stammt definitiv nicht von Jenny«, beruhigte ein Kriminaltechniker den Leiter der SOKO Camping.

»Sie hat lediglich aus einer Platzwunde am Hinterkopf etwas Blut verloren. Aber das muss hier an Ort und Stelle geschehen sein.«

Der Beamte, der einen weißen Overall mit Kapuze, einen

Mundschutz und blaue Gummihandschuhe trug, deutete auf einen kleineren, dunklen Fleck auf dem Boden des Badezimmers.

»Wir prüfen die DNA beider Blutspuren, dann wissen wir mehr«, erklärte er. »Ich bin sicher, dass hier noch eine weitere verletzte Person gewesen sein muss. Möglicherweise hat Jenny sie gefunden und ist vom Täter überrascht worden.«

***

Ihr Schädel brummte und Jenny hatte das Gefühl, ihr Kopf würde gleich zerspringen. Verwirrt blickte sie sich um. Sie lag in einem Bett, in der Vene ihrer Hand steckte eine Kanüle, die mit einem Tropf verbunden war. Vorhänge dunkelten den Raum ab und die Kommissarin war froh, dass kein Sonnenlicht durchs Fenster gleißte. Sie drückte den Klingelknopf, der auf ihrer Bettdecke lag.

Es vergingen höchstens fünf Sekunden, bis sich die Türe öffnete und Rainer in den Raum trat. Mit besorgtem Gesicht setzte er sich auf die Bettkante und nahm Jennys Hand, in der keine Kanüle stecke.

»Was ist denn passiert? Kannst du dich an irgendwas erinnern?«

Er strich sanft über die Wange seiner Kollegin und zog rasch seine Hand zurück, als ihm bewusst wurde, dass diese intime Geste einem Kollegen eigentlich nicht zustand.

»Habt ihr Conny auch gefunden?«

Jenny konnte nur flüstern. Jeder Laut schmerzte in ihrem Kopf.

»Conny?«, vergewisserte sich Rainer, »dann war das wohl ihr Blut auf dem Boden?«

Seine Kollegin schloss zur Bestätigung für einen Moment die Augen.

»Sie lebte noch. Ich habe einen Krankenwagen gerufen. Danach war plötzlich alles weg.«

Rainer griff sofort zum Handy und sprach hastig mit Bernd Schätzle:

»Seid ihr schon in Conny Niedeckers Wohnung? Sie ist nicht dort? Das war ja anzunehmen. Nein, hier im Krankenhaus ist sie auch nicht.«

Plötzlich schien ihm ein Gedanke in den Kopf zu schießen. »Ich glaube, ich weiß, wo sie ist!«

Der Kriminalbeamte tätschelte flüchtig Jennys Hand.

»Ich muss schnell weg! Schlaf ein bisschen, ich komme später wieder!«

13

Er musste sie loswerden. Irgendwo im Wald verscharren. Oder noch besser, in einem der moorigen Tümpel versenken. Keuchend zerrte er den schlaffen Körper aus dem Wagen. Sie war schwerer, als er vermutet hatte.

»Bist ganz schön fett geworden, altes Mädchen«, zischte er zynisch.

Mit einem dumpfen Schlag fiel der Körper vor dem Auto auf den Boden. Ein brauner Jutesack, den er über den Kopf der Person gestülpt hatte, verschob sich ein Stück. Rote, kurze Haare schimmerten darunter hervor.

Fluchend riss der Mann den Sack über den Kopf der Frau und bedeckte das Haar. Er wollte nichts mehr von ihr sehen. Wenn er noch einmal ihr Gesicht betrachten müsste, könnte er nicht mehr das tun, was er vorhatte.

»Ich muss es tun«, schnaubte er, als müsste er sich selbst motivieren.

Er hob den Körper vom Boden auf und warf ihn sich über die Schulter. Krampfhaft versuchte er, das leise Stöhnen zu überhören. Er fluchte, als er spürte, dass sie zu Bewusstsein kam. Ihr schlaffer Körper spannte sich. Das Stöhnen wurde lauter. Der Jutesack fiel von ihrem Kopf.

Entsetzt starrte Conny auf den von Laub bedeckten Waldboden. Kopfüber hing sie über den Schultern eines Mannes, der mit raschen Schritten weiterlief. Ihre Hände waren auf dem Rücken gefesselt. Ihr wurde entsetzlich übel und sie musste würgen.

»Du wirst mich jetzt doch nicht vollkotzen, oder?«

Die Stimme klang vertraut und gleichzeitig unglaublich abstoßend. Nacktes Grauen erfasste Conny, als sie gewahr wurde, wem sie da ausgeliefert war. Ein erstickter Schrei zwang sich aus ihrer Brust. Sie spürte Todesangst. Er würde sie töten. Dessen war sie sicher.

***

Ungeduldig klopfte sich Rainer auf die Oberschenkel, während er mit Bernd Schätzle in einem Zivilfahrzeug der Kriminalpolizei über die Landstraßen bretterte. Hinter ihnen blinkten die blauen Lichter weiterer Polizeifahrzeuge. Es war nur eine Eingebung, die Rainer dazu veranlasst hatte, diesen Weg vorzuschlagen. Doch der Kriminaloberkommissar konnte sich auf seinen Instinkt verlassen. Das hatte sich erst vorhin wieder gezeigt, als er die untrügliche Gewissheit hatte, Jenny befinde sich in Gefahr. Es schmerzte ihn fast körperlich, wenn er an die Kollegin dachte, die nun mit bleichem Gesicht und brummendem Schädel im Krankenhaus lag. Sie hatte eine Gehirnerschütterung. Rainer vermied es, sich auszumalen, was noch hätte passieren können, wenn der Täter stärker zugeschlagen hätte.

»Bist du sicher, dass wir in diesem Wald etwas finden werden?«

Bernd Schätzle schien noch nicht überzeugt davon zu sein, dass sie sich auf der richtigen Fährte befanden.

»Ich habe da einen Verdacht«, entgegnete Rainer, »vertraue mir.«

Wenig später fuhren sie auf den Wanderparkplatz ganz in der Nähe des Badesees, an dem der Campingplatz »Swimming Paradise« lag. Die gegenüberliegende Uferseite war nur schwer zugänglich. Lediglich die Stelle mit dem flachen Stein, wo der Motorradfahrer Michael vor ein paar Tagen den toten Rüdiger Molch gefunden hatte, war geeignet, um ins Wasser zu gelangen. Ein Wanderweg führte an dem dicht bewachsenen Ufer entlang. Er galt bei den Campern als beliebte Joggingstrecke. In einer guten Stunde konnte man den ganzen See umrunden. Hinter dem Weg erstreckte sich ein riesiges Waldgebiet mit undurchdringlichem Dickicht und zahlreichen, moorigen Tümpeln.

Rainer schaute über den flachen Stein aufs Wasser. Tief hängende Zweige einer Weide versperrten den Blick auf den See.

»Hier ist man spät abends oder frühmorgens vollkommen ungestört«, stellte der Ermittler fest.

»Das wusste auch der Mörder von Rüdiger Molch. Und das weiß auch die Person, die jetzt Conny Niedecker in ihrer Gewalt hat.«

»Du meinst, bei dem Mörder von Molch und dem Kidnapper von Conny Niedecker handelt es sich um ein und denselben Mann?«

Bernd Schätzle zog seine Stirn in Falten.

»Aber warum sollte er mit Conny Niedecker hierherkommen?«

Rainer schien tief in Gedanken versunken. Er sprach leise und wie mit sich selbst:

»Für unseren Mann ist das hier ein symbolischer Ort. Er wird kommen, aber er wird noch ein Weilchen warten, bis es dunkel geworden ist.«

»Aber wir können nicht so lange warten! Wer weiß, was er inzwischen mit der armen Frau anstellt«, antwortete Schätzle.

»Deswegen haben wir doch unsere Leute vom SEK im Wald verteilt.«

Rainer schien aus seinem tranceähnlichen Zustand zu erwachen. Angestrengt lauschte er in den Wald hinein. Das Zwitschern der Vögel erweckte den Eindruck friedlicher Idylle. Wer hier entlang spazierte, konnte sich nicht im Entferntesten vorstellen, dass vor ein paar Tagen an dieser Stelle ein

Mann kaltblütig mit Pfeil und Bogen erschossen worden war. Noch absonderlicher war der Gedanke an eine junge Frau, die genau in diesem Augenblick, möglicherweise nur wenige Schritte vom Badesee entfernt, Todesängste erlitt.

Die Kollegen des Sondereinsatzkommandos hatten sich unauffällig im Wald verteilt.

»Wir haben ihn im Visier«, meldete der Anführer des Trupps mit leiser Stimme über Handy.

***

Er hatte sie längst entdeckt. Überall versteckten sie sich hinter den Bäumen und krochen im Gebüsch herum. Er wusste, dass sie ihn sahen. Ihn und seine schöne Amazone, die ihm ausgeliefert war. Sie würde mit ihm gehen. Keinen weiteren Schritt würde er mehr ohne sie tun. Bis zum Ende. Ihrem gemeinsamen Ende. Längst hatte er die Idee aufgegeben, nur sie allein zu töten. Was sollte er noch auf dieser Welt ohne sie? Nein, erst würde er sie umbringen, danach sich selbst.

Er fühlte das Messer, das er immer bei sich in einer Scheide am Gürtel trug. Es hatte ihm all die Jahre gute Dienste geleistet. Heute würde es ihm seinen letzten Dienst erweisen. Aber er wollte allein sein in diesem Augenblick. Diese schwarzen Gestalten dort im Gesträuch sollten den feierlichen Moment nicht entweihen, in dem er gemeinsam mit seiner Geliebten aus dem Leben schied. Er schnappte angestrengt nach Luft. Der Kragen seines Hemdes wurde ihm zu eng am Hals. Er schnürte ihm den Atem ab.

»Lass mich gehen, bitte!«, flehte Conny. »Ich gebe dir alles, was ich habe. All das Geld bedeutet mir nichts. Aber bitte, lass mich gehen.«

Ihre Stimme erstarb. Von Weinkrämpfen geschüttelt lag sie neben ihm. Sie zitterte am ganzen Leib. Die Schnur, mit der er ihre Hände auf den Rücken gefesselt hatte, schnitt in ihre Haut. Doch Conny spürte keinen Schmerz, sondern nur noch grenzenlose Panik. Er streichelte über ihren roten Haarschopf.

»Schschsch«, zischte er sanft und musterte sie mit eiskalten Augen.

»Wenn du nicht ruhig bist, mache ich dich schneller kalt, als dir lieb ist.«

Sie wurde augenblicklich still. Er musste wahnsinnig geworden sein. Streichelte zärtlich ihr Haar und erklärte ihr im selben Atemzug, dass er sie gleich töten würde! Was half da noch ihr Flehen? Mit tränenverschleierten Augen sah sich Conny um. Sie hatte keine Vorstellung, wo sie sich befanden.

Eine kurze Bewegung wenige Meter von ihr entfernt weckte ihre Aufmerksamkeit. Aus den Augenwinkeln hatte sie nur das leise Zittern eines Farns wahrgenommen. Sie verharrte ohne eine Bewegung. Wenn das keine Einbildung war, hatte sie eine Chance, gerettet zu werden.

Ihr Peiniger lehnte mit dem Oberkörper an einem Baum. Sollten ihr ihre vor Furcht gelähmten Sinne keinen Streich spielen, dann waren dort im Gebüsch Menschen, die auf eine Gelegenheit lauerten, wie sie diesen Mann überwältigen konnten. Aber wahrscheinlich war sie ihnen dabei im Weg.

Conny dachte nicht mehr lange nach. Wenn ihre vermeintlichen Retter nur eine Halluzination wären, würde ihr Peiniger sie vielleicht sofort töten. Sollten sie jedoch reelle Personen sein, hätte sie eine Chance, gerettet zu werden.

Conny spannte ihren ganzen Körper an und rollte mit Schwung seitwärts von dem am Baum lehnenden Mann weg. Da das Gelände leicht abschüssig war, fiel ihr diese Bewegung trotz ihrer gefesselten Hände nicht zu schwer.

Er hatte mit dieser Art von Flucht wohl überhaupt nicht gerechnet. Als er sich über sie werfen wollte, knallten zwei Schüsse durch den Wald. Ein kurzer, heiserer Schrei war das letzte Geräusch, das er machte. Aus zwei Einschusslöchern in seiner Brust quollen Ströme von Blut. Thomas Gerstner sank auf den Waldboden. Er war sofort tot.

***

Das Schluchzen, das aus ihrer Kehle drang, schien nicht mehr aufhören zu wollen. Conny stand unter Schock. Sie zitterte so sehr, dass sie den heißen Tee verschüttete, den ihr ein Polizeibeamter in einem Pappbecher gereicht hatte. Vorsichtig nahm Rainer den Becher aus ihrer Hand und stellte ihn neben eine Thermoskanne, die ein junger Streifenpolizist vorsorglich auf dem Campingplatz hatte füllen lassen.

»Sie müssen etwas trinken. Der Tee wird Ihnen gut tun«, sprach Rainer mit sanfter Stimme auf sie ein.

Irgendwie kam ihr sein Gesicht bekannt vor. Er trug eine schwarze Schutzweste über seinem Hemd. »Polizei« stand in reflektierender, weißer Schrift auf der rechten Brusttasche. Conny Niedecker zog eine Decke fester um sich und lächelte den Mann irritiert an. Dann streckte sie ihre Hand nach dem Becher aus und trank den Tee in kleinen Schlucken.

»Der Krankenwagen ist jetzt da. Wenn Sie erlauben, werde ich Sie begleiten«, sagte der Kriminalbeamte. Sein Angebot erfüllte Conny mit einem Gefühl der Erleichterung. In seiner Gegenwart fühlte sie sich sicher. Zwei Rettungssanitäter traten auf sie zu.

»Können Sie gehen?«, fragte der ältere der beiden. »Wir stützen Sie.«

Im Krankenwagen legte sich die Amazone auf die Trage und ließ sich bereitwillig zudecken. Ihr war kalt, der Schock schüttelte sie noch immer durch. Ein Notarzt legte einen Zugang in die Vene ihrer Hand und schloss sie an einen Tropf.

»Sie haben Blut verloren und brauchen Flüssigkeit«, erklärte er.

Conny ließ alles mit sich geschehen. Auf einmal war sie unendlich müde. Sie schloss die Augen.

»Ist Thomas tot?«, murmelte sie noch, bevor sie in einen tiefen Schlaf der Erschöpfung sank. Das Beruhigungsmittel, das der Notarzt ihr gespritzt hatte, tat seine Wirkung.

Rainer betrachtete die sportliche Frau. Obwohl sie im gegenwärtigen Zustand ramponiert aussah, war ihre Schönheit nicht zu übersehen. Er ertappte sich bei dem Gedanken, warum sie ihre roten Haare nicht länger wachsen ließ. Mit dem Kurzhaarschnitt wirkte sie nach seinem Geschmack viel zu maskulin.

Der Kommissar konnte sich noch immer keinen Reim darauf machen, warum Thomas Gerstner so ausgetickt war. Noch vor wenigen Tagen hatte er ihn auf dem 3D-Bogenparcours getroffen. Niemand hätte geahnt, dass sich hinter der freundlichen Fassade ein Wahnsinniger verbarg. Rainer bedauerte, dass Gerstner tot war. Seine Aussagen hätten sicherlich Licht in diese dubiose Geschichte gebracht. Möglicherweise wäre sogar der Mord an Rüdiger Molch aufgeklärt worden.

So aber tappte die SOKO Camping immer noch im Dämmerlicht. Rainer hoffte, dass ihm Conny mehr würde sagen können. Aber sie musste erst einmal ihren Schock verarbeiten und zu Kräften kommen. Vor dem nächsten Morgen würde er von ihr vermutlich nichts erfahren.

Im Krankenhaus angekommen, überließ der Ermittler die Amazone den Pflegekräften. Conny Niedecker wurde auf dieselbe Station gebracht, auf der auch Jenny lag. Die Stationsschwester versprach, ihn sofort zu rufen, wenn die Patientin vernehmungsfähig sei.

***

In Jennys Gesicht war wieder Farbe zurück gekehrt. Erwartungsvoll schaute sie Rainer an, als er das Krankenzimmer betrat. Schweigend, und ohne ihn zu unterbrechen, lauschte sie seinem Bericht von den Geschehnissen am Badesee. Eine Schwester brachte ein Tablett mit dem Abendessen herein und Jenny machte sich mit Appetit darüber her.

»Na, dir scheint es ja schon wieder besser zu gehen«, bemerkte Rainer.

»Mir geht es so gut, dass ich morgen nach Hause gehen darf«, antwortete Jenny und lächelte schwach.

»Nach Hause?«

Rainer konnte seine Enttäuschung nicht verbergen. Sein Gesicht wurde lang, als ihm bewusst wurde, dass die traute Zweisamkeit in dem gemütlichen Wohnwagen auf dem Campingplatz »Swimming Paradise« wohl vorbei zu sein schien.

»Ja, nach Hause. Oder ist unser Campingurlaub etwa schon zu Ende?«

Die Kommissarin feixte ihren Kollegen an. Prompt hellte sich seine Miene auf.

»Aber ich ermittle nicht mehr. Ich bin krankgeschrieben«, fügte Jenny rasch hinzu.

»Vermutlich ist der Fall morgen ohnehin geklärt. Hängen wir einfach noch ein paar Erholungstage dran. Was meinst du?«

Rainer wiegte bedächtig seinen Kopf.

»Das klingt verlockend«, räumte er ein, »aber ich glaube nicht, dass Schätzle mir einfach frei gibt.«

Jennifer lachte auf.

»Kein Mensch redet davon, dass du frei hast. Du musst dich schließlich um mich kümmern!«

***

»Sie können jetzt mit Frau Niedecker sprechen!«

Die Stationsschwester war leise in Jennys Krankenzimmer getreten. Stöhnend rieb sich Rainer über das Gesicht. Mehr schlecht als recht hatte er die Nacht in einem Liegesessel geschlafen, den ihm eine Nachtschwester freundlicherweise gebracht hatte. Bernd Schätzle hatte dafür gesorgt, dass der Kommissar in der Nähe der verletzten Zeugin Conny Niedecker und der ebenfalls verletzten Kollegin bleiben konnte.

Rainer hatte Kopfschmerzen. Müde schlurfte er ins Bad, ließ sich kaltes Wasser über das Gesicht laufen und putzte sich in Ermangelung einer Zahnbürste mit dem Finger die Zähne. Eine Rasur hätte ihm auch gut getan, doch die musste warten. Er fühlte sich wie gerädert.

»Könnte mir mal jemand einen Kaffee bringen?«, murmelte er. Als hätte sie seine Gedanken gelesen, betrat im selben Moment eine Pflegerin das Zimmer. Sie brachte zwei Tabletts mit Frühstück. Die braune Plörre im weißen Porzellankännchen verdiente zwar den Namen »Kaffee« nicht, aber wenigstens war sie heiß.

Einige Minuten später klopfte Rainer an die Zimmertür von Conny Niedecker. Ein leises Lächeln huschte über ihr Gesicht, als sie ihn erkannte.

»Jetzt weiß ich wieder, woher Sie mir so bekannt vorkamen. Sie sind doch der Rainer Sommer, der sich beim Campingplatz fürs Bogenschießen erwärmt hat!«

Verunsichert musterte sie den groß gewachsenen Mann, der jetzt einen Stuhl neben ihr Bett zog und sich setzte.

»Haben Sie gestern einen Spaziergang um den See gemacht und mich zufällig aus meiner Gefangenschaft befreit?«

Rainer schmunzelte.

»Das könnte man fast annehmen. Der aufmerksame Wohnwagencamper, der heldenhaft eine schöne Bogenschützin befreit. Klingt doch wie im Märchen, oder?«

Er wurde ernst.

»Nein, Conny, das war kein Zufall. Ich bin Kriminalpolizist.«

Er zog seinen Dienstausweis aus der Gesäßtasche seiner Trekkinghose und legte ihn auf die Bettdecke der Patientin. Sie musterte das Papier, schüttelte ungläubig den Kopf und gab den Ausweis zurück.

»Und jetzt wollen Sie von mir wissen, was gestern passiert ist.«

***

Bürgermeister Heino Herzig war so freundlich gewesen, Conny bis zu ihrem Bogensportgeschäft zu chauffieren. Nach dem heftigen Zwischenfall auf dem Campingplatz »Swimming Paradise« schienen beide nur einen Wunsch zu haben: Allein zu sein, um über das Geschehene in Ruhe nachdenken zu können. Deshalb sprachen Conny und der Bürgermeister auf der Rückfahrt auch nicht viel miteinander.

Sie war froh, als sie sich in ihr kleines Büro im hinteren Teil ihres Geschäfts zurückziehen konnte. An der Ladentüre hing ein Schild mit dem Hinweis »geschlossen«.

Still saß sie an ihrem Tisch, trank ein Glas Wasser und grübelte. Nein, sie wollte zum jetzigen Zeitpunkt noch keine Fakten schaffen und den Campingplatz kaufen. Das ging ihr alles viel zu schnell. Conny war gerührt von dem Eifer, mit dem die Dauercamper um ihre Siedlung kämpfen. Viel Herzblut hing an diesen Wohnwagen, und wenn sie noch so sehr in die Jahre gekommen waren.

»Ich werde mit den Leuten nochmal reden«, überlegte sie.

»Vielleicht fällt uns ja zusammen eine viel bessere Lösung ein.«

Das Geräusch eines Schlüssels, der sich im Türschloss drehte, ließ Conny aufschrecken. Es gab nur einen Menschen, der einen Zweitschlüssel besaß. Insofern hielt sich Connys Überraschung in Grenzen, als plötzlich Thomas Gerstner in ihr Büro eintrat. Sie seufzte müde. Der hatte ihr jetzt gerade noch gefehlt. Seine Eifersucht ging ihr langsam wirklich auf die Nerven. »Hätte ich ihm nur den Schlüssel weggenommen, nachdem er sich neulich schon so blöd benommen hat«, rügte sie sich selbst.

Ohne um Erlaubnis zu bitten, setzte sich Thomas Gerstner auf einen Stuhl. Sein Blick machte Conny Angst. Die Augen waren seltsam starr und kalt.

»Wie eine Maske«, kam es Conny in den Sinn.

Thomas fixierte ihr Gesicht.

»Und, verrätst du mir, was du jetzt vorhast mit dem Campingplatz? Willst du Molchs Pläne übernehmen? Einen 3D-Bogenparcours am Platz bauen und die Dauercamper verjagen?«

Er lachte zynisch auf.

»Das würde ja ganz zu dir passen. Immer schön das Fähnchen in den Wind hängen und nach dem eigenen Vorteil schauen!«

Conny spürte, wie sich in ihrem Inneren Ärger ausbreitete. Was nahm sich dieser Typ eigentlich heraus? Wollte er ihr Angst machen? Sie zog lautstark die Luft ein und blies sie wieder aus.

»Jetzt mal halblang, Thomas, du hast ja keine Ahnung! Woher willst du so genau wissen, was ich jetzt vorhabe?«

Thomas schob seinen Oberkörper weit über den Tisch. Der Holzstuhl hinter ihm kippte krachend um. Mit seiner rechten Hand packte er Conny am Haar. Sie war zu geschockt, um zu reagieren. Schreckensstarr verharrte sie auf ihrem Stuhl.

»Du wolltest mit mir eine gemeinsame Zukunft aufbauen. Mit mir! Nicht mit diesem Molch, diesem Scheißkerl. Der wollte dich doch nur ködern mit seinem Geld.«

Sein Griff wurde fester. Conny schrie auf. Sie hatte das Gefühl, er würde ihr gleich die Haare ausreißen.

»Und du bist auch noch drauf reingefallen. Wolltest mit ihm ins Bett, was? Wolltest mit ihm pennen, mit deinem väterlichen Freund!«

Thomas atmete heftig. Immer mehr steigerte er sich in diesen Gedanken hinein, seine Freundin würde ihn hintergehen. Ausgerechnet mit Rüdiger Molch, der jede flachlegte!

Plötzlich ließ er Conny los, hob den Stuhl auf und setzte sich wieder hin. Sein Schweigen schien eine Ewigkeit zu dauern. Conny wagte es nicht, etwas zu sagen. Wie gelähmt hockte sie auf dem Stuhl. Ihre Kopfhaut brannte. Als Thomas sein kleines Jagdmesser aus der Scheide zog, wurde sie noch blasser, als sie ohnehin schon war. Gleichmütig drehte er das Messer hin und her. Conny schrie erneut auf, als er es mit unbändiger Kraft in die Tischplatte rammte.

Wieder schwieg er, als wolle er damit die Dramatik der Situation unterstreichen. Triumphierend blickte er sie an. In beiläufigem Ton sagte er:

»Ich habe den Molch umgebracht. Hatte ich dir das schon mal gesagt?«

***

Gemächlich verabschiedete sich die Sonne von diesem warmen Spätfrühlingstag. Thomas Gerstner lauerte seit einer halben Stunde im Dickicht hinter dem Waldweg am gegenüberliegenden Seeufer des Campingplatzes »Swimming Paradise«. Seine Kampfuniform tarnte ihn so perfekt, dass er mit seiner Umgebung zu verschmelzen schien.

Er hatte schon häufig an dieser Stelle gestanden. Von hier aus konnte man unbemerkt die Badestelle mit dem flachen Stein unter der Trauerweide beobachten. Rüdiger Molch kam an jedem Abend hierher, um seine Bahnen im See zu schwimmen und anschließend auf dem Stein zu sitzen. Vermutlich dachte er über neue Ideen nach, wie er sich den Campingplatz unter den Nagel reißen könnte.

Thomas schnaubte wütend. Er hasste diesen impertinenten Typen. Direkt am Campingplatz wollte er einen 3D-Bogenparcours bauen. Thomas hatte die Pläne schon gesehen, denn Rüdiger Molch sprach ganz offen darüber.

Ja, diese Anlage würde tatsächlich alles übertreffen, was es bisher schon gab. Molch sah sogar computergesteuerte Ziele vor, die sich lebensecht bewegten. Die Gäste konnten in eine Fantasiewelt mit Trollen, Dämonen, Drachen und Zwergen eintauchen und dabei in die Rollen von Rittern, Elfenkönigen und sonstigen Fantasiehelden schlüpfen.

Thomas Gerstner wusste, dass er seinen Parcours vergessen konnte, wenn diese Anlage erst eröffnet wurde. Sein ganzes Geld hatte er in seine eigene Geschäftsidee investiert. Schulden hatte er gemacht, auf denen er nun vermutlich bis zum Lebensende sitzen bleiben würde.

Zornesröte stieg ihm ins Gesicht. Nein, er würde sich diesem Halunken nicht kampflos beugen. Konzentriert prüfte er die Rollen an den Wurfarmen seines Compoundbogens. Heute würde er Molch einen gehörigen Schrecken einjagen. Nur ein bisschen mit einem Pfeil kitzeln wollte er ihn. Der würde sich nochmal gut überlegen, ob er sich ihm, Thomas Gerstner, in den Weg stellen wollte.

Gerstner hielt den Atem an, als er Schritte hörte, die auf dem Waldweg heran trabten. Da kam er angejoggt, der Halsabschneider! Etwas später als gewöhnlich. Rüdiger Molch hatte lange mit einem jüngeren Kerl an der Bar auf der schwimmenden Plattform des Campingplatzes gesessen.

Doch auf sein abendliches Ritual schien Rüdiger Molch auch nach dem einen oder anderen Cocktail nicht verzichten zu wollen. Schnaufend blieb der Unternehmensberater am Ufer stehen. Hinter sich vernahm er ein Geräusch. Schritte näherten sich. Albert, der dicke Dauercamper, sein Freund

Karl und noch drei weitere ältere Herren standen plötzlich vor ihm. Sie begannen eine hitzige Diskussion über die Umbaupläne des Campingplatzes. Eindringlich redeten sie auf Rüdiger Molch ein, doch von seinen Ideen abzusehen.

Es war wohl Rüdigers herablassender Tonfall, der Albert zur Weißglut reizte. Ohne Vorwarnung schlug er auf einmal mit der Faust zu. Fasziniert beobachtete Thomas Gerstner, wie die fünf Senioren mit Molch rauften, als wären sie kleine Jungens auf dem Schulhof. Der Unternehmensberater wehrte sich nicht übel, doch das Dauercamperquintett war mächtiger. Mit blutender Nase und einem »Veilchen« am linken Auge blieb Rüdiger schließlich erschöpft auf dem Boden liegen, während die fünf Prügelknaben, ebenfalls ziemlich malträtiert, das Weite suchten.

Nach einer Weile setzte sich Molch auf den Stein. Er schöpfte sich Wasser ins Gesicht. Dann zündete er sich eine Zigarette an.

»Die hat er sich bestimmt wieder von irgendwem geschnorrt«, dachte Thomas verächtlich. Rüdiger Molch prahlte oft damit, dass er sich das Rauchen nach 20 Jahren von heute auf morgen abgewöhnt habe. Manchmal konnte er es aber doch nicht lassen und qualmte eine.

Als Molch erneut Schritte hörte, ächzte er leise. Noch so einen schlagkräftigen Überraschungsbesuch würde er heute wohl nicht mehr überleben! Er entspannte sich, als er die Person erkannte, die zielstrebig auf ihn zu eilte. Conny beugte sich besorgt über ihn und betrachtete das blaue Auge.

»Wer hat dich denn so zugerichtet?«

Sie nahm ein Taschentuch, tauchte es ins Wasser, drückte es aus und legte es vorsichtig auf Molchs Auge.

»Schon gut, Conny«, sagte er. »Ich bin okay. Ich brauche jetzt nur ein bisschen meine Ruhe. Danke, dass du nach mir geschaut hast. Aber jetzt möchte ich gerne allein sein.«

Die rothaarige Amazone ließ sich jedoch nicht abschütteln. Angewidert verfolgte Thomas ihre Annäherungsversuche. Seine Freundin machte sich nach allen Regeln der Kunst an diesen Rüdiger Molch heran! Legte ihren Arm um seine Schultern, küsste ihn auf die Stirn! Thomas Gerstner spürte, wie sich seine Eifersucht in Hass verwandelte.

Fassungslos beobachtete er, wie Rüdiger Molch aufsprang und Conny anschrie. Sie solle endlich mit ihren plumpen Annäherungsversuchen aufhören, brüllte er und seine Nase begann erneut zu bluten.

»Das ist ja peinlich, wie du dich mir an den Hals wirfst. Wie eine rollige Katze! Schämst du dich denn gar nicht?!«

Entsetzt wich Conny zurück. Dass dieser Mann sie so beleidigte! Verletzter Stolz und Zorn gewannen die Oberhand. Schluchzend hob sie den Arm und stieß mit der Faust in sein Gesicht. Rasch rannte sie davon. Rüdigers Schmerzensschrei brannte sich in ihr Gedächtnis ein.

Wieder lag er am Boden. Er fühlte sich zerschlagen und kraftlos. Erst die Dauercamper, dann Conny. Waren die denn von allen guten Geistern verlassen, dass sie ihn einfach verprügelten wie einen räudigen Hund?

Langsam setzte sich Rüdiger Molch auf. Inzwischen war es fast dunkel geworden. Der Mond leuchtete silbern über dem See. Sein Licht warf lange Schatten in den Wald.

Jetzt würde er ihm noch eins draufgeben. Nur einen Pfeil! Thomas legte den Pfeil ein und spannte den Bogen. Die drei LED-beleuchteten Pins am Visier leuchteten noch schwach. Er war ein ausgezeichneter Schütze. Ihm würde das wenige Licht reichen, um sein Opfer zu treffen. Thomas zielte erst auf den linken Oberarm.

»Nur ein bisschen kitzeln«, flüsterte er.

Einer plötzlichen Eingebung folgend, hob er jedoch den Bogen noch ein winziges Stück an und zog ab. Rüdiger stürzte vornüber ins Wasser.

»Kill!«, rief Thomas Gerstner und lachte wie ein Wahnsinniger, als er aus dem Gebüsch heraus sprang. Eigentlich hatte er nicht vorgehabt, den Widersacher zu töten. Aber jetzt war es eben doch passiert. Ein guter Schuss! Der Pfeil steckte im Hals. Wahrscheinlich hatte er die Halsschlagader durchtrennt.

Rüdiger Molch lag bäuchlings im Wasser. Er gab noch ein gurgelndes Geräusch von sich und verstummte. Thomas Gerstner versuchte, den Pfeil aus seinem Opfer zu ziehen.

»Blödes Ding, steckst wohl fest, was?« Kaltblütig drehte er am Schaft. Er schwor auf diese Gewindepfeile! Auf diese Spitze konnte er getrost verzichten. Sollte sie Rüdiger doch ins Grab begleiten.

***

»Würden Sie mir bitte ein Glas Wasser einschenken?«

Nach den gestrigen Erlebnissen steckte Conny der Schock noch immer in den Gliedern. Wenn sie an Thomas Gerstners Schilderung von dem kaltblütigen Mord an Rüdiger Molch dachte, wurde ihr übel. Rainer reichte ihr das Glas und sie trank hastig, um den schlechten Geschmack in ihrem Mund wegzuspülen.

Der Kommissar schaltete das Aufnahmegerät aus, das die ganze Zeit mitgelaufen war. Überrascht war er nicht von diesen Neuigkeiten über Thomas Gerstner. Nicht nach der Szene, die er gestern im Wald am Badesee beobachtet hatte. Gerstner musste eine schwere Persönlichkeitsstörung gehabt haben. Noch immer spürte der Ermittler ein Gefühl des Grusels, wenn sich herausstellte, dass ein Psychopath hinter einem Verbrechen steckte. Solche Menschen waren tickende Zeitbomben. Bis zur Tat führten sie ein unauffälliges Leben. Man konnte nie wissen, welche Abgründe sich hinter den biederen Fassaden menschlicher Normalität verbargen.

Die schöne Conny hatte einfach nur Glück gehabt, dass sie Thomas Gerstner entkommen konnte. Das schien auch ihr plötzlich bewusst zu werden. Aufmerksam studierte sie Rainers Gesicht. Er ließ das Band des Aufnahmegerätes zurücklaufen und hielt es immer wieder an, um zu prüfen, ob Connys Aussage vollständig war. Über seiner Nasenwurzel zeichnete sich eine steile Falte ab. Er sah sehr müde aus.

»Sie haben heute Nacht sicher nicht gut geschlafen, oder?«

Eigentlich lag Conny eine ganz andere Frage auf der Zunge. Sie wusste nur nicht, wie sie ihre Worte formulieren sollte, ohne allzu neugierig zu wirken.

Rainer lächelte und schaute sie an.

»Zugegeben, im Wohnwagen schläft es sich besser als auf einem Sessel im Krankenhaus.«

Conny drehte an einem Zipfel ihrer Bettdecke herum.

»Ist Jenny eigentlich wirklich Ihre Frau?«

Sie konnte sich diese Frage einfach nicht mehr verkneifen. Rainer und Jenny waren ein so nettes Paar, sie schienen sich sehr gut zu verstehen, offenbar freuten sie sich auf ihr Baby. Das hatten die beiden zumindest allen Gästen auf dem Campingplatz »Swimming Paradise« vorgegaukelt. Jetzt zweifelte Conny allerdings daran.

»Tja, jetzt kommt die ungeschönte Wahrheit wohl ans Licht«, seufzte Rainer und grinste breit.

»Nein, wir sind nicht verheiratet, sondern nur Kollegen. Leider.«

Das letzte Wort rutschte ihm ungewollt über die Lippen. Doch gerade dieses »Leider« ließ Conny aufhorchen.

»Sie mögen Jenny sehr, nicht wahr?«, fragte sie leise. »Das verstehe ich gut. Sie ist eine tolle Frau und hat mir sehr geholfen.«

»Das freut mich für Sie!«

Rainer hatte keine Lust, mit einer Zeugin über seine Privatangelegenheiten zu sprechen. Rasch erhob er sich von dem Stuhl und reichte ihr zum Abschied die Hand.

»Erholen Sie sich gut. Wir werden uns wieder bei Ihnen melden. Möglicherweise tauchen noch ein paar Fragen auf, die wir mit Ihnen abklären müssen.«

»Danke, dass Sie mich gerettet haben!«

Conny hätte zu gerne noch mehr über diese beiden Ermittler erfahren, die sich auf dem Campingplatz »Swimming Paradise« als Ehepaar im Urlaub getarnt hatten. Doch Rainer war bereits an der Tür. Er winkte ihr noch einmal zu und verließ das Krankenzimmer.

14

Brütende Augusthitze lähmte schon seit Wochen die Menschen. Erschöpft radelte Rainer vom Dienst nach Hause. Es war schon nach 20 Uhr, doch von abendlicher Abkühlung konnte nicht die Rede sein. Der Arbeitstag war lang und anstrengend gewesen. Seit drei Wochen ermittelte Rainer in einem Taximord. Und das bei dieser unerträglichen Hitze! Zum Glück stand der Fall nun kurz vor der Aufklärung. Der Polizeibeamte sehnte sich nach ein paar Tagen Urlaub.

Jetzt hatte er ein paar Stunden frei, um sich ein wenig auszuruhen. Rainer konnte sich kaum noch erinnern, wann er zum letzten Mal mehr als fünf Stunden geschlafen hatte.

Er lehnte sein Fahrrad an die Hauswand, schloss die Türe auf und trat in den Flur des Mehrfamilienhauses, in dem er eine hübsche Drei-Zimmer-Wohnung gemietet hatte. In seinem Briefkasten steckte Post: Ein Werbebrief, ein Schreiben vom Finanzamt und eine Postkarte seiner Kinder, die ihre Sommerferien mit seiner Ex-Frau in einer Campinganlage in Italien verbrachten und ihm begeistert von Sonne, Strand und Meer schrieben. Rainer lächelte wehmütig, während er die krakelige Schrift seines Sohnes entzifferte. Erstaunlich, dass seine Ex-Frau heute mit den Kindern auch mal anderswo Urlaub machte. Während seiner Ehezeit verbrachten sie jeden freien Tag auf einem miefigen Dauercampingplatz, stellte er missmutig fest.

Während er die Treppen zu seiner Wohnung

hinaufstieg, riss er die Umschläge der beiden Briefe auf. Das Finanzamt forderte ihn auf, seine Steuererklärung abzugeben. Den Werbebrief überflog er nur. Normalerweise landeten solche Schreiben gleich in die Papiertonne.

»Sehr geehrter Herr Sommer,

mit Freude dürfen wir Ihnen mitteilen, dass Sie bei unserem Internetgewinnspiel den Hauptpreis gewonnen haben.«

Rainer stutzte. Mitten auf der Treppe blieb er stehen und las den Brief noch einmal. Die Adresse eines namhaften Unternehmens aus Bayern, das sich auf den Bau von Campingfahrzeugen spezialisiert hatte, stand auf dem Absender.

»Sie sind nun stolzer Besitzer eines unserer limitierten Jubiläums-Wohnwagenmodelle ‚Adlerhorst'. Herzlichen Glückwunsch!«, las er weiter.

Ein Prospekt flatterte auf den Boden. Verwirrt hob er das Papier auf und starrte auf die farbigen Bilder, die einen winzigen Wohnwagen für zwei Personen zeigten. Der kleine Caravan mit dem Namen »Adlerhorst« war die Neuauflage eines Kultmodells aus den 1950er Jahren.

Mit zitternden Händen schloss er seine Wohnungstüre auf, ging ins Wohnzimmer und ließ sich auf die Couch fallen. Noch einmal las er den Brief. Dann stieß er einen Freudenschrei aus.

Jetzt erinnerte er sich!

Als er im Frühsommer mit Jenny auf dem Campingplatz »Swimming Paradise« undercover im Fall Rüdiger Molch ermittelte, hatte er eine lustige Campergruppe getroffen, die sich unter dem Banner »Camp Trophy City« durch die Lande reisten und sich mindestens einmal im Jahr auf einem Campingplatz trafen. Einer der Männer hatte ihm eine Karte mit einer Internetadresse zugesteckt. Aus purer Urlaubslaune heraus registrierte sich Rainer damals für die auf der Karte ausgeschriebene Verlosung. Der erste Preis war ein kultiger Wohnwagen aus der limitierten Modellreihe »Adlerhorst«. Rainer hatte seither nicht mehr daran gedacht, was allerdings nicht bedeutete, dass er die Zeit mit Jenny im Wohnwagen vergessen hätte. Im Gegenteil!

Nachdem der Fall Rüdiger Molch abgeschlossen war, verbrachte er mit seiner Kollegin noch drei Tage im Wohnwagen auf dem Campingplatz. Die Erinnerung an diese Zeit erfüllte ihn mit Melancholie. Sie waren sich so vertraut geworden. Trotzdem ging Jenny nie auf seine vorsichtigen Annäherungsversuche ein.

An ihrem letzten Abend auf dem Campingplatz saßen sie in trauter Zweisamkeit auf einer Bank am Badesee. Er legte seinen Arm über die Lehne und berührte mit seiner Hand wie beiläufig ihr Haar. Jenny lehnte sich an seine Schulter. Sie schien seine Nähe zu genießen und Rainer hätte schwören können, dass sie ihn an diesem Abend küssen würde. Zumindest wünschte er sich das.

Bis heute ärgerte er sich, dass er nicht den ersten Schritt gewagt hatte. Doch er wollte sich nicht aufdrängen, sie nicht einfach überfallen. Und so blieben sie eine kleine Ewigkeit schweigend aneinander gekuschelt auf der Bank sitzen und ließen ihre Blicke über das Wasser schweifen.

»Es war eine schöne Zeit mit dir im Wohnwagen!« Jenny sprach leise, um die Abendstille am See nicht zu unterbrechen. Sie setzte sich auf und sah ihn an. »Ehrlich gesagt, hätte ich nicht gedacht, dass wir uns so lange so gut verstehen würden. Immerhin ist diese Campingkiste nicht unbedingt riesig.«

Unvermittelt erhob sie sich von der Bank.

»Nehmen wir noch einen Abschiedstrunk an der Bar?«

Ihr Vorschlag kam viel zu abrupt, fand er. Fast schien ihm, sie wolle bewusst diesen romantischen Augenblick beenden. Seine Enttäuschung konnte Rainer nur schwer verbergen.

Am nächsten Morgen kam ein Kollege mit einem zugstarken Auto, um den Wohnwagen vom Campingplatz »Swimming Paradise« abzuholen. Rainer hatte seinem Volvo schon bei der Anreise versprochen, dass er sich mit diesem Monstrum nicht mehr würde abmühen müssen.

Zwischen Jenny und ihm war die Stimmung nach diesem Fall deutlich abgekühlt. Außerdem arbeiteten sie in verschiedenen Abteilungen und liefen sich nur noch selten innerhalb der Polizeidirektion über den Weg. Irgendwann erzählte sie ihm bei einer flüchtigen Begegnung, dass sie mit dem Motorradfahrer Michael Lehnert, den sie auf dem Campingplatz kennengelernt hatten, Kontakt aufgenommen habe. Ihre leuchtenden Augen sagten mehr als Worte. Gegen diesen Beau hatte ein gestandener Kriminaloberkommissar wie er eben keine Chance. Jenny blieb einfach unerreichbar für ihn.

Rainer nahm sein Handy und wählte Jennys Nummer. Seit drei Monaten hatte er sie nicht mehr angerufen. Bestimmt würde sie überrascht sein, doch er fand, dass sie die freudige Neuigkeit als Erste erfahren sollte.

»Was? Du hast einen Wohnwagen gewonnen?«

Ihr Lachen war herzerfrischend und Rainer spürte einen Stich im Herzen. Sie bedeutete ihm noch immer viel, musste er sich eingestehen.

»Ausgerechnet ein überzeugter Campinghasser gewinnt einen Wohnwagen. Wenn das kein Streich des Schicksals ist!«

Noch immer gluckste Jenny fröhlich vor sich hin.

»Das sollten wir feiern, oder?«

Nichts lieber als das! Doch Rainer hatte noch eine bessere Idee.

»Ich habe zwei Eintrittskarten Ende August für den Caravan-Salon in Düsseldorf. Dort wird der Wohnwagen überreicht. Willst du mitkommen?«

Zu seinem größten Erstaunen willigte Jenny ohne zu zögern ein.

»Und anschließend machen wir gleich eine Jungfernfahrt damit«, schlug sie vor.

»Einverstanden. Wo möchtest du hin?«

Rainers Herz überschlug sich fast vor Freude. Er war froh, dass er wegen des Taximords nie daran gedacht hatte, eine Reise zu buchen. Jetzt stand ihm die Welt offen. Mit einem eigenen, nagelneuen Caravan und einer tollen Frau an seiner Seite!

»Die Niederlande wären toll. Ist von Düsseldorf ja nicht mehr so weit.« Jenny liebte dieses flache Land und geriet sofort ins Schwärmen. Callantsoog sei wunderschön, da gebe es herrliche Strände und flaschengrünes Meer.

»Oder Den Helder: Das Marinemuseum ist fantastisch. Sogar ein U-Boot kann man dort besichtigen!« Sie redete sich in Fahrt.

»Danach könnten wir über das Ijsselmeer rüber nach Giethoorn fahren. Das ist ein ganz pittoreskes Städtchen, das von lauter Grachten durchzogen wird. Wir könnten dort mit einem Boot herum schippern.«

Rainer lachte.

»Halt, halt, du planst ja eine ganze Rundreise. Da brauchen wir ja mindestens zwei Wochen Zeit.«

»Na und?«, entgegnete Jenny. »Wann hattest du das letzte Mal Urlaub?«

***

»Was willst du mit diesem Trumm?«

Amüsiert betrachtete Rainer den riesigen Hartschalenkoffer, den Jenny aus dem Haus zerrte. Behängt mit einem Rucksack, einer Sporttasche und ihrer Handtasche sah die Kommissarin aus, als wollte sie fünf Wochen auf Weltreise gehen. Ächzend blieb sie auf dem Gartenweg stehen, der zur Straße führte.

»Warum fragst du, wir haben doch Platz?«, schnaufte sie und klimperte unschuldig mit ihren Augenlidern. »Das bisschen Gepäck werden wir wohl noch unterkriegen, oder nicht?«

»Hey, unsere Heimat in den nächsten drei Wochen wird eine kleine Knutschkugel sein. Die ist genau 377 Zentimeter lang und 208 Zentimeter breit. Mit deinem Koffer stellst du ja schon die Hälfte der Fläche zu.«

Rainer lachte schallend und wedelte mit dem Zeigefinger.

»Denke daran, wir leben ab sofort in einem Ei und nicht mehr in einem sieben Meter langen Tanzsalon wie im Frühling auf dem Campingplatz ‚Swimming Paradise'!«

Unentschlossen verharrte Jenny neben ihrem Koffer. »Und was schlägst du jetzt vor? Etwa nochmal auspacken?«, murrte sie.

»Es wird dir wohl nichts anderes übrig bleiben«, entgegnete Rainer.

»In meinem neuen Wohnwagen müssen wir uns einen winzigen Kleiderschrank teilen. Darunter befindet sich noch ein Flaschenkasten und über dem Bett gibt es noch zwei kleine Fächer.«

Er hatte den Prospekt des »Adlerhorst« schon so oft studiert, dass er alle Ausstattungseinzelheiten im Schlaf aufzählen konnte.

»Offen gestanden, es ist mir schleierhaft, wo wir in diesem winzigen Wohnwagen unsere Klamotten, die Handtücher, Schuhe, Lebensmittel und Getränke unterbringen sollen. Nicht zu vergessen das Geschirr!«

Er schloss sein Auto ab und ging über den Gartenweg zu Jenny.

»Darf ich?«

Ohne eine Antwort abzuwarten, nahm er den Hartschalenkoffer und zog ihn zur Haustür zurück.

»Du kannst höchstens so viele Sachen mitnehmen, wie in diese Sporttasche passen. Inklusive der Handtücher.

Seufzend fügte sich Jenny ihrem Schicksal. Bei dem gemeinsamen Arbeitsurlaub auf dem Campingplatz »Swimming Paradise« hatte die Menge der mitgenommenen Kleidungsstücke keine Rolle gespielt. Mit seinen sieben Metern Länge hatte der Mietwohnwagen Stauraum ohne Ende geboten.

Während sie die Haustür aufschloss und hinter dem Koffer schleppenden Kollegen die Treppe zu ihrer Wohnung hinauf stieg, kam ihr plötzlich der Gedanke, dass diese Reise mit Rainer möglicherweise ganz anders werden könnte als der Aufenthalt auf dem Campingplatz »Swimming Paradise«. Sie beschloss deshalb, erst reinen Tisch zu machen.

»Bevor ich den Koffer auspacke, bin ich dir noch eine Erklärung schuldig.«

Ächzend schmiss Rainer den Koffer auf Jennys Bett.

»Meine Güte, hast du da Hanteln drin?«
Dann sah er sie fragend an.
»Welche Erklärung?«
Einen Moment lang zögerte Jenny.
»Dieser Michael, du weißt schon, der Typ vom Campingplatz. Also, mit dem bin ich nicht mehr zusammen. Nur dass das klar ist.«
Unsicher blickte sie Rainer in die Augen.
»Es tut mir leid, wenn ich dich damals verletzt habe. Bestimmt warst du sauer auf mich, weil ich mit Michael…«
»Vergiss es, Jenny!«
Ja, es hatte ihm wehgetan, dass sie sich mit diesem Motorradfahrer eingelassen hatte. Bis heute schmerzte Rainer dieses Thema. Er hatte allerdings keine Lust, jetzt den Seelentröster zu spielen. Wenn sie wegen Michael Liebeskummer hatte, sollte sie das lieber für sich behalten!
»Lass' es mich kurz erklären, damit das auf unserer Reise nicht zwischen uns steht«, beharrte Jenny.

Nachdem der Mordfall Rüdiger Molch aufgeklärt war, rang die Kommissarin einige Tage mit sich, ob sie Michael anrufen sollte. Der Gedanke an ihn ließ ihr Herz noch immer schneller klopfen, obwohl sie sich im Laufe der Ermittlungen auf dem Campingplatz »Swimming Paradise« auch zu Rainer immer stärker hingezogen fühlte. Allerdings hatte sie sich vor langer Zeit nach einer kleinen Affäre mit einem Kollegen geschworen, nie wieder eine Beziehung an ihrem Arbeitsplatz zu beginnen. Der Tratsch und die neugierigen Blicke der anderen Kollegen, die sich die Mäuler verrissen, wenn die Geschichte irgendwann doch wieder auseinanderging, waren ihr zuwider. Deshalb hatte sie an ihrem letzten gemeinsamen Abend auf dem Campingplatz Rainer so brüsk zurückgewiesen.

Michael reagierte überrascht auf ihren Anruf. Die wenigen Treffen, die darauf folgten, waren leidenschaftlich. Sie fuhren sogar mit seinem Motorrad und seinem blauen Igluzelt für ein verlängertes Wochenende auf den Campingplatz »Swimming Paradise«.

Georg und Renate Proll waren dort noch immer die Pächter. Glücklich erzählten sie Jenny, dass Conny Niedecker die Umbaupläne für den Campingplatz noch einmal von Grund auf überprüft habe. Sie habe den Platz der Gemeinde Fürstental abgekauft ohne das Pachtverhältnis der Prolls aufzulösen. Die Dauercamper durften in ihren Wohnwagen bleiben. Lediglich ihr exklusives Sanitärhaus mussten sie für alle Camper öffnen. Dafür sollten alle Waschhäuser nach Saisonende abgerissen und neu gebaut werden.

»Der neue 3D-Bogenparcours neben dem Campingplatz ist eine echte Attraktion«, berichtete Jenny ihrem Kollegen. »Das ist alles noch ausbaufähig.«

Dolly Katzenbieger sei übrigens aus dem Gefängnis entlassen worden und arbeite wieder an der Bar auf der schwimmenden Plattform des Campingplatzes.

»Weißt du, wer dort jetzt auch fest angestellt ist?« Jenny lachte laut auf. »Dein Freund Cornelius König! Er hilft bei der Grünpflege mit und lebt mit Dolly in der Dauercampersiedlung. Der Albert und die Anneliese haben ihnen den Wohnwagen verkauft, weil sie auf einen anderen Campingplatz umgezogen sind.«

Michael und Jenny verbrachten ein unbeschwertes Wochenende auf dem Campingplatz. Sie wurden von den alten Bekannten herzlich aufgenommen. Keiner stellte Fragen. Schließlich wussten inzwischen alle, dass Rainer und Jenny kein Ehepaar gewesen waren. Warum sollte also Jenny nicht mit dem schönen Michael das Igluzelt teilen?

»Dabei waren der Rainer und du so ein schönes Paar«, betonte Dolly Katzenbieger immer wieder. »Und schwanger warts obendrein! Ja mei, dös is scho schad, dass dös olles bloß a erfund'ne Gschicht'n war.«

Michael nahm diese kleinen Seitenhiebe gelassen zur Kenntnis. Vielleicht war es diese Gleichgültigkeit, die Jenny nachdenklich stimmte. War dieser Mann wirklich der Richtige für sie?. Nach wenigen Wochen trennte sie sich von ihm.

»Er ist ständig beruflich auf Reisen. Thailand, Japan, Amerika – wenn er mich anrief, wusste ich nie, in welcher Ecke auf diesem Globus er gerade steckte. Außerdem«, räumte Jenny gegenüber Rainer ein, »war der Reiz des Neuen rasch verflogen. Wir haben keinen Kontakt mehr und das ist auch in Ordnung so.«

Erleichtert atmete Jenny auf. Die kleine Beichte tat ihr gut und sie konnte in Rainers Gesicht lesen, dass es ihm ähnlich ging. Entschlossen öffnete sie ihren Koffer, nahm ein T-Shirt heraus und musterte es eingehend.

»So, und jetzt habe ich die Qual der Wahl, welches Kleidungsstück campingtauglich ist, und welches zu Hause bleiben muss.«

Zwei Stunden später rollte der Volvo endlich auf der Autobahn in Richtung Norden. Jenny hatte ihr Gepäck auf ein Drittel dezimiert. Trotz ihres Protestes hatte Rainer darauf bestanden, alles in Plastiktüten zu packen und auf dem Rücksitz seines Autos zu verstauen. Die ganzen Sachen kämen später ohnehin in den Schrank, betonte er. Wozu sollte man also Taschen mitnehmen, die später nur im Weg sein würden?

»Im Kofferraum ist kein Platz mehr. Da müssen wir unsere Gartenstühle, den Tisch, den Grill und sonstiges Zeug unterbringen«, fügte er hinzu. »Das muss ich alles noch auf der Campingmesse in Düsseldorf kaufen.«

Seine Kollegin schaute ihn prüfend von der Seite an und lachte.

»Wenn ich daran denke, wie sehr du Camping gehasst hast, bin ich schon erstaunt über deine innere Wandlung.«

Sie erinnerte sich noch gut an seine Wutausbrüche im Wohnwagen. Jetzt strahlte Rainer vor Freude und konnte es kaum erwarten, seinen »Adlerhorst« endlich zu beziehen.

Sein Auto war vollgepackt bis unters Dach. Bettdecken, Kopfkissen, Bezüge, ein Laken, Kleidung – alles war so verstaut, dass es in Düsseldorf sofort in den Wohnwagen geräumt werden konnte.

Am Check-In des riesigen Campingplatzes, der zum Messegelände gehörte, wartete bereits die freundliche Marketingchefin des Wohnmobilunternehmens, Claudia Rödel, auf Rainer und Jenny.

»Ihr Adlerhorst steht schon da. Sie müssen nur noch Ihr Auto davor abstellen«, erklärte sie.

Der Kriminaloberkommissar freute sich wie ein kleiner Junge auf Weihnachten. Claudia Rödel sah auf ihre Armbanduhr und zuckte bedauernd mit den Achseln.

»Leider haben wir jetzt keine Zeit zur Wohnwagenbesichtigung. In einer halben Stunde ist die Preisverleihung. Es ist besser, wir fahren gleich mit dem Bus los.«

Spät am Abend kehrten Rainer und Jenny auf den Campingplatz zurück. Die Stunden auf der Messe waren anstrengend gewesen. Pressefotos, Interviews, die feierliche Schlüsselübergabe und die anschließende Party hatten Spaß gemacht. Doch jetzt waren die beiden müde und hatten nur noch einen Wunsch: Bett bauen und schlafen.

Jenny kicherte, als sie in dem kleinen Adlerhorst in ihr Nachthemd schlüpfte.

»Mir wird erst jetzt richtig klar, dass ich hier mit dir ein Bett teilen muss, das nicht einmal 140 Zentimeter breit ist.«

»137 Zentimeter, wenn du es ganz genau wissen möchtest.«

Konzentriert studierte Rainer das Handbuch. Die Dinette ließ sich zum Bett umbauen. Er löste die Tischplatte von der Wand und befestigte sie in der darunter liegenden Aufhängung. Anschließend legte er die Polster aus und bezog sie mit einem Laken.

»Dunkelblau, das passt doch hervorragend zum Interieur«, stellte er lächelnd fest.

Er hatte die Bettwäsche extra für den Wohnwagen gekauft, dessen Außendesign einen blauen Nachthimmel mit Sternen und einer stilisierten Milchstraße zeigte.

»Jetzt aber ab ins Bett«, forderte er seine Kollegin auf, während er die beiden Decken zurück schlug. »Morgen geht's auf große Fahrt, da müssen wir fit sein.«

Jenny ließ sich nicht lange bitten, sondern warf sich übermütig auf die Polster. Dann wurde ihr Gesicht ernst:

»Ab sofort gilt eine klare Regel!«

Verdutzt wartete Rainer auf eine Erklärung. Was wollte sie denn jetzt auf einmal? Regeln des außerehelichen Zusammenlebens festlegen? Zu dieser späten Stunde?

Jenny lachte.

»Die Regel lautet: Wir reden nicht über unsere Arbeit, wir kaufen uns keine Zeitung und hören keine Nachrichten. In den nächsten drei Wochen finden Verbrechen einfach ohne uns statt!«

Sie zog sich ihre Bettdecke bis unter die Nasenspitze.

»Wer diese Regel missachtet, der muss im Auto schlafen.«

Ende

Die Autorin

Angelika Wesner wurde 1968 in Stuttgart geboren und ist seit ihrem 18. Lebensjahr freiberuflich journalistisch tätig. Sie lebt mit Mann und Tochter in einem ländlich gelegenen Teilort der Stadt Schwäbisch Gmünd.

Als passionierte Camper haben sie und ihr Mann Andreas zunächst mit Zelt und Motorrad verschiedene europäische Länder erkundet. Mit der Ankunft des Familiennachwuchses entschied sich das Ehepaar Wesner für den Kauf eines gebrauchten Wohnwagens. Doch die langsame »Zockelei« über die Autobahnen erfüllte die beiden nicht. Desalb tauschten sie den Caravan in ein geräumiges Familienzelt. Erklärtes Ziel der beiden war allerdings ein Wohnmobil, genauer gesagt, ein Kastenwagen.

Mit der erfolgreichen Bewerbung zur Teilnahme an der Camp Trophy 2011 ging der Traum vom »Kasten« in Erfüllung. Als »SOKO Camping« ging Angelika Wesner mit Mann, Kind und Hund auf Reisen und schrieb im Laufe der Monate ihren ersten Krimi, der sich – was lag näher – in der Welt der Camper abspielt.

Viele in diesem Krimi geschilderten Szenen hat die Autorin selbst erlebt. Manche Menschen, denen sie auf ihren Reisen begegnete, finden sich in diesem Buch wieder. Ähnlichkeiten mit real existierenden Personen sind also durchaus beabsichtigt! Lediglich das Mordopfer und die unter Tatverdacht stehenden Personen sind frei erfunden.

Danke!

Ich danke ganz herzlich meinem Mann Andy für seine Unterstützung und für seine Geduld, meiner Tochter Melanie für ihr Verständnis, meiner Schwiegermutter Dagmar Michels und der »Omama« Gertrud Kemptner für ihre tatkräftige Hilfe im Alltag und meinen Eltern Rudolf und Rita Wesner für ihr Interesse an diesem Buchprojekt.

Mein großer Dank gilt meiner Lektorin Bettina Labs, die unzählige Stunden damit verbracht hat, die Tipp- und Denkfehler im Manuskript auszumerzen.

Danken möchte ich der Firma KnausTabbert für die großzügige Bereitstellung des Knaus Boxstar Solution 4. Die Camp Trophy hat uns ein geniales Reisejahr 2011 beschert und die »SOKO Camping« wäre ohne dieses tolle Wohnmobil wohl nicht geboren worden!

Ich bedanke mich bei Dr. Bettina Klein vom Landeskriminalamt Stuttgart für ihren fachkundigen Rat.

Nicht zuletzt danke ich allen aktiven Caravango-Teams für ihre ermutigenden Kommentare.

Angelika »Geli« Wesner